医は仁術というものの

十手笛おみく捕物帳　二

田中啓文

集英社文庫

目次

扉イラストレーション／おおさわゆう

本文デザイン／ Balcony（木村典子）

医は仁術というものの

十手笛おみく捕物帳　二

ぴーひゃら

その一 鬼《おに》小《こ》町《まち》誉《ほまれ》の華《はな》十手《じって》

一

「おかん、もう虫が鳴いてるわ」

みくが言うと、

「ヒリヒリリ……ヒリリリ……ゆう声やからコオロギやろね」

母親のぬいがそう応えた。コオロギはこの長屋のあちこちにある草むらにたくさんいるし、ときには家のなかに入ってくることもある。

夕方、晩飯を食べ終えたあと、みくとぬいはつづらの中身を整理していた。いつもは腰が悪くてほぼ一日中病床にあるぬいだが、今日は調子もよく、布団のうえに半身を起こして、みくが手渡す着物にほつれがないか、虫食いがないか、と吟味に余念がない。

衣替えの日（九月一日）はまだずいぶん先なので、ふたりとも着ているのは継ぎのあたった単衣《ひとえ》ものだが、裏地をつけて袷《あわせ》にすればよいというわけではない。まえもって検分し、穴などは繕っておかないと、急場に間に合わない。

衣替えは年に四度あり、四月一日からは袷、五月五日からが単衣、九月一日からはふたたび袷、十月一日からは綿入れ……ということになっている。これは暑かろうが寒かろうが毎年日本中で一斉に行うことと決まっている。なにしろ公方《くぼう》さまがそうしているのだから、武家も庶民も右にならえ、なのである。

「なあ、おかん。今年は残暑がきついて甚兵衛《じんべ》はんが言うとったけど、ほんまかなあ」

みくが言った。丸顔で、目が大きく、鼻はつんとうえを向いている。血色がよく、頬《ほ》っぺたはつやつやしていて、元気そのものという感じだ。子どもっぽい顔立ちだが、今年の正月で十五になった。亡くなった父親のあとを継ぎ、今は「月面町《つくもまち》のおみく親方」として目明《めあか》し稼業に精を出している。

「どやろ。昔から虫が早《はよ》うに鳴く年は涼しなる、ていうさかいな……」

ぬいは色白で、貧乏長屋に似合わぬ﨟《ろう》たけた顔立ちだが、病のせいで「色白」を通り越して、やや青白い。

「あれ？　これなんやろ」

つづらのいちばん底にあったものをみくは摑《つか》み出した。それは、逆三角形の頭部に眉毛と目、口を描き、柿色の格子柄《こうしがら》の着物を着せた人形だった。

「ああ、それ……あんたが小さい時分によう遊んでた人形やがな。亡くなったお祖母《ばあ》ちゃんがあんたが生まれたときにこさえてくれたのや」

「あっ、思い出した。顔が雀《すずめ》みたいやから『ちゅんちゃん』て名前つけてたやつや。懐かしなあ」

「あんた、それ、毎晩肌身離さず抱いて寝てたなあ。いっぺん私が、あんまりぼろぼろになってるさかい、ゆうて修理しようとしたら、『ちゅんちゃんに針刺さんといて！』てひったくったのを覚えてるわ」

「ごめんー。そのうちどこかにいってしもて、うちがさんざん泣いてたら、おとんが『ネズミが引いたんや』ゆうてなぐさめてくれた。こんなとこに入ってたんかあ……」

みくは久しぶりに対面した人形をしみじみと見つめた。長年つづらに仕舞われていたせいか、さほど汚れてもおらず、なくなった当時のままのように思われた。

（この人形のことで、なにか思い出があったはずや。なんやったかなあ……）

みくは記憶を探ったが、頭のなかに靄《もや》がかかったようでなにも思い出せなかった。ぬいにきこうかとも思ったが、なんとなく「今は言わぬほうがいい」という心の声がしたのでやめた。

「これでだいたいええやろ。明日からぼちぼち裏地をつけるわ」

ぬいがそう言ったとき、また「ヒリリリ……ヒリリリ……」というコオロギの声が聞こえてきた。ふたりはしばらくそれに耳を傾けていたが、

「おかん、うち、笛の稽古してくるわ。コオロギの声聴いてたら、なんか吹きとうなっ

てきた。——かまへん？」

「ええよ。あんまり遅うならんようにな」

みくは十手笛を取り出した。十手笛というのは、この家に代々伝わっていた仏像のなかに入っていたもので、鉄でできた黒い篠笛《しのぶえ》である。楽器でもあり武器にもなるという重宝な代物だ。篠笛と同じ穴が開いているが、棒身の手もとの部分には柄巻《つかまき》がなされており、そのすぐうえから鉤《かぎ》が突き出している。長さは一尺（約三十センチ）と少し。かなりの重さがある。

「また、その笛かいな。あんた、よほどそれが気に入ったんやねえ」

「吹きごたえがある、ていうか、すごくええ音がするねん。ちょっと吹くだけで遠くまで届くような、しっかりした澄んだ音。これ吹いたら、普通の篠笛では物足らんのや。もっともこの笛をきっちり鳴らせる腕がないとあかんけどな」

「自分はその腕がある、ていうんかいな。ほほほほ……せいぜい自慢しなはれ」

「えへへ……」

みくは鼻の下を人差し指でこすった。人形をふところに入れ、十手笛を腰に差して、表に出た。夕方になってもまだ暑い。長屋の木戸を出てしばらく行くと、安居《やすい》天神がある。真田幸村《さなだゆきむら》の戦没地として知られている。鳥居をくぐるとなかは広い。この時間はだれもいないのをさいわいに、みくは本殿の裏手にある石に腰をかけ、ふところから人形を取り出して、隣に座らせた。まわりの草むらからはコオロギやマツムシ、スズムシなどの声がときどき聞こえてくる。十手笛の歌口《うたぐち》にそっと息を吹き込む。ほのかな音がした。もっと大きな音も出せるのだが、このぐらいの音量が今はふさわしいような気がした。虫たちがびっくりして鳴くのをやめないように、自分が虫の一員になったような気持ちでみくは笛を吹いたが、

(虫の歌には勝てんなあ……)

そう思った。

みくの家は代々京都の御所に笛の奏者として仕えていた家柄だという。事情はわからないが、祖父の代になって大坂に出、篠笛作りを生業《なりわい》とするようになった。父の宇佐七《うさしち》のときに大坂町奉行所とつながりができ、十手持ちとしての仕事もするようになった。みくはその二代目というわけだ。父親からは十手術をみっちり仕込まれたが、同時に篠笛の作り方と吹き方も叩《たた》き込まれた。そのふたつは今でも大いにみくの役に立っている。

木立のあいだから月が見えた。

(ええお月さんやなあ……)

みくがそう思ったとき、

「熱《あつ》っ……!」

突然、笛が熱を持ったような気がしたのだ。いや、気のせいではない。たしかに十手

笛は発熱している。

「わかったわかった」

みくがそう言うと、笛の熱はすぐに冷めた。みくはまわりにだれもいないことを確かめてから、ある旋律を吹き始めた。それはみくの家に代々伝わる「妖星《ようせい》」という名の秘曲で、「あんまり他人のおるところでは吹かんようにな」と父親から釘《くぎ》を刺されていた。一子相伝なので、この曲を吹けるのは日本中探してもみくしかいないのである。目を閉じて、ただただ笛を吹くことに没頭する。

歌口を口から離すと、

「酒はどこだ」

という声がした。目を開けると、烏帽子《えぼし》をかぶり、狩衣《かりぎぬ》を着た公家《くげ》風の男が立っていた。歳《とし》は三十歳ほど。顔は白粉《おしろい》を塗ったように白く、眉毛を抜いて描き眉をし、唇の先にわずかな紅を塗っている。鷹《たか》のような目つきで、異人のように鼻梁《びりょう》が高い。

「あのなあ、火傷《やけど》するやんか。ええ加減にしてや」

「酒はどこだと申しておる」

この男、名前を垣内光左衛門《かきうちひかりざえもん》といい、この十手笛で「妖星」を奏でるとどこからともなく現れる。普段は十手笛のなかに閉じ込められているらしいので、みくは「笛の神さん」だと思っていた。「妖星」は自分が作った曲だ、と言い張っているが、本当かどうかわからない。不思議な力があり、みくやぬいも助けられたことがあるが、二百数えるあいだしか「現世《うつしよ》」にはいられないらしい。そして……大の酒好きである。笛が急に熱を帯びたり、異常に重くなったりするのは、光左衛門の「酒寄越《よこ》せ」の合図なのだ。

「酒はないねん」

「なに？　かかる良き月の宵、観月の宴《うたげ》を催すべし、と思うて催促したのだが……」

「勝手なこと言わんとって。酒はないさかい、早う笛のなかに帰り」

「薄情なことを言うでない。風流を解さぬ女子《おなご》だ」

「お酒やったらこないだ飲ましてあげたやん」

たびたび酒を所望する光左衛門にみくはできるだけ応えてやろうとしていたが、みくもぬいも酒は飲まない。家にある酒は、神棚に供えるためのお神酒《みき》ぐらいのものだ。それをこっそり茶碗《ちゃわん》に入れ、そこに十手笛を浸すと、するする……と飲み干して、あっという間になくなってしまう。ぬいにも、

「なんか近頃、お神酒用のお酒の減りが早いような気がする」

と言われてしまった。

「暑いから干上がったのとちがう？」

とごまかしたものの、みくは正直、面倒くさくなっていた。

「あんなものは飲んだうちに入らぬ。せめて一升ぐらいは支度しておけ」

　みくはため息をつき、

(酒飲みゆうのはほんま始末に悪いな……)

　そう思ったとき、

「——む？　それはなんだ」

　光左衛門は、みくの横にあった人形を見つけ、

「ほっほっほっほっ……そうか、おまえはだれかを呪っておるのか！」

「はあ？　これは、うちが小さいころに遊んでた『ちゅんちゃん』や。さっきつづらのなかから出てきたんや」

「人形は、釘を打ちつけて憎い相手を呪ったり、穢《けが》れや災いを祓《はら》ったりするときに使うものだ。流し雛《びな》を知っておるだろう」

「流し雛？」

「三月三日、上巳《じょうし》の節句のとき、厄を人形に移して、川に流すではないか」

「そんなことせえへん。人形は大事に飾るもんや」

「ほーっほっほっほっ……今はそのようなたわけたことになっておるのか。人形の持つ魔性を知らぬのだな。使い方によっては、人形は強烈な呪具となるのだ。やり方を教えてやろうか」

「怖いこと言わんといて。人形はただの人形や。もともと藁《わら》とか紙とか木とか土やねん

から、それをひとの形にするだけで魔力が宿るはずがないやん」

「なにも知らぬのだな。人形が力を持つのは『ひとがた』だからだ。古代から紙や藁を人間の形に作り、陰陽師《おんみようじ》がそこに災いや病、呪いなどを移したうえで、焼いたり流したりして未然に災厄を防いだ。これを『形代《かたしろ》』という。人間の身代わりをさせるものゆえ、ひとの形に作るのだ。手足がなくても、顔に目鼻を描くだけでもそれは呪力を持つ」

「ふーん……」

光左衛門はなおもオシラサマがどうとかカカシがどうとか風邪《かぜ》の神送りや虫送りがどうとかぺらぺらしゃべっていたが、

「う、いかん。そろそろ刻限だ。では、私は帰るぞ。つぎはかならず酒を支度しておけ。できれば上酒《じようしゆ》をな」

言いたいことだけ言ってしまうと、光左衛門はふっと消えた。みくはため息をつき、人形をふところに入れて立ち上がった。

◇

立秋はとうに過ぎてはいるものの、大坂はまだまだ夏を引きずっていた。暑さがべっとりと町を覆い尽くすなか、道頓堀《どうとんぼり》は芝居好きでにぎわっていた。五座《ござ》の芝居を観《み》にくる客はもちろん、芝居茶屋や料理屋、居酒屋、役者の錦絵や団扇《うちわ》、手ぬぐいを売る店などが軒を並べていた。芝居小屋のまえには役者の名前を書いた幟《のぼり》が翩翻《へんぽん》とひるがえり、ひとりでも多く客をつかまえようという呼び込みの声が四方から聞こえていた。

「あいかわらずえらいひと出やなあ」

二十七、八歳の町人がそう言った。細い顔で、おとがいが尖《とが》っている。眉毛は左右がつながり、目は小さくて豆粒のようである。

「清《せい》やん、腹減ったなあ」

少し年下らしい男が応えた。えらの張った顔で、目も口も蛙《かえる》のように大きい。歩きながら年嵩《としかさ》のほうが、

「あのな、喜《き》ぃ公《こう》。わしは『えらいひと出やなあ』て言うたのや。『ほんまやなあ』とか『芝居好きがこんなに多いとはなあ』とか『大坂のどこにこれだけの人数がいてたのやろなあ』とか返すのが普通やろ。なんで『腹減ったなあ』やねん」

「かまへんやないか。腹減ったさかい腹減ったと言うたのや」

「それでは会話というものが成り立たんやないか」

「腹減ったときに腹減ったて言うたらあかんのか。腹減っててもそれは秘密か」

「秘密いうことないけど、えらいひと出やとは思わんか」

「思わん」

「おまえも片意地やな。これだけの人間をまえにしてえらいひと出やないと言うんか」

えらの張った男は喜六《きろく》、兄貴分は清八《せいはち》。普段、喜六は下駄《げた》屋の職人を、清八は大工をしているが、本業はふたりとも目明しの手下《てか》なのである。縄張りのなかでなにか事件が起きたら十手を摑み、「月面町の親方」こと「おみく親方」のもとに駆けつけることになっている。今日はふたりとも仕事がなく、月面町の長屋を出て朝からぶらぶらしているうちにいつのまにか道頓堀まで足を延ばしていた、というわけである。

「たしかにぎょうさんひとはおるけど、それは芝居小屋のまえだけやろ。去年の今頃は、道頓堀の西詰から北詰までひとで埋まって、身動きもでけへんかったやないか」

「ああ、そやったな。わしらも江面《えづら》の旦那に駆り出されて、酒のうえで喧嘩《けんか》口論するやつらやら、難癖をつけてゆすりたかりを働くやつらやら、贔屓《ひいき》役者の取り合いで揉《も》めてるやつらやらを取り締まれ、ゆうていろいろ手伝わされたなあ」

江面の旦那というのは、東町奉行所定町廻《じょうまちまわ》り同心江面可児之進《かにのしん》のことである。目明しは、特定の同心の命で働くのではなく、声さえかかればだれの下でも御用を務めるのが普通だった。大事なのは、その事件が自分の縄張りのなかで起きたかどうかであり、よその目明しの縄張りに首を突っ込むのは「縄張り荒らし」として嫌われた。しかし、みくの父親宇佐七はほとんど江面のもとで働いていたので、宇佐七が亡くなってみくが跡を継いでからも、みくたちは江面の指図で動くのが「決まり」のようになっていた。

江面可児之進はかなりの高齢で、腰が曲尺《まがりがね》のように曲がり、杖《つえ》をつきながら町廻りを務めているが、一向に引退する気配がない。

「あの混雑ぶりに比べたら、客の数が減ったと思わんか。道を先に進むこともできんかったのに、今は空《す》いてるやないか」

「うーん、言われてみたらそうかもわからんな。まあ、あのときが多すぎたのや。中《なか》の芝居に、尾上下足蔵《おのえげそぞう》ゆう二枚目役者が出てな、これがどえらい人気ぶりやったのや。連日押すな押すなの盛況で、よその小屋まで客が増えて、それでわしらが駆り出されたというわけや。新町《しんまち》の芸子連中が総見《そうけん》したとか、大坂ご城代の奥方がお忍びで観にいったとか……いろいろ言われてたなあ」

「そやったそやった。尾上下足蔵や。せやけど近頃、名前聞かんけどどうなった？」

「大坂見限って江戸へ行きよった。今ごろは中村座《なかむらざ》で演《や》ってるはずや」

「そういうことか。それで下足蔵贔屓やった客の足が遠のいてるのやな」

「上方《かみがた》でちょっと人気が出たら、勘違いして、自分の才能なら江戸でもっとぎょうさんの客を沸かせることができるはずや……と思いよるのや。それと……わしが友だちに聞いた話では、才のある芝居作者がおらんさかい、昔の狂言の焼き直しばかりになって、それでだんだん客が減ってきてる、ゆうこともあるらしいわ」

「下足蔵に代わるような人気者はおらんのかいな」

「おるおる。市川鯊十郎《いちかわはぜじゅうろう》ゆう若い二枚目でな、今は大谷雉右衛門《おおたにきじえもん》ゆう座頭《ざがしら》のもとで角《かど》の芝居に出てるらしい。わしも観たことはないが、えらい男前で、客席に向かって『眼《がん》』を飛ばしたら、女子《おなご》の客が何人か気絶する、て言われとる。役者絵もずいぶんと売れてるそうやけど、見かけがええだけの人気で、役者としてはまだまだこれからのひよっこ役者らしいわ」

「ふーん……」

「大谷雉右衛門は役者に似合わん無茶もんでな、飲む打つ買うの三だら煩悩をしっかりこなす大極道、下のもんにもかなりきつく当たるらしい。雇うた役者衆もすぐに辞めてしまう、ていう噂《うわさ》や」

「それやったらその鯊十郎も嫌気がさして、すぐに江戸に行きよるかもしれんなあ」

「そうならんように道頓堀を江戸以上に盛り上げなあかん、ということや。今でこそ道頓堀は歌舞伎芝居の町みたいになってるけど、昔は歌舞伎以上に人形浄瑠璃が流行《はや》ってたときもあったのやで」

「へえー、今は一軒もないけどな」

「浮き沈みゆうやつやな。今なんぼ栄えていても、それが長く続くとはかぎらん。我が世の春を歌ってても、いつかは没落して表舞台から去るのや」

「おまえ、芝居のこと、よう知ってるな」

「このごろは金ないさかい観にいってないけど、昔は、役者になりとうて中村紅杜《こうもり》に弟子入りを頼みにいったほどや」

「断られたやろ」

「なんでわかる」

「その顔や」

「なんやと？　おまえより百倍ましじゃ」

「ははは……おまえも舞台に出たら、女子の客が何人か気絶するやろな。おまえの顔見たら気分が悪うなる」

「やかましいわ！」

　清八は苦々しい顔で怒鳴りつけると、

「とにかく真剣に役者と芝居作者を育てなあかんときやで。それでのうても道頓堀の芝居小屋はどこも陽《ひ》がかげりつつあるのに、芯になる役者と芝居作者がおらんようでは歌舞伎の人気はもうおしまいやないかな」

　清八がそう言ったとき、

「おい、おまえ、今なに言うた！」

　まえに立ち塞がった男が清八に言った。着物のうえに黒い法被《はっぴ》を羽織った、先の黒い鼻がつんとうえを向き、小さくまん丸の目をしたイタチのような顔つきの町人だ。顔が赤く、かなり酒臭い。べろべろに酔っているようだ。

「はあ？　なんのこっちゃ」

「歌舞伎の人気はおしまいや、て言うたやろ。この耳ではっきり聞いたで。わしはその『角の芝居』に出てる大谷雉右衛門の下働きで源吉《げんきち》ゆうもんや。歌舞伎の人気がおしまい、とは聞き捨てならん。どこがおしまいやねん。さあ、言うてもらおか」

「いや、その……言うたことは言うたけど、そこだけ切り取ってもろたら困るがな」

「やかましい！　この道頓堀で芝居の悪口を抜かすとは命知らずめ。足腰立たんようにしたるさかい覚悟せえ」

清八は喜六と顔を見合わせ、

「どうする、喜ぃ公」

「さあ……」

ふたりが首をひねっていると、

「なんやなんや」

「どないしたどないした」

十人ぐらいの男たちが雑踏のあいまから現れた。いずれも揃《そろ》いの黒の法被を着ている。

源吉が振り返って、

「おお、おまえらか。このふたりが、歌舞伎の人気はもうおしまいや、て抜かすさかい、こらしめたろうと思てるとこや」

「なんやと？　歌舞伎の人気がおしまいとは太い野郎や。みんなでぼこぼこにしたれ」

男たちは腕まくりをしてふたりに向かってきた。集まってきた野次馬が、

「喧嘩や喧嘩や」

「芝居観るのは高《たこ》うつくさかい、喧嘩でも観よか」

「そないしよ。喧嘩はタダや」

喜六が、

「困ったなあ、清やん。十手出して追い払おか」

「うーん、このあたりでは十手は藪蛇《やぶへび》になるかもしれんで」

「なんでやねん」

「お上《かみ》のご威光ゆうのを嫌がるやつらが集まってる、いうことや。歌舞伎ゆうのは半端もん、破落戸《ごろつき》、盗人《ぬすっと》、ひと殺し……なんぞが主役を張る話が多いやろ。あれは、日頃お上から押さえつけられてる鬱憤を晴らしたいからなんや。十手なんぞ出したら、こいつらだけやない。野次馬連中もみんな、わしらの敵になるかもしらんぞ」

「なるほど……十手はやめとこか」

芝居小屋の男たちはふたりを取り巻く輪をせばめてくる。ふたりがびくつきながらも覚悟を決めたとき、

「おーい、なにしとるのや」

澄んだ、柔らかい声がした。大声を張り上げなくても遠くまで聞こえる、鍛え抜かれた「役者声」である。皆がそちらを見た。相合橋《あいおいばし》のうえに若い男がひとり立っている。女ものの薄紅色の浴衣《ゆかた》をだらしなく着て、腰紐《こしひも》でくくっただけの寝起きのような姿である。白粉を塗らずとも抜けるように白いその顔を見るだけで、役者だとわかる。

「こ、これはこれは鯊十郎さん……」

男たちは皆、その若者に頭を下げた。

「これはどういうこと？」

源吉と呼ばれた男が進み出て、

「へ、へえ……それがその……このふたりが『歌舞伎の人気はもうおしまいや』て言いよったさかい、ちょっとその……矯《た》め直してやろうと思いまして……」

「矯め直す？　私はずっとここで見てたけど、『ぼこぼこにする』ゆうのは『矯め直す』とおんなじ意味かいなあ」

「へへへ……それは『言葉の綾《あや》』でおます」

「歌舞伎の人気はおしまいや、て言われて、マジで喧嘩売ってるようでは、ほんまに歌舞伎はおしまいになるかもしれんで。おまえらのなかに、どないしたら歌舞伎は立ち直るか、て真面目《まじめ》に考えてるやつがひとりでもおるのか？　ここでお客さんと喧嘩したら、道頓堀は怖いところや、芝居小屋の連中は怖いやつらや、て思われる……そういう風には思わんのか」

「そ、それはそやけど……」

「行きなはれ」

「それではわしの顔が潰れますがな」

鯊十郎はひょい、と橋の欄干に跳び上がった。

「ああ……鯊十郎さん、危ない！」

しかし、鯊十郎は欄干のうえに腕組みしてすっくと立ったまま、源吉を見据え、

「私の言うことが聞けんのか」

源吉はびくっとして、

「いや、聞きます聞きます。こんな顔、なんぼでも潰します」

「去《い》ね」

男たちは、喜六と清八をにらみつけると、しぶしぶ立ち去った。見物人たちは喝采を叫び、

「ええぞ、ええぞ！」

「ようっ、松坂屋《まつざかや》！」

若者は欄干から飛び降りて、喜六、清八のところにすたすたやってくると、

「うちの連中がすまんことでした」

清八が、

「いや……わしらもうっかりしたこと言うてしもて……」

鯊十郎は、

「歌舞伎がやばいのはほんまのことだす。けど、それに気づいて心配してるのはほんのひとにぎり。あとは、毎月の出しものをどうするかで手一杯。あんさん方のようにはっきり思うたことを言うてくれるのがええお客さんやと私は思とります。世の中は栄枯盛衰。あれだけ人気のあった人形浄瑠璃が、今では道頓堀に一軒もなくなってしもた。歌舞伎もそろそろ同じ目に遭いそうな気がします。つぎに来るのは、講釈か落語か軽業《かるわざ》か祭文《さいもん》か物真似《ものまね》か……。もう五十年もしたら道頓堀に歌舞伎の小屋はひとつもなくなってるのやないか、と思います。そうならんためにも私らががんばらんとあきまへん」

喜六は鯊十郎の顔をじろじろ見ると、

「あんたが市川鯊十郎さんかいな。客に眼飛ばしたら女子が何人か気絶する、て聞いてるけど、こうして間近で見たら、なるほど、と納得するわ。ええ男や」

清八があわてて、

「なんちゅう失礼なこと……」

鯊十郎は笑って、

「見かけはともかく、役者としては半人前でおます」

清八が、

「わしは力自慢の『おっと清八』、こいつは身軽なのが売りものの『ちょかの喜六』や。また、見物に行かせてもらうわ」

「どうぞご贔屓に……」

鯊十郎は頭を下げると、橋を渡っていった。喜六が、

「うーん、ええ男やなあ。うらやましいなあ」

「それに身が軽いやないか。まるで今牛若《いまうしわか》や」

「わても身軽なのが売りやが、あいつはわてとええ勝負やな。せやけど、なかなかええこと言うとったやないか」

「そやな……。大谷雉右衛門の一座の連中は無茶ものが多いゆうのはほんまやった。鯊十郎が雉右衛門に潰されんことを祈るわ」

ふたりはそう言いながらその場を離れた。

二

「ほな、おかん、行ってくるわ」

みくはぬいに声をかけた。

「気ぃつけてな」

病床のぬいの言葉に笑顔でうなずくと、小柄な身体《からだ》に似合わぬ大きなつづらを背負い、腰に篠笛を一本差して、みくは月面町の長屋を出た。つづらには「笛吹飴《ふえふきあめ》本舗」という幟がついている。

みくの本業は目明しだが、それだけではお金にならない。目明しは町奉行所の同心の下で働いているが、同心から手当が出るわけではない。たまに小遣いをくれる程度で、あとはすべて自腹なのである。そこで、目明したちはそれぞれ副業を持っていた。男の目明しは、嫁さんに髪結いや稽古屋をやらせている場合が多いが、みくの副業は飴売りである。飴売りは、唐人《とうじん》の恰好《かっこう》をしてチャルメラを吹いたり、蠟燭《ろうそく》を立てた盤台《はんだい》を頭に載せて踊ったり、男が派手な女装をしたり、飴で鳥や魚、花などを拵《こしら》えたり（いわゆる飴細工である）と工夫をこらして飴を売っている。

そこでみくが考え出したのが、「笛吹き飴売り」だった。楽器を使う飴売りは多いが、たいがいは決まりきった曲を演奏するだけだ。みくは、篠笛作りを表稼業にしていた父親の影響で、幼いころから篠笛を吹くのが好きだった。はじめは下手《へた》の横好きだったが、父親の指導を受けて、一度耳にした旋律ならどんな曲でも吹くことができるようになった。飴を買ってくれた客の要望に応えて、即座に曲を吹く。祭り囃子《ばやし》、俗謡、民謡、わらべうたから、浄瑠璃、能楽、雅楽……なんでもござれなのだ。客たちはみくの笛を聴くために飴を買ってくれた。「俺もやってみたい」と篠笛を買っていくものもいた。

一心寺《いっしんじ》のまえの道を東へしばらく歩いたところで立ち止まると、

「空が高いなあ……」

顔をうえに向けて、みくはそう言った。

「いつのまにこんな時候になってたんやろ」

先日まで入道雲がむくむくと膨れ上がっていた場所に、今日は天を皺寄《しわよ》せたような鰯雲《いわしぐも》が斜めに隊列を組んでいる。どうやらはるか上空には秋が来ているようだ。しかし、地上は……。

「暑う……！」

みくは額の汗を手の甲で拭った。

「甚兵衛はんが、今年は残暑がきつそうやな、て言うてたけど、ほんまやったなあ」

甚兵衛はみくと同じ横町（路地）に住んでいる海苔《のり》問屋の楽隠居で、暇なのか、しょっちゅうみくの家に遊びにくる。みくはぬいとふたり暮らしだが、女所帯を甚兵衛はいろいろと気にかけてくれる。一言でいうと「世話焼き」なのである。

甚兵衛はんは物知りや、いや、あれはただのアホや、などと日頃、長屋のものは噂しているが、謎解きが好きで、なにか怪しい事件が起こるとにこにこ顔になり、「どりゃ、その謎解きはわしに任せなさい」などと頼まれもしないのにしゃしゃり出てくる。解けたためしはないのだが、本人は「謎解き甚兵衛」と称して、悦に入っている。

「みくちゃん、この歳になるとな、年々暑さが身に堪《こた》えるようになってくるのや。暑さだけやない、寒さもや。若いころはちょっとぐらい暑かろうが寒かろうがそんなもん屁《へ》でもない、と思うてたけど、近頃は暑さや寒さが骨と骨のあいだにキューッと入り込んでくるような気ぃするわ」

そう言われても十五歳のみくにはぴんとこないが、さすがに今日の暑さはきつい。朝のこの時刻でこの暑さなら、昼になったらどれほど暑くなるだろう。

（飴が溶けてまう……）

ぐずぐず言っていてもはじまらぬ。とにかく商売第一である。みくはふたたび歩きはじめた。きゃしゃな身体につづらがずっしり重い。すぐに四天王寺《してんのうじ》の石の鳥居と五重塔が見えてきた。四天王寺には寺には珍しく鳥居がある。

（鳥居も五重塔もきれいやなあ……）

きれいなのには理由がある。どちらも「さらぴん」なのだ。四天王寺は十数年まえの落雷でまる焼けになった。ぬいや甚兵衛の話では、天地がひっくり返るような音がして、地面も地震のように揺れたそうだ。再建には莫大《ばくだい》な金がかかると思われ、大坂城代や寺社奉行も匙《さじ》を投げるなか、淡路屋太郎兵衛《あわじやたろべえ》という信心深い紙屑《かみくず》問屋の主《あるじ》が、

「だれもやらぬなら、わし一人《いちにん》にても……」

と一念発起し、東奔西走して浄財を集めて、たった十一年でもと通りに再建を果たしたのだ。その功を讃《たた》えて、太郎兵衛の木像が四天王寺の金堂に安置されているらしい。

（よし、今日は四天王寺さんの境内でひと稼ぎや）

そう思ったみくは石の鳥居をくぐったが、なかは閑散としていた。

（なんや……だれもいてへんなあ……）

春と秋の彼岸には数え切れぬ善男善女とそれを当て込んだ物売りの店であふれかえる境内も、今はがらーんとしている。目につくのは、早起きして勤行《ごんぎょう》したのか眠そうに目をこすっている若い坊さん数名、鳩《はと》に餌をやっている暇そうな婆《ばあ》さん、なにが面白いのか池の亀を飽かずに眺めている爺《じい》さん、木陰に腰をおろして居眠りをしている植木屋らしき男、石舞台のうえで遊んでいる子どもたち……ぐらいのものだ。いくら大坂きっての名刹とはいえ、紋日《もんび》でもないのだからしかたがない。

気を取り直して、みくは商売をはじめることにした。担いの商人は験《げん》を気にする。「朝一番の商いをしくじると、その日一日商売がうまくいかない」と言われているのだ。だから、今この境内にいるだれかにはかならず飴を売りつけねばならぬ。

みくはつづらを下ろした。なかには目にも鮮やかな美しい飴がぎっしりと入っている。

「さあーっ、美味《おい》しい美味しい笛吹き飴やでえっ」

みくは空っぽの空間に向かって大声でそう呼ばわったあと、篠笛を口に当てた。

ぴーひゃららら
ぴっ、ぴっぴきぴーっ、ひゃららららら……ららららら……

まるで秋空を舞うとんびの鳴き声のように澄んだその音色は境内のすみずみにまで響き渡った。みくは腰から吊《つ》るした鉦《かね》を叩いて拍子を取りながら、篠笛を吹き鳴らしはじめた。しかし、だれも寄ってこない。みくはめげずに歌い出した。

この飴なめたら
あっというまに
口のなかがお祭りや
ぴっぴっひゃらひゃら
ぴーひゃらら
憂さも忘れてお祭りや
甘《あも》うて美味しい
またなめたい

買《こ》うてや買うてや
大坂一の笛吹き飴や
買うてくれたら愛嬌《あいきょう》に
笛をひと節奏でます
どんな曲でも吹きまっせ
ぴっぴっひゃらひゃら
ぴーひゃらら
晴れても飴でも
ぴーひゃらら

踊りながらさんざん笛を吹き、歌を歌ったが、境内にいる連中はだれひとりみくに関心を示さない。みくがなおも歌っていると、鳩に豆を撒《ま》いていた老婆が、

「ちょっと……ちょっとあんた……」

みくは声を張り上げ、

「は、はいっ、飴、おいくつしときましょ？」

「いや……飴やない。あんた、悪いけどあっち行ってんか」

「え……なんで……？」

「あんたの声がうるさいさかい鳩が逃げるのや」

みくはがっかりして肩を落とした。

「すんまへん。あっち へ行きます。けど……そのまえに飴おひとつどうだすか」

「いらん」

老婆はにべもなかった。

「なんで、わしが飴なんか買わなあかんのや」

「なんで、て……美味しいから……」

「食うてみんと美味《うま》いかどうかわからんやないか。食うて、不味《まず》い、て思ても、口から吐き出して、あんたに返すというわけにもいかんやろ。金がもったいない」

「そらそやな」

みくは素直に納得した。

「けど、うちはこの飴、よそのよりも美味しいと思う。うちを信じて、買うてくれへんやろか」

「今はじめて会《お》うたあんたを、信じるわけにはいかん。どっちかいうたら怪しんでるぐらいや」

「正直なお婆さんやな。正直婆さんや」

「ははははは……わしはポチゆう犬は飼《こ》うてないで。面白いこと言う子やな。――飴か。

ちょうど喉がいがいがしとったところやから一個ぐらい買うたってもええけどな……ひとつなんぼや」

「一文《いちもん》だす。お茶の味、薄荷《はっか》の味、生姜《しょうが》の味、胡麻《ごま》の味……いろいろおますけど」

「なんでもええ。普通のやつでよろし」

みくが飴を渡すと老婆はそれを口に放り込み、ぐちゅぐちゅ、ぐちゅぐちゅと音を立ててなめながら、

「なかなかええ味や。唾がなんぼでも出てくるわ。ほら……」

そう言って乱杭歯《らんぐいば》を剝《む》き出しにして口を開け、唾をみくに見せた。

「ほんまですねえ」

お客やさかい、合わさなしゃあない。

「なあ、あんた、『どんな曲でも吹きまっせ』て言うてたけど、あれ、ほんまか？」

「うちの知ってる曲やったら吹かせてもらいます」

「あんた、『三番叟《さんばそう》』吹けるか？　わしはお芝居が好きでな、ことに人形浄瑠璃が好きなんや」

三番叟というのはもともと能から来たもので、歌舞伎や人形浄瑠璃でも上演される。五穀豊穣《ごこくほうじょう》を祝ったおめでたい曲だが、笛だけで演奏するのはむずかしい。

「吹いたことないけど、聴いたことはあるさかい、やってみます」

こういうときに物おじしないのがみくのいいところである。よく知らない曲をいきなり吹くのは楽しいし、どうせしくじっても「飴のおまけ」なのだからかまわないのだ。

「ええ度胸やな。やってみ」

みくは心を鎮めて笛を吹き始めた。四天王寺の境内に三番叟の旋律が響き渡った。老婆は目を閉じて聴き入っていた。曲を吹き終えたみくが、

「どやった？」

と老婆の顔を見ると、いつのまにか老婆はこっくりこっくりと居眠りをしていた。

「お婆ちゃん、終わったで」

「あ、そうか。なかなか上手やったわ。——飴、もうひとつ……いや、あと三つもらおか」

「普通のやつばっかりでええ？」

老婆はつづらをのぞき込み、

「白いのは薄荷の味か。お茶の味、梅干の味、胡麻の味……うーん、そやなあ……」

老婆はしばらく考えたすえに、

「普通のやつとお茶と胡麻、ひとつずつにするわ」

「今度はえらいじっくり選んだね」

「あんまり美味しいさかい孫に買うてかえったろ、と思てな」

みくは飴を紙に包んで老婆に渡し、

「また飴買うてや」

「わかった。しっかり稼ぎや」

「おおきに。朝商い、しくじらんで助かったわ」

みくは笛を吹きながら四天王寺を西側の小さな門から出ると、谷町筋《たにまちすじ》を北へ北へと上がっていった。このあたりは大坂でいちばん大きな寺町（下寺町《したでらまち》）だ。道の左右に寺院が並んでおり、民家や商家がないので、ひとどおりもほとんどなかった。みくは客を求めてなおも北に向かい、生國魂《いくたま》神社のまえに出た。

「よっしゃ、生國魂さんで商い再開や」

みくは笛を吹きながら生國魂神社の鳥居をくぐった。かつては今の大坂城の場所にあったが、豊臣秀吉《とよとみひでよし》が大坂城を築くためにこの場所に移したのだそうだ。井原西鶴《いはらさいかく》が万句《まんく》興行を行ったり、近松門左衛門《ちかまつもんざえもん》が「生國魂心中」「曽根崎《そねざき》心中」などの舞台にしたり、落語の祖米沢彦八《よねざわひこはち》が辻噺《つじばなし》をしたり……と、大坂の芸能に深くかかわった場所でもある。境内は四天王寺と同じぐらい広く、すでにさまざまな大道芸人や物売りが商売にいそしんでいる。みくも負けじと笛を吹きながら、良い場所を探す。

本殿の裏手にはたくさんの境内社があり、そこから石段で下におりていくと、広場のような場所がある。石段を途中まで下ったみくの耳に女の声が飛び込んできた。

「おうおう、夏になったら木の蜜にたかって騒ぐ虫けらども、このあたしがどこのだれなのか、知らないとは言わせないよ」

「知らねえから知らねえと言ってるんだ。のぼせ上がるねえ！」

「そうかいそうかい、そりゃああたしが悪かった。近頃とみに手柄続きで、ちっとは名前が上がってると思っていたのがとんだうぬぼれ。高慢の鼻が折れちまった。けどねえ、いくらおめえさんたちが世間知らずだと言っても、一度や二度ぐらいは耳にしたことがあるんじゃないのかい、このあたしの名前をさ」

「なんてえ名前だ」

「知らざあ言ってきかせやしょう。花の浪花《なにわ》の東横堀《ひがしよこぼり》、農人橋《のうにんばし》の切り取りの、下手人見事に召し捕った、手際が噂に噂を呼んで、お上からご褒美たんとちょうだいした、今売り出しの女目明し、吉祥天《きっしょうてん》のおりえとはあたしがこった」

　みくが声のほうに目をやると、ヤクザ風の男たち四、五人が輪になっており、その中央に女がひとり、腕まくりをした手に十手を持って立っている。歳は二十五、六歳か。髷《まげ》こそ町娘風だが、紺の股引《ももひき》を穿《は》いて尻からげをし、雪駄《せった》を履いている。

（えっ……！）

　思わず声を上げそうになった。

（女の目明しや……）

みくはこれまで、女性の目明しには会ったことはなかった。かつては何人か、十手持ちを稼業にしていた女性がいたらしい。亡くなった高津《こうづ》の檀吉《だんきち》親方から教わったのだ。しかし、全員嫁ぐなどして廃業し、現在はみくを除いてはひとりもいない……と聞いていたが、

(いてたんや……)

みくは胸が熱くなった。父親である目明し宇佐七の跡を継ぐつもりなどまったくなかったのに、いろいろな経緯のすえ、とうとう月面町の縄張りを引き継ぐことになったみくだが、女が目明しになる、というのは思っていた以上にたいへんだった。聞き込みをしようにも、馬鹿にされて、まともに答えてくれない。子どもにすら侮られるし、ほかの目明したちからは「女だてらにえらそうに」「女のくせに出しゃばるな」「女は家で縫いものでもしとれ」「可愛《かわい》い顔に怪我《けが》してもしらんで」「男の仕事の邪魔をするな」……そんな声ばかり聞かされる。

町奉行所の同心や与力《よりき》たちも、気をきかせてくれているつもりか見くびっているのか、「これは女には荷が重かろう」と言って、重大な事件は勝手にほかの目明しに任せてしまう。上役である江面可児之進や父親の代からの手下である喜六と清八があれこれ助けてくれるからなんとかやっていけているものの、男に伍《ご》しての女目明し稼業はかなりしんどい。みくは強情な性格なので、一旦「やる」と言ったことを放り出すつもりはない

が、これまで何度も、もう辞めたろか！　と思ったこともある。それなのに、自分以外に女の目明しがいる、という事実はみくをかなり勇気づけた。

ヤクザ風の男たちのなかの兄貴分らしき男が進み出ると、

「それじゃあてめえが噂に聞いた、吉祥天のおりえとかいう跳ねっ返りか。ふふん……俺たち盗人を向こうに回すその肝っ玉は認めてやるが、いくら十手と捕り縄の扱い達者でも、なにしろ女の細腕じゃあ男の力にゃかなわねえ。それに、見てのとおりの多勢に無勢。お上の手先とはいいながら、女を殺すは寝覚めが悪い。あきらめて退散し、家でぬかみそでも掻《か》き回すというなら、盗人の目にも涙、見逃してやってもいいんだぜ」

「うるせえやい。有象無象の木っ端屑ども。ぐだぐだ言ってないでかかってきやがれ」

おりえと名乗った女はきりりとした顔つきで男をにらみすえると、十手を持ったまま両手両足で空間を掻きまわすような妙な仕草をした。それがどういう意味なのか、みくにはわからなかった。

「野郎！　ぶっ殺してやる！」

男たちが匕首《あいくち》を抜いて女に襲いかかった。しかし、その動きはなぜか緩慢で、ぎくしゃくとしている。女は十手をふるって、男たちと斬り結ぶ。

（あかん……！）

ただちに助けに赴こうとしたみくだったが、今日は飴売りに来ただけなので十手を持たない丸腰の状態である。刃物を持った四、五人の男たちのなかに飛び込めば、大怪我をするか、下手をすると殺されてしまうかもしれない……とは思ったが、ここで傍観しているわけにはいかない。なぜなら、みくは目明しなのだから。

（こうなったらやけくそや。やったる……！）

みくはその場に落ちていた、すりこ木ぐらいの長さの太い木の枝を拾って十手がわりに持つと、つづらを置き、

「待った待ったあ……！」

そう叫んで、輪のなかに突入した。女のまわりを囲む男たちはあわてふためいて、

「な、なんじゃいおのれは」

「月面町のみく！　うちも十手持ちや。──姐《ねえ》さん、及ばずながら、加勢させてもらいます！」

おりえはきょとんとしていたが、みくが「うりゃあ！」と枝を振り回して男たちに打ちかかり、

「痛い痛い！　なんじゃこいつ……頭おかしいんか！」

「助けてっ！　おりえ先生、こんなん聞いてまへんで！」

急に上方言葉になった男たちが悲鳴を上げて逃げまどうのを見て、

「なにするのや！　乱暴はやめて！」

今度はみくがきょとんとする番だった。

「え……？　こいつらを召し捕るのやないんですか」

「ちがうちがう……！」

おりえは強くかぶりを振ったあと、じっとみくを見つめ、

「あ、あんた……女目明しなんか？」

「そうですけど……」

「十手持ってないがな」

「事件のないときは飴売りしてますねん。せやさかい、十手は家に置いとります」

「ほんまか？」

「へえ。会所《かいしょ》か町奉行所で月面町のみく、ゆうてもろたらわかるはずだす」

おりえは穴が開くほどじっとみくの顔を見ていたが、

「おった……！　ほんまにおったんや！」

おりえはみくに駆け寄り、その両手を摑んだ。

「ありがたい！　これも吉祥天のご利益や！」

なにがなにやらわからないみくにおりえは早口で言った。

「あのな……私は人形浄瑠璃の作者で、この生國魂神社の境内で興行してる『山辺座《やまべざ》』のために台本《ほん》を書くことになってる横縦《よこたて》衣織《いおり》というもんや」

寺や神社の境内に小屋をかけ、歌舞伎や人形浄瑠璃を上演することは「宮地《みやち》芝居」といって盛んに行われていた。お宮さんでやるから「宮地芝居」である。

お上から許可を受けた芝居小屋は、大坂では道頓堀の五座（大西《おおにし》の芝居、中の芝居、角の芝居、若太夫《わかたゆう》の芝居、竹田座《たけだざ》）だけで（これを「名代《なだい》」という）、これらは官許を受けたしるしとして櫓《やぐら》を正面に立てていたため「五つ櫓」と称され、たいへんな格式を誇っていた。

しかし、一時期は歌舞伎を上回る隆盛だった人形浄瑠璃は次第に衰退してほとんどが歌舞伎小屋になり、道頓堀からその姿は消えた。しかも、今や歌舞伎すら人気が衰えつつあるという。庶民の娯楽に関して公儀の引き締めが年々厳しくなっているためだ。では、人形浄瑠璃はなくなってしまったのかというとそうではない。道頓堀にあるような大きな小屋ではできないが、宮地芝居として小さな小屋などで地道な上演を続けているのだ。寺社の境内には、人形浄瑠璃や歌舞伎といった宮地芝居の小屋だけではない。寄席《よせ》小屋もある。小屋といっても葦簀《よしず》囲いの粗末なもので屋根もないのだが、それでも落とし噺、物真似、曲芸、講釈、手妻《てづま》、百面相、謎かけ、踊り……などの芸人が出演して人気を競っていた。そこに来る客を当て込んで、食べ物屋や酒を売る店などの屋台も出ていた。ときには相撲、見世物、富《とみ》くじ、出開帳《でがいちょう》なども行われた。寺社の境内は、信心深い善男善女のためだけのものではなく、庶民のための一大娯楽空間だったのだ。

寺社の境内での興行が好まれた一番の理由は、公儀の許可を必要としない、ということだった。寺社地の管轄は寺社奉行であったが、寺社奉行は江戸にしかいない。大坂においては町奉行が寺社奉行の役割を補っているが、忙しくてなかなか手が回らない。寺社に関する重要な案件は江戸までお伺いを立てるが、それ以外についてはゆるくならざるをえなかった。

「その作者が、なんでこんなところで目明しの真似してるんですか？」

「話せば長いことやねんけどな……」

「そこを短《みじこ》う……」

「わかった。――私はこれまで横縦衣伽睡《いかすい》師匠のもとで作者見習いとして修業してきたんやけど、今度はじめて独り立ちが許されて、『立作者《たてさくしゃ》』として自分の名前で台本を書くことになったのや。歌舞伎や浄瑠璃の作者は、どこかの座本《ざもと》と契約して、そこの座付き作者として台本を書くのが普通やけど、私はどことも契約せず、頼まれたらそこの一座のために書く、というやり方にすることにした。今度、ここの山辺座の紋下《もんした》（人形浄瑠璃一座の代表で、歌舞伎でいう座頭）の竹本色太夫《たけもといろたゆう》というお方から注文をもろて、『鬼小町《おにこまち》 誉 華十手《ほまれのはなじって》』という狂言を書くことになったんやけど、なにしろ自分の名前での初仕事やさかい、ものごっつ気合い入ってるねん」

「わかります！」

「主役は、かっこええ女目明しや。それが、盗人たちを相手に活躍する話やねん。けど、ただの痛快な、楽しいだけのものにはしたくない。今の世の中、おかしいことばっかりや。けど、それがわかってるのに『長いものには巻かれよ』でだれも声をあげへん。浄瑠璃とか歌舞伎ゆうのは嘘《うそ》や。けど、私は嘘は書きとうない。観たひとが『これはほんまや！』てうなずいてくれるような狂言を書きとうていろいろ悩んでるのやけど……今も、盗人に囲まれた女目明しが十手一本で立ち向かう場面を書くために、山辺座の太夫見習い、三味線見習い、人形遣い見習い……そういう若い連中に頼んで盗人役をしてもろて、私がその女目明しになって、立ち回りの工夫をしてたとこや。これは全部、人形でやるんやけど、まずは私の頭のなかでできあがらんと、人形に振りを移せんからな」

「なーんや、嘘の捕り物やったんか」

みくはがっくりした。やっぱり女目明しはうちひとりなんか……。

「ごめんごめん、勘違いさせてしもたな」

「ほな、さっきの妙な仕草は……」

「あははは……あれは『見得《みえ》』のつもりやったんや。上手《うま》いことといかんかったなあ」

「匕首も偽ものだすか？」

「割り箸に銀紙貼っただけや。この十手も、厚紙切りぬいて私がこさえたんや。ちょっと見たら本ものに見えるやろ」

ため息をついたみくは盗人役の連中に頭を下げて、

「すんまへん。てっきりほんまもんの悪党やと思て、つい飛び込んでしもたんや。叩いたりしてごめんやで。——飴あげるさかい許してや」

そう言うと、つづらから飴を取り出し、皆にひとつずつ手渡した。山辺座の若いものたちは飴を口に放り込むと、

「あんたが暴れ込んできたときはびっくりしたわ。頭カチ割られるかと思た」

「わしも枝で思いっきり横面《よこつら》張られた。——けど、それだけわてらの盗人役が真に迫ってた、ということやな」

「ええように言うな。要はわしらが悪党面やったということや」

みんな上方言葉をしゃべりはじめた。衣織は自分も飴をなめながら、

「そういうことにしとこか。——この飴、美味しいわ。台本書いてるときはキーッっていうぐらい根《こん》詰めてるから、合間にこういうのをなめたらホッとするやろな。十個……いや、二十個ぐらいもらえるやろか」

「毎度ありーっ！　って今日がはじめてやけど、とにかくおおきに」

若いもののひとりが、

「あのー……先生、わてらももっとなめたいさかい、もうちょっと余分に買うといてもらえまへんやろか」

「そやなあ。——ほな、いろいろ取り混ぜて百個ちょうだい。大部屋に置いといて、みんなでなめたらええわ」

べつのひとりが、

「けど……親方に知れたら叱られるんとちがうか。親方はその……厳しいさかい」

「そやなあ……稽古の合間に飴なんかなめてたら、そんなたるんだことで歌舞伎に勝てるか！　て怒鳴りはるかもしれん」

みくが、

「へえー、山辺座の親方て、飴なめるのも咎《とが》めだてするような怖いひとなん？」

衣織が、

「そんなことないよ。厳しいけど、いつもどないしたら人形芝居のお客さんがもっと増やせるやろ、昔みたいに道頓堀で興行できるようになるやろ、歌舞伎よりも面白いゆうことをわかってもらえるやろ……てめちゃめちゃ真面目に考えてるお方や。私は今回、この仕事をいただいて感謝してるのや」

みくは百個の飴を大きな紙袋に入れ、衣織に手渡した。

「おまけしといたで」

「ありがとう」

衣織は代金をみくに支払った。

「えっ……こんなに？　一個一文やで。祝儀にしてももらい過ぎやわ」

「それがその……あんたに折り入って頼みたいことがあるのや」

「お金もろたから言うのやないけど、なんでも頼んでや」

「さっきも言うたけど、今度の狂言の主役は女目明しやねん。私もいろいろ調べたけど、昔はともかく、今、女の十手持ちはおらん、と聞いとった。けど、あんたはほんまもんの女目明しやねんな？」

みくはうなずき、

「死んだおとんの縄張りをちょっとまえに継いだのや。手下もおるで。昼間はこないして飴売ってるけど、なにか事件が起こったら十手持ちに早変わりや」

「そうか……これからの世の中は、女も男と同様に目明しとして活躍するべきや、と思て、そういう主人公にしたのやけど、まさかほんまにいてるとはなあ……。ありがたいありがたい。——あんた、捕り物もやったことある？」

「あるある。十手も捕り縄もおとんに叩き込まれたさかい、そこそこ使えるで」

「ああっ、やっぱりこれぞ吉祥天さまのお導きや。——あんた、私に十手を持ったときの立ち回りの所作を教えてくれへんか」

「え……？」

「今、見ててわかったやろ。私らだれも十手を使った立ち回りのことなんか知らんのや。

ほんまに捕り物してるところなんか見たことないからな。なんとなくこんな感じかいなあ、とちょっとやってみたけど、あんな不細工なもんにしかならん。芝居の作者ゆうのは台本を書くだけやのうて、人形の演技の指南もせなあかんのや」

「ふーん……」

「頼むわ。おみくちゃんていうたな。十手を使うとこ、見せてもらえんやろか」

「今、ここで？」

「そうや。あんたの十手さばきを人形浄瑠璃の立ち回りに取り入れたいのや。これまでみたいな舞踊《おどり》風の立ち回りやのうて、ほんまもんの、目明しと盗人の命がけの真剣勝負をお客さんに見せたいのや。協力してもらえんやろか」

「ほな、うちの十手さばきを人形芝居にするんかいな。そんなん恥ずかしいわ」

「言いとうないけど、飴百個……忘れたんとちがうやろな」

「わ、わかってる」

そうだ……相手は飴百個買ってくれたお客さんなのだ。ということは、これはいつもやってる「お礼に笛を吹く」ようなものではないか。

（これも商いや。やらなしゃあない……）

みくはさっきの木の枝を十手代わりにして、十手術の「型」を見せた。ひょいひょい……と枝を振るいながら、

「十手は刃物やない。相手を傷つけるというより、自分を守るための道具やさかい、『武器』やない。盾みたいなもんや。これはうちのおとんがずっと言うてたことや。せやから、剣術と違《ちご》うて攻めるより防ぐ技が多い。けど、ここぞというときには……」

みくは正面にいた男の顔面目掛けてしゅっと枝を突き出した。

「ひえぇっ！」

男はのけぞり、腰砕けになってそのまま尻もちをついた。衣織は懐紙にいろいろ書きつけながら聞いていたが、自分の厚紙十手を構えると、

「もし、こう斬りかかったら……」

みくが、

「こう受けるわ」

「それをこんな具合に押し破ったら……」

「こう払って……こうや！」

「そこをしゃにむに突っ込んだら……」

「思い切って……えいっ！」

みくが枝の先端を衣織の額ぎりぎりのところで寸止めすると、衣織は蒼白《そうはく》になってしゃがみ込み、

「ああ……やっぱり本ものは違うわ。ほな、つぎは……」

　みくは、

「ちょっと待って。こんな木の枝では自分でやっててもようわからん。ほんまもんの十手でないと……」

「ほな、おみくちゃん、悪いけど明日にでも十手持って、もっぺんここに来てくれるか」

「また百個買うてくれるん？」

「アホか。当分いらんわ」

「あははは……冗談や。明日、今ぐらいの時分に来るわ」

　みくは、妙なことになったなあ……と思いながら生國魂神社をあとにした。途中で振り返ると、衣織と山辺座の若いものたちがこちらに向かってにこにこと手を振っていた。

◇

「へえ……面白いやないか。ぜひお手伝いさせてもらい」

　ぬいは布団に寝たまま、そう言った。

「飴百個買うてくれたさかい、やらなしゃあないわ」

　帰宅したみくはつづらを下ろしながらそう言った。

「人形浄瑠璃は今、あんまり人気がないらしいさかい後押しせなあかんわ」

「おかんが若いころは人気あったん？」

「いや……かなり下り坂やったなあ。私が生まれるまえは、人形浄瑠璃の一座が道頓堀でいくつも櫓を上げてたことがあったらしいけど、私が物心ついたときにはもう歌舞伎の小屋に変わってたなあ」

「ふーん……」

「私は歌舞伎も好きやけど、人形芝居も好きや。元気やったころは、お父ちゃんとときどき観にいったわ。もちろん一番安い席やったけど、それでも面白かった。寝ついてしもてからはご無沙汰やけど……あんたは観たことあったかいな」

みくはかぶりを振った。

「それやったらいっぺん観にいき。きっと気に入ると思う。太夫さんの語る義太夫節《ぎだゆうぶし》と太棹《ふとざお》の三味線にのって、人形がまるで生きてるみたいに動くのや。物語も、悲しいものから笑えるもの、勇ましいもの……いろいろあってな……」

いつも冷静なぬいが熱を入れて人形浄瑠璃のことを語るのを聞いて、

（ほんまにおもろいのやろな。うちも観にいきとうなってきた。お母ちゃんと一緒に行きたいけどなあ……）

今のぬいには、芝居見物は困難と思われた。

「おかん、山辺座て知ってる？」

「さあ……私は聞いたことないけど、近頃は神社やお寺で宮地芝居が盛んらしいから、いろんな一座があるのやろな。甚兵衛さんやったらそのあたり詳しいと思うで」

「なんで……？」

「あのお方はいたって芝居好きでな、歌舞伎でも人形浄瑠璃でもなんでもござれや。狂言が替わるたびに観にいってはるわ」

「へえー、知らんかった。――すぐに晩の支度するさかい待っててや」

みくは、昼に炊いた冷や飯を薄い味噌味《みそあじ》の雑炊にして、そこに賽《さい》の目に切った豆腐を入れ、細かく刻んだ大根葉の塩漬け、胡麻、鰹節《かつおぶし》をたっぷりとかけた。秋もののカブを切ってひと晩重石《おもし》をかけ、ちょっと醤油《しょうゆ》を垂らした即席漬けとともに膳に並べる。

「さあ、できたで。食べよ」

そう言うと、みくはまずぬいに雑炊をよそった。ぬいは匂いをかぎ、

「鰹節のええ匂いがするなあ。一日中寝てても、この匂いかいだらおなかが空《す》くわ」

「ぎょうさん食べてや」

熱々の雑炊をふたりは啜《すす》り込んだ。

「カブが甘いなあ。ええカブやわ」

「歯ざわりもええな。美味しいわ」

みくは、がさがさポリポリと五杯もお代わりをした。

「あんまり急いで食べたら身体に毒よ。ゆっくり嚙《か》んで食べなさい」

「はーい」

六杯目をよそおうとしたとき、

「こんばんはー」

入ってきたのは、横町に住む甚兵衛だった。

「ありゃ、まだ晩飯中かいな。もう終わってるかと思て来たんやけど……」

「かまへんで。おっちゃんも食べるか？」

「いやいや、わしはすませてきた。おぬいさん、頼まれてたお酒、持ってきたで。それと、うちの商売もんの海苔や。息子が届けてくれたんでおすそわけや」

甚兵衛は、薄くなった頭髪を長く伸ばし、今はなんとか髷を結えているが、数年後にどうなるかはわからない。四角い顔立ちに丸眼鏡《まるめがね》をかけている。みくがぬいに、

「おかん、なんでお酒頼んだん？」

「お神酒がのうなったさかいな。酒屋さんに頼むほどの量やないから、甚兵衛さんにちょっとわけてもろたのや。——えらいすいません」

「かまへんかまへん。——ほな、お食事中悪いからもう去ぬわ」

みくが、

「ちょっと待って。ええとこに来た。おっちゃんにききたいことがあったのや」

甚兵衛の顔はほくほくと笑み崩れた。

「わしにききたいこと？　もしかしたら謎解きか？　それやったらこの謎解き甚兵衛に……」

「そやない。おっちゃん、歌舞伎とか人形浄瑠璃に詳しいらしいな」

「詳しいゆうほどやないが……詳しいな」

甚兵衛は謙遜と自慢が入り交じった返答をした。

「あのな、生國魂はんの境内にある山辺座ゆう人形浄瑠璃の小屋、知ってるか？」

「ああ、山辺座やったらたしか山辺権九郎《ごんくろう》ゆう親方が座本で、竹本色太夫ゆう太夫が紋下でな、何度か観にいったことあるわ」

甚兵衛によると、歌舞伎でも人形浄瑠璃でも江戸と上方では興行の仕組みが異なるそうである。江戸ではお上から興行の認可を受けたものを「座元」という。座元は、芝居小屋の持ち主でもあり、興行を行う責任者でもあり、たいそうな権威を持っていた。しかし、上方においては興行の認可を持つのは「名代」である。上方における「座本」は「座元」とはちがい、小屋主から芝居小屋を借り、名代から興行権を借りて興行を打つ。いわば一介の興行主である。

「色太夫は、人形浄瑠璃のほうが歌舞伎よりも数段優れた芸やのに、今のありさまは納得いかん、いつか歌舞伎を追い越して、昔みたいに道頓堀で櫓を上げて興行できるようにしたい、という気概を持っとるらしい。山辺座の座員にも厳しく接してるけど、本人もしっかりした修業ぶりやから皆に慕われてるそうや」

「へえ……えらいひとやんか」

みくはそう言いながら甚兵衛の分の雑炊を椀《わん》によそい、差し出した。甚兵衛はあたりまえのように箸を持ち、それを食べ始めた。

「うん、美味いわ」

そして、自分が持ってきた海苔を揉んで雑炊のうえにかけ、そこにカブの浅漬けをのせて、がさがさがさ……とかっこんでいる。

「横縦衣織て知ってる?」

みくがきくと、

「ああ、聞いたことあるわ。ここんとこちょいちょい名前が出てきた芝居作者とちがうか? 横縦てゆうからには横縦衣伽睡の弟子筋やろな。衣織やなんて、ちょっと女みたいな名前やなあ」

みくとぬいは顔を見合わせた。ぬいが、

「近頃、道頓堀のお芝居のほうはどないなってますのやろ」

「歌舞伎は歌舞伎でけっこうたいへんらしいわ。ええ役者を江戸に取られてしもてなあ……人気役者が出る興行は当たるけども、そうでない狂言はからきしやそうな。盛り返すためにいろいろ考えてるらしいけど、なかなか『これは』という手はないみたいやな。そういえば、先月の角の芝居がさんざんの不入りで、客が『金返せ』て押しかけてたいへんやったらしいわ。町方のお役人も出張ってきて、えらい騒動になったそうや」

甚兵衛によると、今年、角の芝居は大谷雉右衛門という役者が座本と座頭を兼ねて一座を仕切っている。立女形《たておやま》（女形のなかの最高位）の嵐烏三郎《あらしうさぶろう》が見目かたちにすぐれ、演技も達者で、しっとりした芝居から飛んだり跳ねたりの大立ち回りまでこなしてたいそうな人気である。カラスという仇名《あだな》で、カラスの濡《ぬ》れ羽《ば》色の着物を着た姿が役者絵にもなり、それが飛ぶように売れている。

「今の道頓堀には、烏三郎を超える女形はちょっとおらんやろなあ。そんな具合で、役者はそこそこの顔ぶれやったんやけど、台本がしょうもなすぎる、ゆうてな、雑喉場《ざこば》連中も取り成すどころか、一緒になって雉右衛門に文句を言うたらしい」

「雑喉場連中てなに？」

「大坂の芝居は、それぞれ贔屓がついててな、大きな興行のたびに大幕や米、酒、箱《はこ》提灯《ぢょうちん》なんぞを役者に贈るのや。それに使う金はとんでもない額で、よほどの金持ちが集まらんと無理やねん。それを『連中』という。なかには身代傾けてしまう阿呆《あほう》もおるのやで。相撲でいう『タニマチ』みたいなもんかいなあ」

そういえばみくも顔見世で大混雑する道頓堀を通ったとき、芝居小屋のまえに米俵や酒樽《さかだる》が山のごとくに積み上げられており、横に役者の名前を書いた札が立っているのを見たことがあった。小屋の浜側に何百と並ぶ提灯に役者の名前と「ざこば」という文字が書かれていた。あんなことをするには千両箱がいくつあっても足りないだろう。

「雑喉場連中ゆうのは、雑喉場の歌舞伎好きが集まって作った贔屓連で、大金を使《つこ》うて嵐烏三郎を応援しとるのやが、さすがに今度の台本はひどすぎる、烏三郎がかわいそうや、ゆうて、雉右衛門にねじ込んだらしいわ」

「どんな台本やったんやろ」

「心中ものと忍術ものを合わせたようなやつやったそうや」

「へえー、面白そうやな。ええとこ取りや」

「蝦蟇《がま》と芸者が心中する話やったらしい」

「えっ、そらあかんわ。うちでもわかる」

「近頃は歌舞伎も人形浄瑠璃も芝居作者の腕が落ちててな、面白い新作を書けるもんがおらんのや。今回みたいに揉めごとになるのはかなわんさかい、昔の当たり狂言の再演ばっかりになる。それでは芝居は衰える一方や。あ、お代わり頼んます」

ぬいが、

「雑喉場の連中さんは気ぃ荒いさかい、ねじ込まれた雉右衛門さんも困りましたやろ」

「ところが、ところが」

大谷雉右衛門も負けていなかった。酒癖が悪く、これまでも何度も同輩や客と喧嘩騒ぎを起こして、お上を煩わせているほどの荒くれで、「荒牛《あらうし》の雉右衛門」という仇名がついているという。しかも、立女形の嵐烏三郎も雉右衛門に輪をかけて癇《かん》が強く、怒らせたらなにをするかわからぬそうだ。

「雑喉場連中が大勢で押しかけて『あんなへぼな台本作者はクビにして、もっとまともな台本作者を雇わんかい』ゆうて雉右衛門に迫ったのやが、雉右衛門のとこにおる役者たちも血の気の多いのが揃《そろ》とる。にらみ合いになって、あわや血の雨が降る……ゆうところを、東町奉行の高井山城守《たかいやましろのかみ》さまがあいだに入って、ようやく手打ちになった、て聞いたで」

ぬいが、

「ご贔屓衆と喧嘩するやなんて、かなりのやんちゃだすなあ。大坂のお芝居はご贔屓衆でもってるようなもんやのに……。それで、作者はどないなりましたんや？」

「今月の台本も使いものにならんかったさかい結局クビになって、雉右衛門が今、代わりを探しとるらしいわ。けど、近松門左衛門や、並木五瓶《なみきごへい》、鶴屋南北《つるやなんぼく》ぐらいの作者を見《み》出《いだ》さんことには歌舞伎も下向きになっていくのとちがうかな。今月もまた古い狂言でお茶を濁してるそうやけど、そんなことでは客に飽きられてしまうわ」

なんだかんだと芝居のうんちくを述べながら雑炊を三杯食べると、甚兵衛は帰っていった。食器を水に浸《つ》け、翌日の飴売りの支度をしながらみくはぬいに言った。

「今日会うた横縦衣織さんなんか、すごいやる気あるみたいやから、これから芝居作者として活躍するんとちゃうか」

「うーん……それはむずかしいかもなあ」

「なんでなん？」

　みくは、衣織の台本を読んでもいないぬいが即答したので、ちょっと口を尖らせた。といっても、みくも衣織の台本を読んだことはないのだが……。

「歌舞伎は男のひとの世界やろ？　女性の役も『女形』という男の役者が演じるぐらいや。下座《げざ》の三味線、唄方、鳴りもの……みんな男や。人形浄瑠璃もそうやで。女の太夫さん、人形遣い、三味線は許されてない。娘義太夫ゆうのがあるけど、あれは女のひとがひとりで義太夫節を語る『素浄瑠璃』や」

　言われてみればそのとおりである。歌舞伎も人形浄瑠璃も女性には出る幕がない。

「その衣織というおひとが、立作者として独り立ちしたというのはすごいことや。きっと見習いのあいだもいろいろつらい目に遭《お》うたことやろ。けど、それは舞台に上がらん裏方の『作者』やさかい許されてるのやと思う。大道具、小道具、衣装係、床山……そういう仕事なら女子がやってもええのやと思うけど、それではほんまの意味で男のひとと伍していくことにはならんわな。もしかしたら今は、知らんひとには男やと思われてるのやないかな。それが、女子やとわかったら、もっと苦労することになるかもしれんで」

「なんで女はあかんのやろ」

「それはなあ……なかなかむずかしい話で、一言では言われへんけど……いつまでもそんなことではあかんと思うなあ。きっとその衣織というひとは、女子の地位をなんとか引き上げて、女は家にいて男を支えるのが役割や、という考えを打ち破ろう、女でも男と同じ仕事ができることを示そう……と一生懸命なんやと思う。——あんたかてそやで」

「え？　うちが？」

「そうやとも。あんたのほかに女の目明しはおらんのやで。お父ちゃんにきいたら、昔は何人かいてはったらしいけど、嫁いだり、まわりから『やめとけ。世間体が悪い』とか『女だてらに生意気な』て言われたり、捕り物で危ない目に遭うたりして、みんな辞めていったそうや。あんたもいつまで続くかはわからんけど……」

「うちは辞めへんで。なにがあっても辞めへん！」

ぬいは笑って、

「あんたの気性ならそうやろな。私も、あんたがお父ちゃんの跡を継いでくれたのはうれしいのや。せやさかい辞めてほしゅうはない。けど……やっぱり心配は心配や。でも、それはあんたが女やろうと男やろうとおんなじやと思う。——たぶんこれからも女子であるゆうだけの理由でいろいろやりにくいこと、たいへんなことがあると思うけど……がんばってや。きっといつか、女子の目明しがあたりまえになる世の中が来ると思う。それどころか、女子の同心や与力、お奉行さまかていてはるようになる。そうならなあかんのや」

「なるやろか」

「私は、なると思う。けど、ずいぶん先の話や。世の中はすぐには変わらへん。いつか来るその日のためにその衣織さんやあんたが今やってることが大事なんや」

「でも、女の公方さまはないやろな」

みくは冗談で言ったのだが、ぬいは真顔で、

「ないとは言えんで。お天子さまは、女がなったことがけっこうあるのや」

「あ、そうか……」

徳川《とくがわ》の御代《みよ》になってからも、明正《めいしょう》天皇や後桜町《ごさくらまち》天皇の例がある。

「せやさかい、きっとその衣織さんも苦労しはるとは思うけど、がんばって立派な作者として名を挙げてほしいなあ」

「うん。うちもがんばるわ。――明日、また生國魂さんへ行って、十手の立ち回りの所作を教えることになってるねん」

「みくは先生みたいやな」

「うふふ……」

みくは腰に手を当てて胸を張った。

その夜、ぬいが寝たのを確かめてからみくは、甚兵衛が持ってきた酒を一合ほど湯呑《ゆの》みに移し、そこに十手笛の先を浸した。酒はくいくい……と減っていき、たちまち空になった。

「ぷはーっ」

という声が聞こえたような気がした。

三

「暑い暑い暑い暑い暑い……いや、暑いのう」

顔の長さがひとの倍ほどもある。いわゆる馬面で、前歯が二本だけ突き出しており、眉はゲジゲジ眉毛でどんぐり眼《まなこ》、長くて細い耳が突っ立っている。汗かきなのか、着流しのうえに羽織った羽織には汗が大量ににじみだし、妙な模様を作っている。腰に十手を差しているところをみると、町奉行所の同心だろう。破れた扇子でばたばたと音を立てながら喉のあたりをせわし気にあおいでいる。

「こう暑いと冷たいものが欲しゅうなる。――どこかで冷や酒でも飲むか」

同心がそう言うと、

「よろしいんですかい、斧寺《おのでら》の旦那。町廻りの途中ですぜ」

背の低い、小太りの若い男が言った。顔が丸く、両目の縁が黒いので、なんとなくタヌキを思わせる。横にいた若者も、

「与力衆にでも見つかったら大目玉だ。おやめなせえ、おやめなせえ」

こちらは背が高く、目の端が吊り上がっていて、キツネを思わせる。しかし、いちばん先頭を歩いていた彼らより年嵩の男が振り返り、

「弥次郎兵衛《やじろべえ》も喜多八《きたはち》もなに言ってやがる。せっかく斧寺の旦那がそうおっしゃってるんだ。お言葉に甘えておごっていただこうじゃねえか」

頬に十文字の刀傷があるこの男は「高津の一九郎《いちくろう》」こと十変舎《じっぺんしゃ》一九郎という御用聞きである。もとは江戸日本橋《にほんばし》通油町《とおりあぶらちょう》を縄張りに十手風を吹かせていたが、いろいろと「おいたがすぎて」八丁堀《はっちょうぼり》をしくじり、下っ引きの弥次郎兵衛、喜多八とともに大坂にやってきたのだ。みくが師匠と仰いでいた高津の檀吉が亡くなったとき、その縄張りの一部を引き継ぎ、今は東町奉行所定町廻り同心斧寺伊右衛門《いえもん》のもとで働いている。

「強きを助け弱きをくじく」が座右の銘だと公言するだけあって、大坂の町のものを守るどころか、商家や職人などに難癖をつけ、金をせびりとるのを日々の仕事と心得ているのだ。もちろん手柄を立てる機会があれば見逃すようなことはない。

「そりゃそうだ。――旦那、ごちそうさまでござんす」

「えれえゴチになりやす」

弥次郎兵衛と喜多八が頭を下げると、斧寺と呼ばれた同心が、

「馬鹿を申せ。なにゆえそれがしがおまえたちに自腹で酒をおごらねばならぬ。いつものようにタダ酒にありつこうというのだ」

弥次郎兵衛は、

「なんだ、タダ酒か。礼を言って損したぜ。といって、礼を返してもらうというわけにもいかねえからな……」

一九郎が歩きながら弥次郎兵衛を振り向いて、

「くだらねえこと言ってねえで、居酒屋を探さねえか。居酒屋でなくても、煮売り屋でもなんでも酒が置いてある店ならどこでもいい」

こういう連中に狙われた店は災難である。いわゆるショバ代を名目に金をゆする。断るとものを壊したり、暴力を振るったりする。ほかの客が寄り付かなくなるので、やむなくいくばくかの金を渡したり、タダ酒を飲ませたりすることになる。まるで破落戸《ごろつき》だが、「お上のご威光」を笠《かさ》に着ているだけに破落戸より始末に悪い。

「お誂《あつら》えむきに、あそこに茶店がありやすぜ」

喜多八が目ざとく一軒の茶店を見つけた。店のまえの床几《しょうぎ》に腰をかけ、手を叩いて主

を呼ぶ。

「酒を持ってこい。冷やでよい」

「へえ、七十二文でおます」

弥次郎兵衛が十手を引き抜いて主の鼻先に突き付け、

「なんだと？　おいらたちから銭を取るつもりかよ。毎日このあたりを見廻りして、この店をヤクザやならず者から守ってやってるんだ。その礼に、どうぞお酒でも召し上がりくだせえ、とそっちから頼むのが筋ってもんだ。そうじゃねえかい？」

「へ、へえ……お役人さまとは知らず失礼いたしました。どうぞ飲んどくなはれ」

「そうこねえとな。——あと、なにか肴《さかな》はねえか？」

「魚？　魚やったらそこの池にメダカがいてますけど」

「そうじゃねえよ。酒のアテはねえのかって言ってるんだ」

「アテいうたかて、うちは茶店だすさかいなんにもおまへん。団子かぜんざいか……」

「馬鹿野郎！　ぜんざいで酒が飲めるかよ！」

四人は店の主をさんざんいたぶりながら酒を飲んだ。暑気払いに冷や酒を一杯だけ、と思っていたのが、二杯になり、三杯になり、ついには全員がへべれけになってしまった。

「斧寺の旦那、どうしなさるんで？　こんなに酔っちまったら、お奉行所に戻れませんぜ」

　一九郎が言うと、

「仕方ない。今日は町廻りはもうやめだ。――喜多八、おまえは今から奉行所に参り、斧寺は出先で暑気あたりして気分が悪うなったので、そのまま帰宅する、とご用人にお知らせいたせ。一杯機嫌の顔ではよろしゅうないぞ。うがいをして、顔を洗い、酔いを醒《さ》ましてから行くのだ」

「おいらがですかい」

　斧寺は、ひんひんひん……と馬のように笑い、

「そうだ。それがしはもうしばらくここで飲んでいく」

「えーっ、そりゃあずるい。おいらもまだ飲みたりねえんだ」

「それがしの言うことが聞けぬと言うのか」

「い、いや、そんなこたぁありませんが……」

　一九郎が、

「心配するねえ。おめえの分まで俺たちが飲んどいてやるよ」

　喜多八は舌打ちをして、

「わかりましたよ。おいらが貧乏くじを引かせてもらいまさあ」

　そう言って床几から立ち上がると、早足ですたすたと行きかけた。しかし、まだ酒に

未練が残っているらしく、何度も床几を見返った。三度目に見返ったとき、喜多八は向かいから来ただれかに思い切りぶつかった。

「どこに目ン玉つけてやがるんでえ、べらぼうめ！」

酔っていた喜多八は相手を見ずに剣突《けんつく》を食らわせた。

「なに？　身どものことをべらぼうと申すか」

しまった、と思いながら顔を見ると、案の定、四十手前ぐらいの身なりのいい武家であった。鼻がやたらと大きい。目や眉や口を押しのけるようにして鼻が顔の真ん中に据わっている。地味だが、高価《たか》そうな羽織を着、赤鞘《あかざや》の大小を差している。身分のある侍と思われた。

「あ、いや、なに……うっかりぶつかっちまって申し訳ねえ、金でも落ちてねえかと地面を見ながら歩いてたもんで……堪忍してくんな」

編み笠を脇に抱えたその武士は、月代《さかやき》をきれいに剃《そ》り上げていた。

「身どもはべらぼうとはなにか、ときいておるのだ。答えよ」

喜多八は少しためらったが、ここは茶化して逃げ切ろうと、

「へっへっへっ……べらぼうって言ったんじゃねえ。このあたりに知り合いが住持をしてる寺があるんでね、寺の坊主を縮めて『てらぼう』って言ったんでさあ。俺がお武家さまに、べらぼうだのどろぼうなんて悪口《あっこう》を叩くわけがねえでしょう」

「泥棒だと？　なんだ、その言い草は。無礼であろう！」

侍が怒気を収めないのに閉口した喜多八は一九郎をちらと見た。斧寺はため息をついて立ち上がり、逸《そ》らしたので、やむなく斧寺伊右衛門を見やった。しかし一九郎は目を
「あいや、このものはそれがしの見知りにて、生来の粗忽《そこつ》もの。まわりを見ずに歩くゆえ、たびたび他人に突き当たる。あとできっと叱りおきまするゆえ、今日のところはそれがしに免じてどうかお許しを……」

「生来の粗忽ものならば、解雇なさるべきでござる。でないと、今後も同じことを繰り返し、諸人に迷惑をかけよう」

うえから押さえつけるようなその物言いに酔っていた斧寺はカチンと来て、

「このものの処分はそれがしが考える。貴殿に指図される筋合いはない」

「ほほう……よかれと思うて申したることが気に障ったかな」

「障ったと申したらなんとする」

そう言いながら斧寺は十手を抜き、

「それがしはコレでござる。この者たちもわが手下《てか》にて、いずれも十手持ちだ。驚かれたか？　ひひひんひんひん……無理もない。いずれのご家中かは存ぜぬが、大坂はご貴殿の在所とは異なり、徳川家の御領。お上のご威光を笠に着るわけではないが、どこにどのような偉物《えらぶつ》がおるかわからぬゆえ、せいぜい気をつけられることだ」

どうだ、恐れ入ったか、という顔で相手を見た。しかし、その武士は涼しい顔で斧寺を見据えると、

「なるほど、大坂町奉行所の同心であったか。ならば身どもも名乗ってつかわす。——身どもは鯖奈林四郎《さばなりんしろう》と申すもの。その身分は……」

鯖奈という侍は声をひそめて斧寺の耳になにごとかつぶやいた。

「なに……？」

斧寺の顔色が変わった。

「さようでござったか。そうとは存じ上げず、とんだ失礼を……どうか穏便なるお取り計らいをお願いいたしまする」

「ほほう、さっきの勢いはどうなったのだ。たいそう偉いようなことを言うていたようだが……」

「とんでもない。我ら町役人など、あなたさまに比べると、吹けば飛ぶような蝿《はえ》のごときもの。どうかご内聞に……」

鯖奈林四郎はにやりと笑い、

「大坂は徳川家の御領。どこにどのような偉物がおるかわからぬゆえ、せいぜい気をつけられることだ」

そう言うと連れのものを振り返り、

「とんだ道草を食った。では、参ろうか」

今まで後ろで様子を見ていたらしい背の高い町人は軽くうなずき、ふたりはその場を去った。斧寺は地団駄を踏んで悔しがり、

「あやつ……馬鹿にしよって！　許せぬ！　それがしをなんと思うておるのだ！　今度会うたらただではおかぬぞ！」

喜多八が、

「旦那、吹けば飛ぶような蠅とは、えれえ卑屈になったもんでござんすねえ」

「もとはと言えば、貴様の粗忽から起きたことではないか！」

斧寺はムッとしてそう言うと、

「気分が悪い。飲み直しだ。弥次郎兵衛、どこかタダ酒の飲めそうな店を見つけてまいれ。——喜多八、なにをぐずぐずしておる。とっとと町奉行所に行かぬか！」

喜多八は跳び上がった。

◇

「よう来てくれたーっ！」

みくの顔を見ると衣織は机から立ち上がって破顔した。ここは、生國魂神社の西側を通る松屋町筋《まっちゃまちすじ》に面した煙草《たばこ》屋の二階である。衣織の住まいは糸屋町《いとやまち》の長屋だが、すぐに

稽古に通えるように、山辺座に近いここを借りて台本を執筆しているらしい。山辺座を訪ねていったら、座員がこの場所を教えてくれたのだ。

机のまわりには紙をくしゃくしゃに丸めたものが大量に散らばっている。どうやら書き損じらしい。紙というものは希少品だから、たとえ書き損じてもほかの用途(裏返して使う、こよりにする、落とし紙にするなど)に使うのが普通だが、衣織の丸め方には再利用を拒絶するような怒りが感じられた。

「朝ご飯まだやろ。一緒に食べよ」

「いや、もう食べてきた」

「そうか……。ほな、私だけ食べるゆうのも悪いさかい、ご飯は抜きにして、さっそく所作を見せてもらおか」

「そんな……気ぃ遣わんといて。それやったらおなかはまだ入るさかい食べよか?」

「そうしい、そうしい。——すんまへーん! 朝ご飯ふたり分お願いしますー!」

衣織は階下に向かってそう叫んだ。その姿をみくが見ると、頭髪にはしばらく櫛《くし》を通した様子もなく、擦り切れて色あせた浴衣にどてらのようなものを羽織っている。目は真っ赤に充血し、唇はかさかさに乾いている。どうやら昨夜は徹夜だったようだ。

しばらくすると煙草屋のおかみがふたり分の朝食を膳に載せて、梯子段《はしごだん》を上がってきた。朝食といっても、冷や飯と土瓶に入れた冷めた茶、それに漬けものと味噌汁だけである。味噌汁の実は豆腐だが、舌が焼けるほど熱い。衣織は冷や飯に冷めた茶をかけると、熱々の味噌汁をひと口飲んでは飯を掻き込み、漬けものをひと齧《かじ》りしては飯を掻き込んでいる。みくも真似をしてみたが、なかなか美味いし、暑気払いにもなる。

朝飯を食べながら衣織が問われることもなく話しはじめた。

「私のこと、けったいなやつやと思てるやろ。この歳まで嫁にも行かんと芝居の台本書いてるやなんて……。うちの親は、早う身を固めろ、孫の顔を見せてくれ、て口癖みたいに言いながら死んだけどな、どうしてもこの仕事、辞められへんのや。自分が書いたものを太夫さんが語って、人形が演じて、魂を吹き込んでくれる。それをお客さんが見てくれる……こんな楽しいことはないねん。せやから、なんぼ『女のくせに』て言われても辞めるつもりはない」

「うちかて、女のくせに目明しの親方や。ひとのことは言われへんわ」

「あははは……そやな。私ら、おあいこや」

そう言って、衣織は大きな音を立てて漬けものを噛んだ。

「せやけど『女のくせに』とか『女だてらに』て、嫌な言葉やと思わんか？　私には芝居や人形浄瑠璃を通して言いたいことがあるのや。私が尊敬する並木宗輔《そうすけ》先生は、豊竹《とよたけ》座《ざ》で人形浄瑠璃の台本をぎょうさん書きはった方やけど、今の世の中で女が虐げられたり男より下に扱われたり分け隔てされたりしてることを題材にしたものが多かった。せやから私もそういう狂言を書いてたら、見習いのころ、師匠の横縦衣伽睡に言われたことがあった。夢を見るのは勝手やがこの世を動かしとるのは男や、それやったら男にウケる台本を書くようにせなあかん、とな。それで、師匠は私に『衣織』という男か女かわかりにくい名前をつけはったのやけど……せやから私は、いざ独り立ちする、ゆうことになったとき、座付き作者にならんと、一作ごとに注文もろて台本を書くことにしたのや。仕事は少ないかもしらんけど、書きたいもんを書くにはそれしかないと思てな」

（おかんの言うてたとおりやなあ……）

そんなことを思いながらみくは味噌汁を啜り、

「それで、女目明しを主役にしたんか……」

「そういうこっちゃ。人間の値打ちは男も女もおんなじはず。けど、今の女子の地位は低すぎる。それをひっくり返すような話を書きたいのや。協力、よろしゅう頼むで」

「任しといて！」

みくは胸をどん！　と叩いた。衣織は、

「ほな、そろそろやろか」

ふたりは生國魂神社の境内へ移動した。そこには山辺座の座員たちが今や遅しと待ち構えていた。なかには、昨日見かけた顔もあった。

「遅おまっせ、先生。待ちくたびれましたがな」

座員のひとりが言った。

「ごめんごめん、朝飯食うてたのや」

「呑気《のんき》やなあ……」

「おみくちゃん、十手見せてもらえる？」

みくが持ってきたのは十手笛ではなく、檀吉親方にもらった細くて短い十手である。本来、目明しは町廻りや捕り物のたびに町奉行所から十手を借り出さねばならない。だから、刀鍛冶《かじ》などに命じて自分専用の十手を作らせる目明しも多かった。みくから十手を受け取った衣織は、

「ふーん……けっこう重いもんやなあ」

そう言いながら小道具係に手渡すと、

「寸法を測って、これとそっくりのもん作ってや」

小道具は、人間と人形の身長の差を勘案して、縮尺した寸法で作るのだそうだ。十人ほどの男たちがみくに挨拶した。衣織は十手をみくに返すと、

「まずは、女目明しが匕首を持った白波《しらなみ》（盗人）に取り囲まれて、十手をふるって抜け出す場面や」

作りものの匕首を持った座員たちがみくのまわりを囲んだ。衣織は、

「みくちゃん、あんたが捕り物をするときと同じようにしてほしいのや。今から、この

連中を適当にあんたに斬りかからせるさかいな」

「わ、わかった……」

みくは緊張しつつも十手を構えた。座員たちは腰が引けている。

「すんませんけど、十手で叩くときはお手柔らかに頼んます」

みくは、

「わかってるがな。十手術の型を見せるだけや。寸止めにする」

しかし、だれも斬りつけてこない。衣織が苛立《いらだ》って、

「なにしとるんや。早うやらんかい」

座員のひとりが、

「け、けど、だれから行ったらええか……」

「だれでもええから行け!」

「そら無理だっせ。なにかきっかけがないと……」

「ほんまは太夫が語るところやけど、今日はおらんから、おみくちゃんにセリフを言うてもろて、それをきっかけにしよか。あんたが、『うるせえやい。有象無象の木っ端屑ども。ぐだぐだ言ってないでかかってきやがれ』ゆうたら、皆が一斉に斬りかかる」

みくは青ざめた。

「あ、アホな……うち、そんなんでけへん」

「あんたが言うてくれんとみんなきっかけが摑めん。頼むわ」

みくは、人生最大の難題が降りかかってきたように思った。生まれてこの方、人形浄瑠璃も歌舞伎も、およそ芝居と名の付くものは観たことがないのだ。飴売りの売り声すら最初は出せなかった。芝居のセリフなどとても無理である。

「あの……ほんまにやらなあかん？」

「あたりまえやがな。あんたが最初ゆうのがやりにくいのやったら、そのまえのセリフを私が言うたげる」

衣織は紙の束を見ながら、

「なんだと……それじゃあてめえが噂に聞いた、吉祥天のおりえとかいう跳ねっ返りか。ふふん……俺たち盗人を向こうに回すその肝っ玉は認めてやるが、いくら十手と捕り縄の扱い達者でも、なにしろ女の細腕じゃあ男の力にゃかなわねえ。それに、見てのとおりの多勢に無勢。お上の手先とはいいながら、女を殺すは寝覚めが悪い。あきらめて退散し、家でぬかみそでも搔き回すというなら、盗人の目にも涙、見逃してやってもいいんだぜ。――あんたがそのあと、うるせえやい……てなるんや」

「わ、わからん……」

「ほな、行くで。――お上の手先とはいいながら、女を殺すは寝覚めが悪い。あきらめて退散し、家でぬかみそでも搔き回すというなら、盗人の目にも涙、見逃してやってもいいんだぜ」

　みくは覚悟を決めて、

「うるせえやい。有象無象の木っ端屑ども。ぐだぐだ言ってないでかかってきやがれ」

「声が小さい。きっかけにならへんがな」

「うう……うーるせえやい！　有象無象の木っ端屑ども。ぐっだぐだ抜かしてねえで、さあ、かかって……きやあがれ！」

　みくは渾身《こんしん》の大声を出したあと、でたらめのセリフを叫んだ。男が匕首を振りかざして突進してきたので、みくは咄嗟《とっさ》にその手首を十手で叩いた。男は「痛っ」と叫んで匕首を落としたので、みくがうろたえた瞬間、べつのひとりが飛びかかってきた。

（もうやけくそや！）

　みくは相手の脛《すね》を蹴飛ばし、前のめりになったところを十手で腕を叩いた。加減したつもりだったが、相手は顔をくしゃくしゃに歪《ゆが》めて悶絶《もんぜつ》した。

「あ、悪い……」

　みくが謝ったとき、左右からふたりが同時に斬りつけてきた。みくは後ずさりしてひとりずつ肩を十手で軽く打ったが、背中に気配を感じて反射的に身体が動いた。背後にいた男に思い切り回し蹴りを食らわせてしまったのだ。蹴りは見事に男の鳩尾《みぞおち》に入り、

「うぎゃあっ」

と男が悲鳴を上げるのと、衣織が、

「やった！」

と叫ぶのがほぼ同時だった。残った三人は顔を見合わせ、一斉に猛進した。興奮したみくは男たちの横面を十手でつぎつぎと張り飛ばし、三人はその場に倒れた。衣織が、

「行けーっ！　もっとやれーっ！」

三人のうちのひとりが涙を流しながら、

「叩くときは寸止めにする、て言うてたやおまへんか！」

そう言って赤く腫れ上がった横面をさすった。ほかの座員たちも、

「まるで手加減なしやがな。わてら素人《しろうと》だっせ。これじゃ身体が持たんわ」

ハッと我に返ったみくは頭を掻き、

「ごめんごめん、つい本気になってしもた。飴ちゃんあげるから堪忍して」

座員たちは飴を口に放り込み、

「まあ、ええか……」

衣織が大喜びして、

「やっぱりほんまもんはちがう。立ち回りの所作は全部変えるさかい、人形遣いを全員集めて、さっそく稽古のやり直しや。台本も書き換えんといかん。忙しなってきた！さあ、もっともっと細かいとこまで見せてんか」

みくによる十手術の指導はその後二刻《ふたとき》（約四時間）も続いた。座員たちはへとへとになり、みくも足腰が言うことをきかなくなったが、衣織は「もっともっと」とみくにせがむ。自分が納得するまで検分しないと気が済まないのだ。

「もうダメ……休ませて……」

十手を持ったみくがその場にへたり込んだ。ほかの座員たちはとうに伸びている。

「あかんなあ、みんな……」

腰に手を当てた衣織がそう言ったとき、

「衣織先生、こちらが所作指導役のおみく親方だすか」

男の声がしたので、皆がそちらを向いた。三人の男が立っていた。真ん中のひとりは背の高い町人だ。歳は四十五、六だろうか。髪の毛は一本もなく、きれいに禿《は》げあがっていた。柔和な顔立ちで、着物などもさほど高価ではなかろうが、品のいいものばかりであった。一同は頭を下げた。衣織が、

「昨日ちょっと言うたやろ。このお方は山辺座の太夫を務めてはる紋下の竹本色太夫さんや。人形浄瑠璃の将来を真剣に案じてるお方でな、今度の狂言も、私ならこれまでにない面白いものを書けるやろ、ゆうてご指名くださったのや。私はその期待に応える気満々やねん」

あわててみくが頭を下げようとすると、色太夫はみくよりももっと深くまで頭を下げ、

「お初にお目にかかります。いろいろとお世話いただいているそうで……わしは山辺座の紋下をしております竹本色太夫と申します。おみく親方のことは昨日、衣織先生から聞きました。十手術の名人やとか」

「いやあ、そんなこと……」

　みくが照れると、

「衣織先生から、女目明しを主役にした台本のことを聞いたとき、それは面白い、きっとはねる（大入りになる）と思いましたが、ほんまにそういうお方がおられるとは思いませんでした。これは幸先《さいさき》がええ」

　落ち着いた、心地よく響く声である。

「さすが、太夫さんだけあって、ええ声してはる！」

　みくが思ったままのことを口にすると、

「なんの……わしは昔、人形遣いでおました。けど、太夫の数が足りん、いうて転向させられましたのや。ほかの太夫さんよりも遅れた分を取り戻さなあかん、と一生懸命修業いたしまして、ようようひとまえで語れる程度にはなりましたが、まだまだだすなあ」

　衣織が、

「そんなことないで。色太夫さんは声も節も聞き惚《ほ》れるような立派な太夫さんや」

「わしは人形浄瑠璃が好きで好きでたまらんのだす。せやから、人形の修業も語りの修業もできて、幸せやと思とります」

「ふーん……」

みくは感心しながら、もうひとりの男に目をやった。ずんぐりした身体つきで、顔は将棋の駒を逆さにしたように角ばっている。二十歳過ぎぐらいだろうか。首筋をぽりぽり掻きながら、おっとりした顔つきでにこにこ笑っている。衣織が、

「こいつは私の弟でな、蟬太郎《せみたろう》ていうのや。ちょっと見たら、ボーッと抜けてるような顔しとるやろ。けどな……ほんまに抜けとるのや」

蟬太郎は、

「姉ちゃん、それはあんまりやで」

「ほんまのことやないか」

「えへへへへ……」

衣織はみくに、

「こいつは今、仕事もせんとぶらぶらしてるさかい、山辺座の下働きをさせてもらいながら、私の仕事も手伝わせてる。仕事いうたかて、書いた紙をそろえたり、書き損じを捨てたり、墨をすったり……まあ、それぐらいなら間に合うからな」

「姉ちゃん、あんまりおだてるなや」

「だれがおだててるねん！」

竹本色太夫は笑いながらふたりの掛け合いを見つめていたが、すぐに顔を引き締めると、みくに向かって、

「おみく親方……今度の新作狂言にはうちの、山辺座の浮沈が懸かっとりますのや。わしがなんで、うちの座付き作者やのうて、ここにいてはる衣織先生に台本を書いてもらうことにしたのか……まあ、聞いとくなはれ」

「は、はい……」

「人形浄瑠璃は今、窮地に立っとります。わしはそれをひっくり返そうとしとりますのや。そのためには、なんぼ名作でも古い狂言ばかりやっとっては飽きられてしまう。新風を吹き込まなあかん。そう思て、わしは衣織先生にお頼みしましたのや。できあがったところまで読ませてもらいましたけど、これがまあすばらしい台本で……女目明しが悪党どもを向こうにまわして大立ち回りするやなんて、じめじめした心中ものばかり、てゆう人形芝居への思い込みがぶっ飛びまっせ。やらせてもらうのが楽しみだす。かならずこの狂言で、わしは人形浄瑠璃を復活させてみせます」

握った拳を突き出す竹本色太夫は気迫に満ちていた。みくはその迫力にたじたじとなりながら、

「あの……人形浄瑠璃は今、窮地に立ってるんですか？」

「そうだすのや。まあ、聞いとくなはれ」

そう言って、人形浄瑠璃の現状を説明しはじめた。

「以前は人形浄瑠璃は歌舞伎よりも人気がおましたのや。『歌舞伎はあれどもなきがごとし（歌舞伎などないも同然だ）』とまで言われとりましたのやで」

「へえーっ」

色太夫の話によると、貞享《じょうきょう》元年、京から大坂に下ってきた竹本義太夫《ぎだゆう》が、道頓堀に「竹本座」を開き、近松門左衛門を座付き作者に迎えて、「曽根崎心中」をはじめとする数々の名作を矢継ぎ早に発表した。竹本義太夫の浄瑠璃は、豪快な語りっぷりのなかに繊細な情愛を表現し、のちに「義太夫節」というのが浄瑠璃と同義語になるほどの人気を博し、三味線の竹沢権右衛門《たけざわごんえもん》、人形の辰松八郎兵衛《たつまつはちろべえ》、経営の竹田出雲《たけだいずも》とともに「新浄瑠璃」と呼ばれる新時代の芸を作り上げた。また、竹本義太夫の弟子だった豊竹若太夫《わかたゆう》が独立して、同じく道頓堀に「豊竹座」の櫓を上げた。美声の持ち主だった若太夫は、紀海音《きのかいおん》に台本を書かせて近松と張り合った。

竹本義太夫の死後、跡目を継いだ門弟の政太夫《まさたゆう》への不満から、多くの座員が豊竹座に移籍したが、近松門左衛門はあくまで政太夫の支援を表明し、「国性爺合戦《こくせんやかっせん》」を書いた。これが大当たりをとって十七カ月の連続公演となった。一方、歌舞伎側は近松や紀海音ほどのよい作者を得ることができず、古典の再演か人形浄瑠璃の台本をそのまま歌舞伎として上演するいわゆる「丸本《まるほん》」ものばかりとなり、完全に人形浄瑠璃の後塵《こうじん》を拝することになった。竹本座と豊竹座は切磋琢磨《せっさたくま》し合い、「菅原伝授手習鑑《すがわらでんじゅてならいかがみ》」「義経千本桜《よしつねせんぼんざくら》」「仮名手本忠臣蔵《かなでほんちゅうしんぐら》」などの名作がつぎつぎと生まれた。人形浄瑠璃の黄金時代である。

「すごいなあ。——けど、それがなんでひとつもなくなったん？」

「歌舞伎側も負けてはおれん。人形浄瑠璃で大当たりした狂言をすぐに歌舞伎に移し替えて上演する。ええ役者を揃える。セリ上げとか廻り舞台とかいった仕掛けを工夫する。人形浄瑠璃の演じ方、見せ方を取り入れる。そういう努力の甲斐《かい》あって、じわじわ人気を取り戻した。一方、わしら人形浄瑠璃の側も、ええもんを書ける作者がおらんようになった。近松の心中もののように人間の心の深みを自在に描き出すような台本やのうて、豪華絢爛《けんらん》な人形を前面に出した、見た目が派手であればええ、というような新作ばかりが増えた。なんぼ太夫や三味線、人形遣いががんばったかて、その土台になる台本がようないとどうにもならん。そんなことで、だんだん人気がなくなっていったのや」

　みくは、まわりにいる座員たちがうなだれていることに気づいた。色太夫は続けた。

「とうとう竹本座と豊竹座があいついで閉館し、跡地はどちらも歌舞伎の小屋になった。道頓堀の操り芝居の歴史は終わったのや。——けど、人形浄瑠璃の観客は減ったわけやないで。神社仏閣の境内での宮地芝居、堂島新地《どうじましんち》、曽根崎新地、難波《なんば》新地といった新地芝居なんぞで上演を続けとる。わしの山辺座もそのひとつや。皆、歌舞伎なにするものぞ、の気概をもってがんばっとる。せやけど……わしは、道頓堀にもう一度操り芝居の灯をともしたいのや。そのためならば、どんな手を使うてもええ、と思とる。まずは、客の度肝を抜くような、思い切った狂言が必要や。此度《こたび》の台本を衣織先生にお願いしたのも、先生ならこれまでと同じような古臭いものやのうて、人形浄瑠璃の世界に新風を吹き込むような台本を書いてくれるやろ、と思たからでおます。せやから、つぎの芝居は生國魂はんやのうて、道頓堀の竹本座を借りる手はずにしとりますのや」

色太夫は、年若のみくに向かって滔々《とうとう》とまくしたてた。みくはその気概に感心した。

(このおっちゃん、やる気あるなあ……。もしかしたらほんまに今度の狂言、道頓堀で大当たりして、人形浄瑠璃の人気が戻ってくるかも……)

色太夫はそんなみくの気持ちを知ってか知らずか、

「舞台のうえの人形は、三人の人間が動かしとるだけのただの木偶《でく》だす。そこに本物以上の迫力を与えるには、おみく親方の十手の立ち回りの所作が大事になってきます」

「うわあ……責任重大やな」

色太夫はにっこり笑って、

「生身の人間が演じる歌舞伎より、命のない人形に魂を吹き込む人形浄瑠璃のほうが客の心を揺さぶる、とわしは信じとりますのや。人形芝居のここ一番、なにとぞお力をお貸し願いたい」

みくはすっかり色太夫の人間性に魅せられていた。衣織が、

「太夫、心配いりまへん。今、おみくちゃんに見せてもろた立ち回りのおかげで、私の頭では振りつけがすっかりできあがってます。あとはこれを人形遣いにつけていくだけだす。きっと上手くいくと思います」

みくが、

「お役に立てて幸いです。だんだんうちも観とうなってきたわ」

色太夫は、

「もちろん親方はご招待いたします。毎日来てもろてもかましまへん。初日が決まりましたらすぐにお知らせいたします」

「えっ？　そんなええのん？」

「所作をつけてもろたお方をお招きするのはあたりまえだす。ぜひ、お友だちも誘て、お越しください。たぶん来月の九日には幕を開けられるやろと思います」

みくの頭に、甚兵衛の顔が浮かんだ。本当は母親のぬいを連れていきたいのだが……。

「竹本座を借りるにはかなりのお金がかかっとります。引き札（広告）もぎょうさん刷りました。絵看板も派手に揚げるつもりでおます。けど、人形浄瑠璃が久々に道頓堀に返り咲く……そういう評判を立てたいのだす。なにとぞお力添えをお願いします。もちろん、看板にも『所作指南・月面町みく』と名前を入れさせてもらいます」

「えーっ！」

みくは思わず声を上げた。今まで無言だった三人目の男が、

「そろそろ行こか……」

歳は三十五、六ぐらいか、苦み走った顔つきで、右頬に大きなできものがある。

「あの……そちらは……？」

色太夫が、

「こちらは山辺座の座本で山辺権九郎さん。この小屋の持ち主で、わしもずっと世話になっとります」

「今度の狂言は、うちやのうて道頓堀でやるのやが、稽古やらなにやらはここでやるそうでな……もし、『鬼小町』が大当たりしたら、いや、わしは当たると信じとるけど、そのときは山辺座ごと道頓堀に移るつもりだす」

山辺権九郎も「鬼小町」に賭けているようだった。色太夫が、

「ほな、わしらはこのへんで……。衣織先生、あとはよろしゅう。——蝉太郎、行くで」

もう一度みくに頭を下げると、山辺権九郎、蝉太郎とともに去っていった。みくが、

「立派なひとやなあ。道頓堀の興行、上手いことといったらええ、とは思うけど、その出しものにうちの立ち回りが使われるやなんて……ちょっとビビるわ」

衣織は微笑《ほほえ》みながら、

「だいじょうぶや。なにかわからんことが出てきたらまた教えてもらうわ。あとは、初日が開くのを楽しみに待っといて」

「うん、わかった!」

みくの期待はいやがうえにも高まっていた。

◇

「ほな、おみく親方の十手の立ち回りが、人形浄瑠璃になりまんの?」

一心堂《いっしんどう》の「やなぎ饅頭《まんじゅう》」を食べながら、喜六が言った。みくは頭を掻いて、

「ひょんなことからそうなってしもたんや」

渋茶を土瓶から湯呑みに注いでいた清八が、

「そらすごい。女目明しが主役の操り芝居やなんて、ぜったい観にいかんと……」

「紋下の色太夫さんが、招待してくれたんや。友だちも誘てええ、て言うてはったさかい、あんたらも行けるで」

「うわあ、そらありがたい! わてら人形浄瑠璃観るのはじめてや。なあ、清やん」

「そやなあ。歌舞伎はなんべんか立ち見でひと幕観たことはあるけど、人形は縁がなかったわ。楽しみやなあ」

上体を起こして饅頭を食べていたぬいが、

「ほんまは私も行きたいのやけど、大勢お客さんがおるところでの長丁場はちょっと無理やと思うさかい、遠慮しとくわ。あんたらで楽しんどいで」

喜六と清八はぬいの病のことを思い出してハッとしたが、ぬいは気にもとめていない様子で饅頭をパクついていた。

みくが、

「残念やなあ。おかんに観てもらいたいのに……。看板に、所作指南としてうちの名前も出るんやて」

ぬいが惜しそうに、

「道頓堀なら、そないに遠ないさかい、看板だけやったら杖ついて観にいけんことはないけどなあ……」

喜六が、

「その人形の顔、おみく親方に似せて作るんやろか。それやったら、しゅっとした人形にしてもらわんと困るな」

ぬいが、

「アホなことを……。人形浄瑠璃の人形ゆうのは、首《かしら》が何十種類もあって、狂言ごとにそれをいろんな役に振り分けるのや。たとえば娘役なら娘役で、首はいくつかあるなかから、その役にふさわしい首を選んで、鬘《かずら》を替えて髪を結い直したり、顔の色を塗り直したりして役に合わせるのやで」

「なーんや、使い回しかいな」

喜六は残りの饅頭を口に放り込んだ。清八がみくに、

「初日はいつだす？」

「さあ……それ、まだ聞いてないねん。たぶん来月の九日かあたりやて言うてはった。はっきり決まったら教えてくれることになってるんやけど……」

みくは、ぬいには悪いと思ったが、山辺座の操り芝居が楽しみで仕方がなかった。自分が十手を使う所作をどんな風に人形たちが再現するのだろう、と思うとわくわくするのだ。いつ初日の幕が開くのか、早くそれを知りたくてたまらなかったのである。

四

数日後、月面町の暇人の代表格である甚兵衛がみくの家にやってきた。みくは、朝の飴売りを終えて帰宅し、ぬいと昼飯を食べているところだった。

「おっちゃん、なんや飯時分になったら現れるなあ」

みくは茶碗で顔を覆うようにして炊き立ての飯をがさがさ……と掻き込みながらそう

言った。おかずは焼き豆腐の煮つけ、サツマイモの味噌汁に漬けものである。

「これ、みく、失礼やで。親しき仲にも礼儀ありや」

甚兵衛は手を振って、

「いやいや、わし、今日はほんまに用事で来たのや。たぶんお昼食べてるのやないかいな、とは思たけど、一刻も早う伝えたほうがええ、と思てな……」

「なにかあったんか？」

みくは茶碗を置いた。顔に飯粒がついている。

「これ見てくれ。さっき、座員が道で配ってたのを一枚もろたのや」

甚兵衛は一枚の紙をみくに見せた。それは引き札でいわゆる「辻番付《つじばんづけ》」というものである。まずはいちばん右側に、

新作狂言「鬼小町誉華十手」
角の芝居にて九月九日より開場　仕候《つかまつりそうろう》

とあり、半紙の上半分に、艶《あで》やかな着物を着て腕まくりをし、十手を振りかざす女性の姿が描かれていた。みくはちょっと照れたように笑って、

「なんや、もうこんな引き札ができてたんか。山辺座のだれかがうちにも届けてくれた

らええのに……」

甚兵衛が手を振り、

「ちがうちがう。よう見てみ。場所は『竹本座』やのうて、『角の芝居』て書いてあるやろ。それに、座本の名前を見てくれ」

みくは怪訝《けげん》そうにもう一度その紙を見た。

「えーっ！」

なんと外題《げだい》「鬼小町誉華十手」のすぐ横に、

座本　大谷雉右衛門

と大書されているではないか。その左側には、

大谷雉右衛門
市川鯊十郎
嵐烏三郎

など主だった役者の名前が記され、つづいて太夫、ワキ、三絃《さんげん》、長唄など下座の名前

が並んでいる。そして、そのあとに、

狂言作者　横縦衣織

とあり、最後に頭取（楽屋を取り仕切る責任者）の名で締めくくられていた。みくはその辻番付をぬいに見せた。ぬいは顔を曇らせ、

「どういうことや」

「わからん……。なんで、山辺座の色太夫さんが人形芝居でやるはずの狂言を、歌舞伎でやることになってるんやろ。——甚兵衛《じんべ》はん、どないなってんの？」

「さすがの謎解き甚兵衛にもこの謎は解けんなあ……。おぬいさんはどない思う？」

ぬいが首を傾《かし》げたとき、

「えらいこっちゃ、えらいこっちゃ、どえらいこっちゃ！」

飛び込んできたのは喜六と清八である。

「なんやねん、騒々しいなあ。こっちはそれどころやないねん」

清八が、

「こっちも大事《おおごと》だすのや。道頓堀の角の芝居に……」

「えっ……？」

みくが「角の芝居」という言葉に反応すると喜六が、

「人形浄瑠璃の山辺座の連中が大勢で押しかけて、小屋のまえで歌舞伎の連中とにらみ合《お》うてるらしい。今にも血の雨が降りそうな気配やそうだっせ」

みくは立ち上がると、

「おかん、うち、行ってくるわ」

そう言って神棚に供えてあった父親譲りの十手を手にすると、帯に差した。

「おみく、くれぐれも軽はずみな決めつけをするのやないで。人形浄瑠璃の連中さんと歌舞伎の連中さん、双方の言い分をよう聞いてから動きなはれや」

「わかった」

ぬいの言葉にみくはうなずくと、

「喜六、清八！　行くで！」

「へいっ」

三人は表に飛び出した。

◇

角の芝居のまえに到着した途端、みくにはその場の空気が張り詰めているのがわかった。小屋の木戸を守るように立っているのは、並の烏帽子はかぶれそうにないほど頭の鉢が大きい男だった。年齢は五十歳ぐらい。着替えの最中だったのか、長襦袢《ながじゆばん》一枚という姿で腕組みをしている。みくはこの人物がおそらく大谷雉右衛門だろうと思った。鼻から荒い息を吹き、歯を食いしばり、相手をにらみつけるその様子は「荒牛の雉右衛門」にふさわしく、全身から立ち上る怒気が見えそうなほどの迫力だった。その前後には、歌舞伎芝居の一座のものとおぼしき連中が大勢身構えている。手に手に割り木や手鉤《てかぎ》などを持っており、雉右衛門の号令一下、ただちに暴れ出そうという気合い満々である。

彼らに相対しているのは、みくも知っている山辺座の紋下竹本色太夫である。両脚をやや広げて立ち、右の拳を握りしめ、雉右衛門ほどではないが、怒気を露《あら》わにした顔で雉右衛門を凝視している。色太夫の後ろに控えているのは山辺座の連中だ。なかにはみくも見知りの顔もある。先日の立ち回りの稽古に参加したひとたちだ。彼らも、色太夫がひと声かけると雉右衛門たちに突撃するだろう。今のところ両者は動かず、ひたすらにらみ合いが続いているが、まさに一触即発の状況だ。

ほかの小屋のものたちや冷やかしの客たち、ただの通りすがりの野次馬などが両者の周囲を取り巻き、どうなることかと見守っていた。彼らが期待しているのは、とにかく派手な喧嘩だった。できるだけ大きな乱闘のほうが見物のしがいがあるというものだ。もちろん自分たちに火の粉がかからない、という前提ではあるが……。

「親方、どないしましょ……」

清八がみくに言った。

「そやなあ……。うちもこんな喧嘩、どう扱うたらええかわからんわ」

「おみく親方が、ここで一番、あそこに飛び込んで、『待った待った待った……この喧嘩、月面町のみくが預かったーっ！』て見得切ったら、大坂中の評判になりまっせ！」

清八がけしかけたが、みくの頭にはぬいの、軽はずみに決めつけず、双方の言い分をよく聞くように、という言葉が浮かんでいた。たとえ闇雲にあいだに入っても、殺気立ったこれだけの人数を相手にたった三人ではどうしようもない。

「喜六……あんた、お奉行所に行って、江面の旦那にこのこと報《しら》せといで」

「へえ……」

喜六はそっとその場を離れた。そのとき、竹本色太夫がつかつかと大谷雉右衛門に歩み寄った。まわりのものたちが色太夫に殴りかかろうとしたのを雉右衛門は手で制した。

色太夫は、

「雉右衛門さん、山辺座の竹本色太夫だす。今日、わしがここに来た理由はわかってはりますな」

雉右衛門は、

「さあて、さっきから考えとるがさっぱりわからん。どういうことか教えてもらおか」

「とぼけなはんな。――わしが来たのは、あんたのところが辻番付を配っとる今度の狂言『鬼小町誉華十手』を中止してもらうためや」

「ほほう……役者衆や下座の稽古もはじめとる、大道具、小道具も作りだしとる、衣装やかつらの手配もしとる、絵看板も作り、引き札も派手に撒いとる……そこまで支度しとるものをなんで中止せなあかんのや」

「決まってるやろ。その狂言は、わしとこがやるはずのもんや。やめていただかんと困る。驚いたで、あんたとこの引き札に横縦衣織の名前があったときには」

「面白いことを言うやないか。この引き札に、この狂言の台本は、わしが衣織先生からいただいたものや。もちろんお金もちゃんとお支払いした。受け取りももろとる。舞台にのせてなにが悪い？」

「ちがう！　この狂言は、わしが衣織先生にお願いしたもんや。嘘やない。だれにきいてもろてもわかるはずや。それを盗んで、おのれの一座で上演するやなんて……あんたは盗人や！」

「ひと聞きの悪いことを言わんとってもらいたい。そんなでたらめを言い触らしたら、本気にするお方も出てくるかもしれん。うちの評判が下がるやないか」

「でたらめやない。ほんまのことや」

「あのなあ色太夫さん、人形浄瑠璃の台本を翌月に歌舞伎のほうで上演する、ゆうのは『丸本狂言』というてなんぼでもあることやないか。それに、衣織先生が山辺座の座付き作者ならあんたの言い分も通るかもしれんけど、衣織先生はどこの一座とも専属の取り決めは結んではらへんはずや。その台本をお金を出して買うたのやさかい、文句を言われる筋合いはない。——これを見てみい」

雉右衛門はふところから取り出した紙を色太夫に示した。そこには、

金子《きんす》請取之事《うけとりのこと》
銀〇〇匁《もんめ》
狂言「鬼小町誉華十手」執筆料として
右之金子確かに請取申候《もうしそうろう》

横縦衣織

大谷雉右衛門様

とあり、「横縦衣織」の名の横には判も押されていた。雉右衛門は色太夫に、

「わしは、近頃、道頓堀の歌舞伎の客がどんどん減ってきとることに気づいた。台本が悪いのや。近松や並木五瓶、勝俵蔵《かつひょうぞう》のような才ある芝居作者が出てこんことには、このままでは歌舞伎は衰えていく。はっきり言うて、人形芝居の二の舞になる、と思たわけや。人形浄瑠璃も『歌舞伎はあれどもなきがごとし』とか抜かして威張りくさってる

うちに、いつのまにか落ちぶれて、道頓堀から姿を消したやないか」

雉右衛門の言うには、本来、歌舞伎も人形浄瑠璃も、座付き作者が分業で台本を書くのが普通である。立作者が芯になる部分を書き、二枚目、三枚目……といった五、六人の弟子たちがそれ以外の部分を書き、最後に立作者が全体をならすのだ。しかし、今回は近頃評判の上がってきた外部作者の横縦衣織に丸ごと頼むことにした。衣織は独立したばかりらしいが、期待に沿うような新作を書いてくれるのでは……と思ったのだという。

「わしは先生の家を訪ねた。先生は思てたよりもずっと若いお方やった。わしが名乗ると、『ちょうどできあがったところでおます』と言うて台本を渡してくれた。ぱらぱらと読んでわしは驚いた。どえらい面白さや。『これ、もろて帰ってもよろしいのかな』と言うたら、もちろんだす、という返事や。この台本ならきっと当たる。わしは小躍りして金を支払い、受け取りを書いてもろうて持って帰った。さっきも言うたように、稽古もはじめとる、道具も拵えとる、絵看板や辻番付の手配もしとる。今頃になって、なんで中止にせなあかんのや」

色太夫がなにか言おうとしたとき、野次馬を掻き分けるように現れ出たのは、衣織と弟の蟬太郎だった。

「そのことについて私から説明させてもらいます」

衣織がそう言った。雉右衛門は、

「おまえはだれや」

「横縦衣織です」

「な、なんやと……？　おまえは女やないか」

「女子が台本書いたらあきまへんか」

「せやけど、わしが会うたのは、そこにいる若いおひとやで」

「これは、私の弟で蝉太郎と申します。私は、遅れとりました台本がようようできあったのでほっとして、ぶらぶら散歩に出かけておりました。その間、この蝉太郎に留守番させとりましたのやが、そこに雉右衛門さんが来られたんだす。蝉太郎はちょっとぼんやりしたところがおまして、山辺座から台本を受け取りに来た、と思い込んで渡してしもたらしい。他出から帰ってきた私が、台本がないのに気づいて、蝉太郎を問いただしたら、『山辺座のひとに渡した。お金ももろた。受け取りに姉ちゃんの名前書いて判子も押しといたで。相手の名前も言われたとおりに書いといた。えらいやろ』と言うのやけど、山辺座のひとにきいても、そんなもん受け取ってない、て言うし……。今日、そちらの辻番付を見て、はじめて経緯《いきさつ》が知れたんだす。――すんまへん、勝手な言い分だすけど、このお金はお返ししますさかい、どうか台本をお返しいただき、興行を取りやめていただけますやろか。ご迷惑をおかけして申し訳おまへん」

衣織はそう言って頭を下げた。雉右衛門はじろりと衣織を見据えると、

「あのなあ、先生……うちはこうして辻番付も配ったたし、節もつけたし、衣装も道具のだんどりもした。毎日、稽古もしとるのや。今さらやめたりしたら、大坂中の客や贔屓から笑われてしまう。歌舞伎の名折れや。わしは絶対に『鬼小町誉華十手』の興行はやめんで。やめるんなら、山辺座がやめたらええやないか」

竹本色太夫は気色ばんで、

「なんやと？　あれはこちらが頼んだ台本。書いていただくにあたっては、わしらはあでもないこうでもないと筋書の助言をしたり、立ち回りの所作を考えるのを手伝《てつど》うたり、衣織先生と一緒になって拵えた狂言や。それをなんの苦労もせんと、横手からトンビみたいにさらっていく、ゆうのは話の筋が通ってないやないか」

「やかましい！　こっちには受け取りゆうもんがあるのや。あんたとこが、衣織先生に頼んで、べつの狂言を書いてもろたらええ。うちはなにがあってもこの『鬼小町誉華十手』、やらせてもらう」

「ほな、どうあってもやめんというのか」

「ああ……こうなったら意地や。死んでもやめん」

「それやったらしゃあない……」

色太夫は山辺座のものたちに合図をした。皆は青ざめて一歩まえに出た。雉右衛門は、

「やる、ていうんか。おもろい。この道頓堀の暴れ牛、大谷雉右衛門に喧嘩を売るのならド性根すえて売れよ。——おう、おまえら、この人形芝居の連中を足腰立たんようにしたれ！」

見物人たちは、

「うわあっ、喧嘩や喧嘩や！」

「これを待ってたのや」

「派手にぶちかましてくれよ。火事と喧嘩は大坂の華じゃ！」

町奉行所の役人はまだ来ない。

（もう待てん……！）

みくが十手を掴んで飛び出そうとしたとき、みくよりも早く、歌舞伎側と人形浄瑠璃側のあいだに走り込んだものがいた。衣織だ。

衣織はその場に土下座すると、地面に額をこすりつけ、

「すんまへん！　なにもかも私が悪いんだす。私のことを踏んだり、蹴ったり、どついたりしてもよろしいさかい、喧嘩だけはやめとくなはれ。私のせいで、皆さんが怪我したりするのは……耐えられまへん！」

歌舞伎側も人形浄瑠璃側も一旦は脚を止めたが竹本色太夫が、

「衣織先生、お気持ちはわからんでもないけど、これだけ人形芝居を虚仮《こけ》にされたら、

もうあんたの顔を立てるとかそんなことでは収まりまへんのや」

雉右衛門も、

「先生、怪我せんように引っ込んどいてもらいまひょか。女の出る幕やおまへんわ」

「女の出る幕やない」という言葉にみくはカッとしたが、下唇を嚙んでなんとかこらえた。衣織は、自分よりも悲しいにちがいないのだ。肩を落として、蟬太郎とともにこちらに歩いてきた衣織にみくは声をかけた。

「衣織先生……！」

「あっ、おみくちゃん」

「えらいことになったな……」

衣織は小さくうなずくと、

「おみくちゃん……私もう、どないしたらええかわからへん」

蟬太郎がへらへら笑いながら、

「あっはっはーっ、姉ちゃん、元気だせよ」

「全部おまえのせいやーっ！」

衣織は顔を真っ赤にして弟の頭をぽかりと殴った。みくは衣織に、

「どうするつもり？」

「わからん。とにかくこの場をなんとか収めんと……」

「もうじき、うちが呼んだ町奉行所のお役人が来てくれると思うんやけど……」

みくは喧嘩の行方を見守るしかなかった。

「やってまえーっ！」

「ぶっ殺せーっ！」

「わしが助《すけ》っ人《と》したろかーっ」

なんの縁もゆかりもない野次馬たちは口々に好きなことを言って煽《あお》り立てる。

「ま、待て……双方待て！」

突然、あいだに立った人物がいた。馬面の侍……斧寺伊右衛門だ。喜六が汗を拭き拭きみくの横に来た。

「あんた、江面の旦那を呼んできて、て言うたやろ」

「すんまへん、江面の旦那は出かけてはりまして、伝言は頼みましたのやが、古参の与力の旦那がたまたまそばにいたあいつに声をかけて、『斧寺、おまえが行って収めてまいれ』と……」

「しゃあないなあ……」

斧寺は歌舞伎側、人形浄瑠璃側の両方を交互に見たが、その足はぶるぶる震えている。なぜか大きなくしゃみをひとつすると、か細い声で、

「それがしは東町奉行所同心斧寺伊右衛門だ。双方、退《ひ》け……」

色太夫が、

「旦那、これは私《わたくし》の争いだす。お役人の出る幕やない。引っ込んでてもらえますか。でないと怪我しまっせ」

「な、なに？　き、き、貴様、上役人に向かってその雑言は無礼であろう！」

斧寺が十手を振りかざしたとき、色太夫は「邪魔や」と一言言うと、斧寺の胸を両手でドン！　と突いた。斧寺は無様に倒れた。色太夫が一歩近づくと、斧寺は「ひえっ」と叫んで蒼白になり、四つん這《ば》いになってその場から姿を消した。

ふたたび歌舞伎側と人形浄瑠璃側のにらみ合いが始まった。じりじりと距離を詰めあってはいるものの衝突しない両者にしびれを切らしたか、だれかが石を歌舞伎側に投げつけた。

「痛《い》てっ！　なにさらす！」

石が当たった男は割り木を手にすると、人形浄瑠璃側に突進した。そのとき、

「待て……！」

凛《りん》とした声とともに飛び込んできたひとりの武士が、割り木を手にした男の横面を鉄扇で張り飛ばした。雉右衛門がいきり立って、

「なにするんじゃ！」

武士は涼しい顔で、

「身どもは鯖奈林四郎と申すもの。この喧嘩、身どもが預かる。文句があるものは申しでよ」

皆がざわつくなか、鯖奈は竹本色太夫と大谷雉右衛門に歩み寄り、

「詳しいことは存ぜぬが、かかる往来激しき繁華なる場所にて大勢で喧嘩口論いたすのはよろしからず。本日のところは双方とも退かれるがよろしかろう。身どもをはじめ歌舞伎や人形芝居が好きなものにとっても迷惑な話。身どもの申すことに従えず、あくまで喧嘩を続けると言い張るならば、そのときは身どもも行きがかり上、あとには退けぬ。この場にて切腹いたす」

「えっ……！」

「わが命と引き換えだ。おそらくは町奉行所の扱いとなって法に照らした処罰がなされるはず。退くか退かぬか腹をくくって返答いたせ」

竹本色太夫が鯖奈に頭を下げ、

「わしは、生國魂神社の境内にて山辺座なる人形芝居の小屋掛け興行をいたすものでございます。通りすがりの町人の喧嘩に割って入り、命投げ出してのご仲裁、なんで逆らえましょう。大谷雉右衛門さんさえよければ、手前どもは退かせていただきます」

「うむ、殊勝なる申し条である。――そのほうはどうだ」

そう言って雉右衛門を見た。雉右衛門は不服そうな顔つきで、

「わしはこの角の芝居でこの一年、座本を務めさせていただいている大谷雉右衛門でおます。わしらにはなんの落ち度もなく、こやつら……山辺座の連中が急に無茶な難癖つけて暴れ込んできよったさかいに相手しただけだす。退くも退かんも、もともとこちらに理のある話。こいつらが去《い》んでくれれば、客入れの邪魔がなくなって結構だすわ」

「さようか。ならばこれにて落着だ。数を頼んでの喧嘩はよろしからず。あとは頭分《かしらぶん》同士一対一で正々堂々、後日、冷静に話し合って決めることだな。さあ、人形浄瑠璃の側は疾《と》く生國魂へ帰れ。歌舞伎のものたちも小屋に戻るがよい」

それだけ言うと、鯖奈林四郎は懐手をして去っていった。雉右衛門は去り際に色太夫をちらと見ると、ドスの効いた声で、

「色太夫さん、今の旦那が、頭分同士で話し合えとおっしゃったさかい、今日のところはこのまま帰ってもらうが、その話し合いとやらまでに妙な真似さらさんようにな」

「妙な真似、というと？」

「こちょこちょと小細工をするな、ということや」

「同じ言葉をあんたにそのままお返しするわ」

「強がり言うたかて、こっちにはこれがある。書いたもんがものを言うのや」

そう言って雉右衛門は証文をちらつかせると、

「おい、行くぞ」

座員たちにそう言うと、肩を怒らせて小屋に入っていった。色太夫はため息をつくと、

「わしらも帰ろか」

衣織が消沈した顔で、

「色太夫さん、私のせいです……。なんとお詫《わ》びしたらええか……」

「先生のせいやない。蟬太郎がいかんのや」

「はい……蟬太郎はアホや、抜けてる、ボーッとしてる、とは思とりましたが、こんなことをしでかすとは思いませんでした」

「名前と判子が揃とっては、うっかり間違えました、では通らんやろな。さて、どうしたもんか……」

蟬太郎が大黒《だいこく》さんのように笑いながら、

「うっかりがあかんかったら、わざと間違えました、て言うたらええやないか」

衣織が呆《あき》れた様子で、

「よけいあかんがな！　あんたはもう黙っとり！」

色太夫が、

「まあまあ、先生、そないに叱ってやるな。蟬太郎も悪気があったわけやない。役に立ちたいと思いやこそあんたの名前を書いて判まで押したのや。――けど、このまま引き下がるわけやないで。向こうが道頓堀の暴れ牛なら、わしも山辺座の色太夫や。なんと

か歌舞伎をやめさせて、うちが道頓堀で興行できるようにする。なにがあっても、な。もう手立ては考えてあるのや」

そう言い放ったとき、

「おーい、おみく！」

杖をつきながらよたよたと走ってくるのは東町奉行所同心の江面可児之進だった。走ってくる、といっても亀よりも遅い。大量の汗をかいており、息も上がっている。

「一同、安堵《あんど》せよ！　この江面可児之進が参ったからには盛り場の安寧を乱すような輩《やから》は許さぬ。乱闘の場所はどこじゃどこじゃどこじゃ！」

「もう終わりました」

みくがそう言うと、江面は杖にすがって、ぜいぜいと荒い息を吐き、

「終わった……？　だれの許しを得て……勝手に……せっかく来たのに……」

そのあとはげふげふと咳《せ》き込んで、なにを言っているのかまるで聞き取れなかった。やがて、懐紙に痰《たん》を吐くと、額の汗を手ぬぐいで拭い、

「——なにゆえ終わったのじゃ」

「鯖奈林四郎とかいうひとがあいだに入って、今日のところはなんとか収まりました」

「なんと！　どこのどいつかは知らぬが、出しゃばった真似をしくさりよって……」

そう言ったあと、江面はしゃがみ込み、

「み、水をくれい……」

芝居茶屋の女主が大きな湯呑みを差し出した。江面はひと口飲んで、

「な、なんじゃこれは。酒ではないか！」

そう言いながら残りも全部飲み干した。みくは衣織に、

「おんなじ台本をもう一回書くわけにはいかんの？」

衣織は首を振り、

「無理や。ものすごく長い話やし……。もちろんだいたいの筋は覚えてるけど、細かい文章とかはもう思い出されへん。考えに考え抜いたすえに、その場で出てきた言葉ばっかりや。もっかい書くゆうのは、いちから書くよりむずかしいわ」

そういうもんやろか、とみくは思った。衣織は、今にも首でもくくりかねないほどの意気消沈ぶりで、みくは心配でならなかった。

◇

それから数日間、世間は静かだった。みくも飴売りに精を出すゆとりがあった。だが、「鬼小町誉華十手」をめぐる状況はなにも解決していないのだ。みくは内心じりじりしながら飴売りを続けていた。もちろんぼんやりと事態の推移を見守っているわけではない。喜六を道頓堀に、清八を生國魂神社に張りつけて、なにかあったらすぐに報せるよ

うに命じてあった。生國魂神社はみくの縄張りではない。みくも世話になった高津の檀吉親方の縄張りで、檀吉の死後、その子方《こかた》たちによって分割されたが、生國魂界隈《かいわい》は十変舎一九郎の縄張りとなっていた。おそらく一九郎は、みくがかかわるのを喜ばないだろう。だから、みくは揉めごとがこのまま収まってくれるよう祈っていた。

しかし、その祈りは届かなかった。

「大変や、大変や、騒動や！　親方ーっ！」

けたたましい大声が長屋の静寂を突き破った。

(清八や……！　ということは生國魂さんで……)

家でぬいの針仕事を手伝っていたみくは立ち上がると、みずから戸を開けた。

「山辺座でなにかあったんか」

「あったどころやおまへん。えらいことになりました」

清八の顔色を見て、みくもそれが本当に「えらいこと」であると察した。

「すんまへん、水一杯飲ませとくなはれ」

そう言うと清八は水壺《みずつぼ》のところに行き、ひしゃくに直《じか》に口をつけて水を飲んだ。

「ああ、もう！　早う言うてんか！」

清八は上がり框《がまち》に腰を掛けて話し始めた。

彼が生國魂神社の境内に張り込んでいると、突然、大谷雉右衛門を先頭に二十人ほどの男たちが鳥居をくぐってきた。手には木刀や割り木を持ち、まっすぐに山辺座の小屋を目指して進んでいく。札場《ふだば》に座っていた木戸番が青ざめて、なかに駆け込んでいった。雉右衛門は、

「こらあ！　色太夫、出てこんかい！」

そう怒鳴りながら、木戸の台を足で蹴りまくる。そのたびに札が地面に散乱する。

「出てこんのやったら、こっちから行くぞ」

雉右衛門は太い割り木をぶんぶん振り回しながらなかに入っていった。柄の悪そうな男たちがそれに続く。

（あいつら、座員やないな。雉右衛門のやつ、ヤクザもんを雇いよったか……）

大勢の客たちがわらわらと外に逃れ出てきた。清八は思い切って、小屋に入ってみることにした。客席にも舞台にも人影はない。雉右衛門たちは土足のままどかどか舞台に上がっていくと、船底や手摺《てすり》、床などに木刀や割り木を叩きつけてめちゃくちゃにし、御簾《みす》を引きちぎり、大道具をぶち壊し、楽器や人形を踏みつけた。

「色太夫！　どこじゃい！」

「卑怯《ひきよう》もん！　顔出さんかい！」

そう叫びながらやりたい放題の無法をつくす。

「雉右衛門さん、ここに奈落へ下りる階段がおまっせ」

彼らは舞台の奥にある木の蓋を開け、地下へつながる通路を下りていった。清八もあとに続いた。奈落は案外広く、作りかけの大道具が置かれ、人形の胴、首、衣装などが並べられていた。おそらく来月上演する演目用、つまりは「鬼小町誉華十手」のためのものだろう。男たちは大道具に手をかけて、きれいに彩色されていた板をめきめきとへし折り、書き割りを引き裂き、幕をずたずたに裂き、人形の首を木刀で叩き壊し、衣装を引きちぎり、三味線を踏み割った。

「やめてくれ！」

奥から竹本色太夫たちが現れた。

「雉右衛門さん、なんぼなんでもやりすぎやないか？　あんたも芝居もんなら、やってええことと悪いことぐらいわかるやろ」

「それを言うなら、おい、色太夫……おのれこそやりすぎやろがい！」

「なんのことや」

「台本を返せ、と町奉行所に訴えたやろ。頭分同士一対一で話し合うゆうことになってたはずやないか」

「あの台本はうちが衣織先生に頼んで書いていただいたもんや。それが間違《まちご》うてあんたの手に渡った。正しい依頼主に返してもらうようお奉行所に願《ねご》うてでただけや」

「おかげでうちの芝居、東町のお奉行さんの裁きが下るまでは当面初日を開けたらあかんことになってしもたんや。どないしてくれる！」

「当然やろ。こっちが正当、あんたとこは不当や」

「なに抜かす！　こっちが正当じゃい！」

そのとき、

「不当！　不当！　不当でござりまする！」

と叫んで人形のひとつが立ち上がった。老女形《ふけおやま》と呼ばれるきりりとした顔つきの首がついていた。もちろん人形遣いが後ろから手を入れて動かしたのだが、雉右衛門たちにはそれがひとりでに動いたように見えたらしく、ぎょっとして退いた。

「こなたら歌舞伎の衆は、すぐにこうして腕力に訴えて、ものを壊したり、小突いたり……わしらはただの木偶ゆえにかかる乱暴はできぬけど、人形芝居の人形には魂が宿っとりますのや」

老女形の首は雉右衛門たちを揶揄《やゆ》するようにしゃべりはじめた。

「わしらはまことの人間より人間らしく、下手くそで不細工な役者よりもその役になりきって、客を泣かせたり、笑わせたり自在でおます。舞台でよたよたしとる歌舞伎の衆はみんなわしらの爪の垢《あか》でも煎じて飲んだらどないだすやろ。歌舞伎芝居で流行ってるのは、『仮名手本忠臣蔵』も『菅原伝授手習鑑』も『義経千本桜』も『曽根崎心中』も、もとはといえば全部人形浄瑠璃の台本。それを丸ごと盗んで舞台にかけるゆえ、『丸本もの』と言うのかいなあ。おほほほほほ……」

そのとき、雉右衛門の後ろにいた男がまえに進み出た。

「ほう、魂が宿ってるのかい、このくだらない人形にねえ……。それならあたしが殺してやるよ。きっと斬ったら赤い血が出るだろうねえ」

それは立女形の嵐烏三郎だった。細面《ほそおもて》で、目は細く、唇は薄い。カラスの濡れ羽色の着物を着た烏三郎はすぐ横にいた若者に、

「金助《きんすけ》、脇差《わきざし》を寄越しな！」

金助と呼ばれた、まだ幼さの残る顔立ちの若者はおどおどと、

「な、なにしまんのや」

「いいから、あんたは付き人なんだから、言われた通りにしたらいいんだよ！」

金助が脇差を渡すと、烏三郎はそれを抜き払った。

「あ、あきまへん！」

止めようとした金助を烏三郎は脇差の柄で殴りつけた。金助の額から血がたらたらと流れ出た。金助は恨めしそうな目で烏三郎を見た。烏三郎は人形に近づき、人形遣いはあわてて人形をかばおうとしたが遅かった。烏三郎は人形の左胸のあたりをずぶりと貫いた。人形遣いは、まるで自分が刺されたかのように、

「ひいーっ！」

と叫んだ。烏三郎はにやりと笑って脇差を引き抜くと、今度は人形の額のあたりに真っ向から斬りつけた。人形遣いは人形とともに後ろに倒れた。烏三郎はけたたましく笑うと、人形に唾を吐きかけ、

「宮地芝居のくせに道頓堀の芝居と張り合おうってのがおこがましいのさ。これであんたたちも来月の初日は開けられないねえ。いいざまだ」

山辺座の座員たちは人形遣いを助け起こしている。

「三重二郎《みえじろう》さん、しっかりしなはれ」

「こいつらひと殺しや。この人形を殺したのや」

烏三郎は鼻で笑い、

「道頓堀までこの人形の死骸を持っといで。いつでも葬式出して香典渡してあげるよ」

雉右衛門は、

「行くで。これで腹の虫が癒えたわい。だはははははは……」

そう言うとヤクザものたちを引き連れて奈落から出ていった。山辺座の座員たちは色太夫に、

「太夫、泣き寝入りすることはおまへん。今度は向こうの舞台をぶっ潰して……」

「そや！　大道具も人形も壊されてしもた。こうなったら歌舞伎と心中や。角の芝居に火薬仕掛けて、道頓堀を火の海に……」

「ドアホっ！」

色太夫が皆を一喝した。

「我々がやりたいのは歌舞伎に仕返しすることやない。山辺座の初日を開けることや。壊されたものは作り直したらええ。みんなで力を合わせて『鬼小町誉華十手』を皆さんに観てもらえるようがんばるしかない。そのうち町奉行所からのお沙汰がある。それを待って、いつでも初日が開けられるように稽古するのや」

「台本はどないしまんねん。稽古ゆうたかて台本がなかったら……」

「一応、衣織先生にわしらのために思い出してもっぺん書いてくれ、とは頼んであるのやが、なかなかむずかしいみたいやな。近々、角の芝居に足を運んで、雉右衛門と話し合ってくるわ」

清八はそっとその場を離れて奈落から上がり、小屋の外に出た。

「というわけだすのや」

清八の報告にみくは腕組みをして、

「ふーん……色太夫さんが『手立てはもう考えてある』て言うてはったけど、あれはお奉行所に訴え出る、ゆうことやったんやな。それが裏目に出たのや」

「雉右衛門もたいがいやけど、あの嵐烏三郎ゆう女形、怖いやつだっせえ。脇差で人形の胸を刺したときは背筋がぞーっとしました。それに、金助ゆう付き人の額を割ったときも、えらいことしよるなあ、と……」

「困ったなあ……どんどんやっかいなほうへ進んでるような気がするわ。清八、あんたはこのことを江面の旦那に報せといで」

ぬいが、

「色太夫さんが雉右衛門のところへ行ったらまたなにか起こるような嫌な予感がしますなあ……」

みくはうなずくと言った。

「そやな。そうなったら困るさかい、清八、あんた、喜六とふたりで道頓堀に目ぇ光らせといてくれるか」

◇

竹本色太夫が座員たちに口止めをしたにもかかわらず、大谷雉右衛門たちがヤクザを雇って山辺座を襲撃し、舞台や大道具を壊したり、人形に斬りつけたりした、という噂はすぐに広まった。ひとの口に戸は立てられぬ、のたとえ通り、どこから漏れたのか、瓦版が面白おかしく書き立てたのである。

「山辺座が上演するはずの狂言の台本を、大谷雉右衛門が盗みよったらしいで」

「上演の差し止めを町奉行所に願うて出たのを逆恨みして、殴り込みに行ったそうや」

「人形に刀で斬りつけたんやて。無茶しよるな」

「山辺座はどうなるんや」

「町奉行所のお裁きが下ったらすぐにでも初日が開けられるように、大道具とか舞台の修理をしてるらしい」

「ふーん、なかなかがんばっとるやないか。操り芝居なんか興味なかったけど、いっぺん観にいったろかな」

「わても、歌舞伎のほうがおもろい、と思て近頃はずっと歌舞伎ばっかり観てたけど、人形浄瑠璃も応援したらなあかんなあ」

町の評判では山辺座に同情が集まっているようである。しかし、町奉行所の裁きはなかなか下らない。そんななか、道頓堀で動きがあった。竹本色太夫と狂言作者の横縦衣織が現れたのである。付き人も連れずふたりきりでどちらも大きな風呂敷包みを携えている。風で砂ぼこりが立つなかを色太夫たちは真横に並んで角の芝居に向かって歩いていく。決然とした彼らの様子を見て、ひとびとはあわてて道を譲った。たいへんな気迫がその身体から漂っていた。物陰から木戸を見張っていた喜六は、

「来た来た来た来た！　来ましたでえ！　これはまたえらいことになりそうや」

清八が、

「おまえ、喜んどるんか」

「そやないけど、敵地にたったふたりで乗り込むやなんてええ度胸しとるなあ、と思てな」

「たしかにかっこええなあ……とか言うとる場合やない。おみく親方に報せにいかな」

さて。

角の芝居の三階にある座頭部屋に、座頭で座本の大谷雉右衛門、立女形の嵐烏三郎、二枚目の市川鯊十郎ら主だった役者や裏方たちが集まっていた。この日は月半ばにある数日間の休演日で、奉行所の裁定がいまだ下りぬため、来月の狂言をべつのものに変更するかどうかの相談かたがた昼酒を飲んでいたのだ。白い脛を剝き出しにしてあぐらをかき、大きな湯呑みでがぶりがぶりと酒を口にしていた烏三郎が苛立った風に、

「あたしゃもう決めた。なにがなんでも来月は『鬼小町誉華十手』をやるよ」

雉右衛門が、

「せやけど、町奉行所が……」

「そんなもの屁でもねえわ！　たとえ、なにか言ってきたとしても、二、三日休んで、また再開する。その繰り返しをすりゃいいんだ。町奉行所が怖くて狂言を引っ込めたとあっては歌舞伎の名折れだよ。操り芝居なんぞに負けるわけにゃあいかない」

「そ、そやなあ。これだけ宣伝したものを、お上からちょっと言われたゆうて、ほなやめまっさ……では大坂の町の衆に顔向けできん」

「そうさね。だいたい今度の『鬼小町』は、このあたしが娘日明し……つまり主役なんだ。たとえ殺されたってこの役、放すもんかね」

市川鯊十郎が、

「気持ちはわかりますけど、今、お上ににらまれたらほんまにしばらく舞台に立てんようになりまっせ。そのあいだに人形芝居がのしてきたら……気ぃついたら歌舞伎と人形芝居の立場が逆さになってたりしたら大事《おおごと》だす」

「ははははは……心配いらないさ。あいつらにそんな力、あるかいな。とにかくこっちには台本とその受け取りがあるんだ。これを持ってるかぎり、うちらのほうが有利ということになる」

そう言って鳥三郎がまた酒をがぶりと飲んだとき、

「座頭、山辺座の太夫さんたちがおみえです」

廊下からそう声がかかった。

「なにい……?」

雉右衛門は顔をしかめ、

「金助、今忙しい。取り込み中や、ゆうて帰ってもらえ。木戸からなかには入れるな」

「え?　いえ、もうここまで上がっていただいてます」

「な、なんやと?」

竹本色太夫と横縦衣織のふたりが部屋に入ってきた。烏三郎は、頭に晒《さらし》を巻いた金助を殴りつけた。

「あんた、なに考えてるんだい。こいつらは敵だよ。敵を本丸に入れてどうするのさ！」

「す、すんまへん……」

　鼻血をぬぐっている金助を尻目に、ふたりは雉右衛門のまえに正座して頭を下げた。

雉右衛門が顔で合図をすると、烏三郎と金助以外の役者や裏方たちは部屋から退出した。

色太夫が居住まいをただし、

「雉右衛門さん、今日は折り入ってお願いにあがりました。まずはこれをお納めを……」

そう言って風呂敷を解《ほど》き、箱入りのカステイラを雉右衛門のまえに置いた。

「ほほう、今日はえらい行儀ええやないか」

　烏三郎が、

「毒でも入ってるんじゃないのかい」

　色太夫は、

「うちとしては、どうしても衣織先生の狂言をやりたいんだす。このとおりだす。台本を返してもらえまへんやろか」

　雉右衛門は色太夫を一瞥《いちべつ》し、

「こないだも言うたが、あの台本はうちが代金を払《はろ》うて手に入れたもんや。受け取りもお奉行所に証拠の品として渡してある。返すつもりはないなあ」

「そこをなんとか……。タダでとは申しません。あんたが衣織先生に渡した金の三倍お支払いしますさかい……」

「あかん。うちはお奉行所がなんと言おうと、来月、初日を開けるで。帰ってくれ」

衣織が進み出て、

「雉右衛門さん、今度のこと、私の弟が勘違いして受け取りを書いてしもたんだす。このとおり、お金もお返しします。せやさかい、なにとぞ台本を返しとくなはれ」

「先生、悪いけど、色太夫さんが訴え出たせいで、この一件は町奉行所預かりになっとる。お奉行さんのお許しがないと勝手なことはでけへんのや。台本がいるんやったらもう一度書いたらよろしいがな」

「それができんさかい頼んでますのや。こちらにはまたべつの台本を書かせてもらいます」

「虫のええ話やな。つぎに先生が書きはる台本は『鬼小町』よりもしょうもない、クソみたいなもんかもしれんがな」

「そ、それは……」

雉右衛門は色太夫に向き直ると、

「色太夫さん、町奉行所に訴えたのは藪蛇やったな。あの受け取り証文を見たら、まともなお奉行さんならきっちり裁いてくれはるはずや。うちの勝ちや、とな。――とにかく帰ってくれ。今、打ち合わせの最中やったんや」

　色太夫が、

「ほな、どうあっても……」

「くどいなあ。わしのこの顔、見てみ。返すつもりなんぞまるでないのがわかるやろ。さあ、去《い》んだ去んだ」

　色太夫はじっと考え込んでいたが、やがて、ほう……とため息をつき、

「しゃあない。あきらめまひょ。せやけど……」

　色太夫はもうひとつの風呂敷を解いた。なかには頭と胸に深い傷がついた老女形の人形が入っていた。色太夫は嵐烏三郎をにらみつけ、

「烏三郎さん、あんた、道頓堀までこの人形の死骸を持ってこい、て言わはったな。葬式出して香典渡す、て言うて……。こうして持ってきたさかい、葬式出してもらおか」

　烏三郎は動じることなく、

「わかった。お望みどおり葬式出したげよ。けど、このままではあかん。火葬にしないとね。――金助」

「へ、へい……」

「この死んだ人形、ここにある長火鉢にくべて燃やしな」

色太夫も鬼のような形相で烏三郎をにらみつけた。烏三郎は、

「えっ……!」

「早く燃やすんだよ。いい供養になるじゃないか」

金助はぶるぶる震えながらその場に両手を突き、

「すんまへん、わてにはできまへん」

「なんだって?」

烏三郎は湯呑みを金助に投げつけた。金助が身を反らして避《よ》けたので、湯呑みは床に転がった。

「なんで避けるんだよ、馬鹿!」

烏三郎は長火鉢のうえにあった鉄製の延べ煙管《ぎせる》を摑んで金助の額に何度も打ちつけた。額が割れてだらだらと血が流れ出た。色太夫が血相を変えて、

「やめなはれ! なんぼなんでも折檻《せっかん》がすぎるがな。可哀《かわい》そうやないか」

「うちの付き人の不始末に口出し無用だよ。ほっといてくれ」

烏三郎はそう言いながらなおも叩き続ける。さすがに雉右衛門が、

「お、おい、カラス……もうええやないか。死んでしまうで」

烏三郎はようやく手をとめ、興奮を鎮めるかのように酒をあおった。色太夫は立ち上がり、烏三郎に指を突きつけて、

「我々人形浄瑠璃にたずさわるもんはようわかっとる。人形には魂があるのや。あんた、この人形の祟《たた》りがあるで」

烏三郎はせせら笑い、

「面白い。祟るなら祟ってもらおうじゃないか。話題になって客が増えるさ。——この人形、たしかにあたしがもらったよ。部屋に飾っておこう」

雉右衛門は金助に、

「おまえがあいつらを部屋に入れたせいでこんなことになったのじゃ。ボケ!」

金助は額を押さえたままうずくまって応えなかった。

「おい、金助、おまえはこいつらと一緒に下におりて、ほんまに帰るかどうか見届けろ。そのあともずっと木戸に貼りついて、見張ってえ。こいつら、あとで引き返して、こっそり台本を盗もうとするかもしれんさかいな。もし戻ってきても絶対にうえに上げるなよ。わかったか」

色太夫が、

「そんな卑怯な真似はせん!」

「さあ……どうだかねえ」

烏三郎のセリフを背中で聞きながら、色太夫と衣織は部屋を出た。額に晒を巻いた金助が後ろにぴったりついてきた。

◇

「大事件や！　親方、出番だっせえ！　すぐにご出馬を……！」

みくの家に喜六と清八が飛び込んできた。

「なんやねんな、騒々しい。ほんまに大事件かいな」

洗濯ものを畳みながらみくがそう言うと、喜六がまくしたてた。

「ほんまにほんま。正真正銘の大々事件だす。道頓堀の角の芝居小屋に、色太夫が乗り込みましたで。女子とふたり連れでおました。たぶん例の狂言作者だっしゃろ」

「アホ！　ふたりして報せに来てどうすんねん！　どっちかひとり見張りに残らんかいな」

「あ、そうか。すんまへん……」

喜六が頭を掻くとみくは腕組みをして、

「たったふたりで乗り込むやなんて、思い切ったことしよったなあ……。けど、少ない人数で行ったということは、こないだの仕返しやないみたいやな。本気で話し合いをして、誠意を伝えて、台本を返してもらおうと思てはるのやろ」

ぬいが、

「そうとは限らんで。人間、真剣に思いつめてなにかをしようとするときは、余人をまじえず、ひとりかふたりでやるもんや」

「よっしゃ。うちらも本気で行くで」

　みくは立ち上がると十手笛を手にした。本気のときは十手笛である。ぬいが、

「あのあたりは難波の沖五郎《おきごろう》ゆう親方の縄張りや。うちのお父ちゃんも世話になったことがある。ひと当たりのええひとやったと思うわ。気がせくと思うけど、一応、挨拶しときなはれ」

「わかった」

　みくは菓子屋であんころ餅を買い、まずは日本橋《にっぽんばし》二丁目に住む難波の沖五郎の家を訪れた。沖五郎は古くからこのあたりを縄張りにしており、芝居町界隈では顔が利いたが、すでに高齢で半ば隠居状態にあった。みくが訪問の目的を告げると、

「おうおう、あんたが宇佐七どんの娘さんかいな。小さい時分にいっぺん会うたことあるけど、大きゅうなったな」

　沖五郎は歌舞伎と人形浄瑠璃の揉めごとについて耳にしていたが、自分は脚が痛くて働けないので、みくが出張ってくれるのはありがたい、と快く縄張り内での行動を許してくれた。みくが、

「うちのおかんも足腰が悪うてずっと寝てますねん」

と言うと、わがことのように心配し、

「ええ薬があるさかい今度来たときに分けたげるわ。——そや、もらいもののあんころ餅があるのや。食べていき」

「それは今、うちが持ってきた……」

「美味いかまずいかわからんけど、食べていき。あんころ餅、好きやろ。好きそうな顔してるわ」

「あ、いえ……今は急いで……」

「ええやないか。茶淹《い》れるわ。あんころ餅には渋いお茶がいちばんや。そちらの手下《てか》ふたりも食べてや」

仕方なくみくたちは自分が持ってきたあんころ餅を食べ、茶を飲んだ。沖五郎が、もっと食えとすすめるので、三つ食べたあと、礼を言って、角の芝居に向かった。

三人は立て看板の陰に身を隠し、芝居小屋の入り口を見張ることにした。今日、芝居は休みのはずだが、木戸に若者が座っている。頭に晒を巻いており、顔が青黒く腫れている。この世のすべてに恨みがある、というような暗い顔をして道行く人々に視線を送っている。芝居小屋の木戸番は「役木戸《やくきど》」といって、町奉行所の手先としての役目を負っているものもいたが、この小屋の木戸はそうではないらしい。

「あの兄ちゃん、さっきも座ってましたで」

喜六が言った。みくはじっとその若者を見つめていたが、なにごとも起こらない。みくはだんだんじれてきた。待っているだけ、というのはみくのもっとも苦手とするところなのだ。

（こんなところに突っ立ってても埒《らち》あかん……）

こういうときは行動である。みくは木戸に近づき、若者に話しかけた。

「すんまへん。なかに入れてもらえまへんか」

「今日は休みや」

若者はつっけんどんに言った。

「あの……今、こちらに山辺座の竹本色太夫さんと芝居作者の横縦衣織さんがおみえだっしゃろ」

「だれや、あんた」

若者は険しい顔になり、

「うちは、月面町のみく、ゆう十手持ちだす。お疑いなら十手、見せまひょか」

「いらん。そのふたりになんの用や」

「御用の筋や」

「そのふたりはとうに帰ったで」

「えっ……！」

喜六と清八がふたりしてここを離れているあいだに帰ってしまったのだ。

（しもた……！）

これでは、台本を返してもらえたかどうかもわからない。

「ほんまだすか」

「なんでわてが嘘言《そらごと》言わなあかんのや。わてはずっとここに座ってたさかい間違いない」

「ほんまかどうか調べたいので、なかに入れとくなはれ」

「あかんあかん。今日はだれも入れるな、て座頭に言われとるのや。帰ってくれ」

「あんた、その顔どないしたんや。えらい腫《は》れてるけど……ぱんぱんやで」

「そんなことどうでもええやろ。頼むから早よ帰ってくれ」

「そうだすか……」

みくは一旦踵《きびす》を返すと見せかけ、木戸の横を通り抜けて小屋に入った。

「あっ、待て！　待たんかい！」

若者は座っていたところから飛び降りて追いかけてきたが、

（捕まってたまるかい……！）

休日なのでもちろん客席にはだれもいない。みくは階段を駆け上がった。若者も追ってくる。二階に差し掛かったとき、追いつかれそうになったみくは、目のまえにあった部屋の襖《ふすま》に手をかけた。後ろで若者の、

「そこはあかん！　烏三郎さんの部屋や！」

という声が聞こえたが、かまわず襖を開いた。部屋の奥に、細面の男が座っていた。下を向いていたので表情はわからなかったが、男はすーっと立ち上がると、右手を上げ、あっちへいけ、というような仕草をした。その動作にまるで幽霊のような凄《すご》みを感じて、みくは思わず、

「お邪魔しました」

襖を閉めると、ふたたび廊下に出た。若者がみくを捕まえようとするのを身体を低くしてすりぬけると、三階に向かった。

「こらあ、待たんかい！」

若者の手が帯にかかりそうになったとき、

「金助、なにを騒いどる！」

階段のうえに立っていたのは、座頭の大谷雉右衛門だった。

「あ……座頭。この女が色太夫たちはほんまに帰ったかどうか調べる、いうて勝手に入り込みましたのや」

雉右衛門はみくをにらみすえたが、みくはその視線をはねのけて、

「御用の筋で検分させてもろただけです」

「なんやと？　女の目明しか。――色太夫と衣織先生ならもうおらんで」

「台本は返しはりましたんか」

「返すわけないやろ。あの芝居はうちの財産《たから》になる。――けど、あんた、よう知ってるな」

「うちが、十手術の所作のことで衣織さんに相談を受けましたのや」

「ほほう……それは耳よりな話やがな」

雉右衛門は目を細め、

「あんたにちょっと相談ごとがある。わしの部屋に来てもらえんか」

みくは一瞬ためらったが、

(こういうときは思い切って、相手のふところに飛び込むしかない……)

目明しのいろはを教えてくれた高津の檀吉の教えである。

「わかりました」

そのとき、喜六と清八がやっと追いついた。みくはふたりの手下と金助とともに座頭部屋に向かった。

「まあ、楽にしてくれ」

雉右衛門は仏壇のまえに置くような分厚い座布団に座り、金助に茶を淹れさせると、

「よかったらお茶請けに食うてくれ」

そう言って水屋からあんころ餅を出した。みくは、

「あ、けっこうだす」

「なんや。あんころ餅、嫌いか？」

「いえ……好きは好きやけどおなかがいっぱいで……」

「ええやないか。一個や二個ぐらいいけるやろ」

みくたちがしぶしぶあんころ餅を食べ終えると、雉右衛門は咳払《せきばら》いをひとつして、

「わしが『鬼小町』にこだわるのはな、あの台本がほんまにようできてるからなんや」

みくには雉右衛門がなにを言いたいのかわからなかった。

「はあ……」

「女子が主役ゆうのもええやないか。わしは長いこと嵐烏三郎と組んできたけど、あいつなら立派にこの女目明しの役が務まるやろ。けど、逆に言うたら、大坂の女形を全部見渡しても、この役をこなせるもんはほかにおらんと思う」

嵐烏三郎というのはそれほど腕がある女形なのか、とみくは思った。

「わしの相談というのは、あんた、うちの烏三郎に女目明しの所作をつけてもらえんか」

思いがけない話だった。

「アホなこと……あの台本はもともと山辺座のために書かれたもんだす。間違うてこちらの手に渡ったのやさかい、返すべきやと思います。ようわからんけど、お芝居の世界

の『道義』ゆうもんがあるのと違いますか」

「あんたは『間違うて』とあっさり言うが、わしもだまして手に入れたわけやないで。金を払て、受け取りも書いたのや。山辺座はわしらをお奉行所に訴えよった。そのやり方は芝居の道義に外れとるのやないか？　おかげでうちも、お裁きが下るまで初日が開けられんことになってしもた。けど、支度だけはしとかなあかんさかい、今、一生懸命仕込んどる最中や。どやろ、うちの芝居に力を貸してもらえんか」

みくは首を横に振り、

「無理でおます。うちは衣織先生とも竹本色太夫さんとも知り合いだす。あのひとらを裏切るようなことはでけまへん」

雉右衛門は、

「銭金の問題やないんです」

「銭ははずむで」

喜六が、

「あったりまえやないか。そんなこともわからんのか、あほんだら！　おみく親方がおまえらに手ぇ貸すはずないやろ」

清八も、

「そうじゃそうじゃ。親方、帰りまひょ。こんなやつのあんころ餅なんか食うのやなかった」

そう言ってげっぷをした。雉右衛門は舌打ちをして、

「残念やな。――金助、この三人を下までお見送りせえ」

みくはきっぱりと、

「見送りはいりまへん。ほな、失礼します」

三人は色太夫の部屋を出ると、階段を下りた。二階の嵐烏三郎の部屋のまえでかつらを抱えた男がなかに向かって呼び掛けていた。

「烏三郎さん……烏三郎さん。おいでやおまへんのか。おやすみだすか。昨日気に入らんとおっしゃった来月の狂言のかつら、べつのを作ってまいりました。――開けまっせ、よろしいか」

そう言って襖を開けた途端、男は、

「うわあっ……！」

と叫んでのけぞった。みくたちもなかをのぞき込んだ。先ほどみくが見た男が仰向《あおむ》けに倒れていた。虚空を摑むように、両手を高く上げている。カッと両眼《りょうめ》を見開き、顔色は鬱血してどす黒い。そして……老女形の人形の頭が、烏三郎の喉のうえに乗っていた。それはまるで烏三郎の喉笛に嚙みついているかのように見えた。

「死んでる……」

みくがつぶやいたとき、遠くから三津寺《みつてら》の時の鐘が聞こえてきた。

「清八、人形外してんか」

みくの言葉に清八は震えながら、

「か、堪忍しとくなはれ。これは、あの人形……山辺座で鳥三郎が斬りつけたやつだすわ。ほら、頭と胸に脇差で斬った跡がおますやろ。間違いない。人形の祟りや……」

そう言われるとみくも背筋に寒気が走った。老女形の顔は悲しそうにも、恨みを持っていそうにも見えた。そこに、悲鳴を聞きつけて階上から下りてきた雉右衛門が、鳥三郎の死体を見て腰を抜かした。

「な、なんでこの人形がここに……」

みくが、

「どういうこと？」

「色太夫が持ってきよったのや。鳥三郎が、葬式出したるから持ってこい、とかアホなことを言うたさかいな……」

「この部屋に持ち込んだのは……？」

「鳥三郎や。いちびって、『飾っとく』とか言うとった。それが命取りになったなあ。――これでなにもかもおしまいや。娘目明しの役ができるのは鳥三郎しかおらんかったのに……」

そう言いながら雉右衛門は人形を烏三郎の喉から外した。人形の口の端には針のようなものがついており、それが喉に突き刺さって、嚙みついているように見えたのだ。雉右衛門は人形を畳のうえに横たえると、両手を合わせた。

「この針は……？」

雉右衛門が、

「わしも人形のことはあんまり詳しいないけど、これは口針《くちばり》というてな、ここに着物の袖や布きれを引っ掛けて、悔しい……いうて泣いてるように見せるときに使うらしい」

「これが突き刺さって死んだのやろか」

「それはないやろな。こんな短い針、ちょっと怪我するぐらいや」

清八が、

「針に毒が塗ってあったとしたら考えられますけど……」

みくは、烏三郎の形相に顔をそむけながら、その喉をこわごわ検分した。紐かなにかの跡がついている。かたわらに帯締めが落ちている。人形のもののようだ。みくはそれを手にして、

「どうやら帯締めで絞め殺されたみたいやな」

喜六が、

「人形が絞め殺したんだすやろか」

「うーん……わからん。喜六、あんた、お奉行所にこのこと報せといで」

◇

嵐鳥三郎の死の一報は瞬く間に広がり、道頓堀界隈はひっくり返るような大騒ぎになった。贔屓衆同士の揉めごとや役者間の嫉妬によるいざこざ、酔っぱらいやヤクザによる喧嘩なども多い芝居町においても、立女形が殺された、というのは、滅多にない大事件である。やがて東町奉行所の与力、同心や小者たちが到着した。みくが死体を見つけてから四半刻《しはんとき》（約三十分）も経《た》っていないだろう。小屋は小者たちによって封鎖され、一座のものたちはそれぞれの部屋から出ないよう命じられた。

みくが、江面可児之進はいないか、もしくは顔見知りの同心がだれか出張っていないか、と小屋の入り口あたりで探していると、

「ああ、こらこら。そんなところをうろちょろしたらあかん！」

棒を持った小者が走ってきた。

「うちは目明しや！」

みくは十手を見せたが、小者は不審げにみくを見て、

「しばらくはだれもなかに入れるな、て言われとるのや」

押し問答をしているところへ二十歳前後の若い同心がやってきた。

「どうした」

小者が、

「ああ、村野《むらの》の旦那。この娘がなかに入れてくれ、てゴネてまんねん」

みくが十手を見せ、

「月面町のみくと申します。この殺しの件、うちが扱わせていただいてもよろしいか」

同心は渋面になり、

「おまえが江面殿が使っておる娘目明しとやらか。これはひと殺しだ。女子どもの出る幕ではない。悪いことは言わぬ。関わりがないならば帰ったほうがよい」

みくはカチンときたが、なるべくそれを顔に出さぬようにしながら、

「関わりやったら大ありだす。嵐鳥三郎の死体をはじめに見つけたのはうちらだす。それだけやおまへん。うちは、ここの小屋で来月かかることになってる狂言の所作を手伝いました」

「なに……？　それは女目明しが主役の『鬼小町誉華十手』とかいう狂言のことか」

「へえ」

「そうであったか。――殺された嵐鳥三郎は、その狂言の台本を返せ返さぬという歌舞伎と人形浄瑠璃のいざこざに巻き込まれたと聞いておる。生國魂神社の山辺座から、興行中止の訴えが町奉行所に出されているとか……」

「うちは山辺座の竹本色太夫さんや狂言作者の横縦衣織さんとも見知りでおます」

「さようか。――なれど、このあたりは難波の沖五郎の縄張りだそうだが……」

「その沖五郎親方からさっきお許しを得てまいりました。親方は脚がお悪うて歩き回れまへんのや」

同心はしばらく考えていたが、

「うむ、わかった。それならよかろう。それがしは東町奉行所盗賊吟味役の村野六八郎《ろくはちろう》と申す。帰れと申したのはそれがしの誤りであった。おまえも存分に働いてくれ」

みくは、ぬいの言うとおり、難波の沖五郎に話を通しておいてよかった、と思った。

「ありがとうございます」

みくが頭を下げたとき、

「村野、その必要はないぞ!」

群衆の後ろから声がした。

「どけ、どけ、どけい!」

野次馬たちがぶつぶつ言いながら道を開けると、そこに立っていたのは斧寺伊右衛門だった。

「ひんひんひん……女形殺しの下手人なら、それがしがこれこのとおり召し捕った!」

「斧寺殿、それはまことでござるか」

村野がきくと、斧寺は得意げにちらと後ろを見た。彼のすぐあとから一九郎が、

「どきゃがれ、見世物じゃねえんだよ！」

唾をまき散らしながら現れた。一九郎が摑んでいる捕り縄の先にくくられているのは、竹本色太夫だった。

「色太夫さん……！」

色太夫はみくに目を向けると、

「ああ、おみく親方……わしはなにもしてない、てなんぼ言うたかてわかってもらえんのや。おまえがやったに決まってる、て頭ごなしに決めつけられて……。たしかにわしは衣織先生とふたりでこの小屋へ来て、台本を返してほしいと言うた。けど、断られたさかい、あきらめて帰ったのや。途中で衣織先生と別れたあと、むしゃくしゃするさかい酒を飲んでくだまいてたら、このお役人が来て、いきなり十手でどつかれて……」

色太夫のこめかみは青く腫れていた。かなり酔っているようで、呂律《ろれつ》が回っていない。

「心配いりまへん。うちがかならずお助けします」

斧寺は、ひんひんひん……と馬のように笑い、

「村野、盗賊吟味役の与力はどなたがお越しだ？」

盗賊吟味役は、殺人や盗み、火付などの凶悪事件を担当する役で、江戸でいう火付盗《ひつけとう》賊改《ぞくあらため》にあたる。

「では、さっそくそれがしが手柄を立てたことを報じなければならぬわい。この竹本色太夫なる男が芝居の台本のことでここの一座を恨んでいることはわかっていた。それがしは女形殺しの報せを聞いてすぐにこやつが怪しいと思い、ただちに召し捕ったのだ。知恵や推量というものはこういう具合に使うのだぞ。村野、よう覚えておけよ」

喜多八が、

「え？　そうでしたっけ？　あっしらが町廻りの途中でたまたま周防町《すおうまち》の『当たり屋』てえ煮売り屋のまえを通りかかったら、大声で歌舞伎の悪口を言ったり、皿や小鉢を割ったり、ほかの客と喧嘩したりしてる酔っ払いがいて、迷惑だからってんで、そこの主が旦那に頼んでお縄をかけさせたんじゃありませんでしたかね」

「う、うるさい。貴様は黙っておれ」

喧嘩口論や器物の損壊は立派な犯罪である。酔っ払いの捕縛でも多少の点数稼ぎにはなるだろう、と斧寺が色太夫を近所の会所に連れていく途中で、嵐烏三郎が殺された、と通りすがりの連中が噂しているのを耳にして、急に「おまえが下手人だろう」と言い出したようである。わざわざこの小屋に連れてきたのは、集まっているはずの与力や同心たちに、自分の手柄であると宣言するためらしい。

「歌舞伎の悪口を言うてたぐらいでは、色太夫さんがやった、ていう証拠にはなりまへんやろ」

みくが言うと、

「もちろん証拠はちゃんとある。飲み屋の主によると、この男は『カラスを殺した』とか『冥途へカラスを送って』とか『その殺生の恨み』などと口走っていたらしい。それゆえ烏三郎殺しの下手人と断を下したのだ。文句があるか！」

みくが顔色を変えて、

「色太夫さん、それ、ほんま……？」

「酔うててなにも覚えてないのや。居酒屋も何軒も行ったし丸橋忠弥《まるばしちゅうや》やないけど、ここで三合かしこで五合、拾い集めて三升ばかり……ぎょうさん飲んださかいな……」

「どことどこの店に行ったか、名前は覚えてない？」

色太夫は少し考え込んだが、

「いやあ……途中でかなり酔うてしもたさかい……」

斧寺が、

「あとは会所で聞こう。とにかく、こやつが烏三郎を殺《あや》めたことは間違いないのだ」

みくが、

「斧寺の旦那、それはおかしいと思います」

「小娘風情が出しゃばるな」

　みくは頬を真っ赤にして、

「色太夫さんは台本を返してもらおうとして話し合いに来たはず。それを断られた腹いせやったら、座頭の雉右衛門さんを殺すのとちがいますか」

「そ、それは、雉右衛門を殺そうとしたが、座頭だけあってまわりにひとが多くて果たせなかった。やむなく鳥三郎で間に合わせたのだ」

「けど、台本は雉右衛門さんが持ってますのやろ」

「恨みを晴らすことで頭が一杯になり、台本を取り返すことなどどうでもよかったのだろう」

　村野が、

「たしかに、なにゆえ雉右衛門ではなく鳥三郎を殺したのかは疑問でござるな」

「そのようなことはこやつを拷問にかければすぐに白状するにちがいない。それに、鳥三郎の死体の喉には人形が噛みついていたというではないか。その人形はこやつが持ち込んだものであろう。それこそ動かぬ証拠だ。それがしはそのあたりを確かめるためにここに来たのだ」

　村野が、

「しかし、人形を現場に置くことなど、座員ならばだれでもできるでしょう」

「ええい、黙れ黙れ黙れ！　貴様は先輩のわしの手柄にケチをつけるつもりか！」

「いえ……そんなつもりは……」

　斧寺がせせら笑い、

「まあ、よかろう。なにもかも、これからの吟味で明らかになるはずだ。おみく、いらぬちょっかいを出すなよ。——おい、連れていけ！」

　一九郎は捕り縄をぐいと引っ張り、

「きりきり歩め！」

　そう怒鳴ると、胸を反らせて大威張りで色太夫を会所へと連行していった。

「色太夫さんの濡れ衣を晴らさなあかん」

　みくが言うと清八が、

「けど、どないして」

「わからん……」

　みくは村野に向き直り、

「旦那、ご存じのことを教えていただけますやろか」

「よかろう」

　そう言ったあと村野は声をひそめ、

「斧寺殿は功をはやってとんだ見当違いをしているかもしれぬ。おまえがしっかり調べてくれ」

そして、みくのために惜しげもなく情報を開陳してくれた。

「木戸にいた金助という男の証言によると、色太夫と衣織は昼四つ(午前十時頃)の鐘が鳴ってから半刻(約一時間)ほどして間違いなく帰ったそうだ。今日は芝居は休みゆえ、そのあと小屋には座員しかいなかったらしい」

「うちらが死体を見つけたのは、ちょうど未《ひつじ》の刻(午後二時頃)だす。三津寺さんの鐘が鳴ってたのを覚えてますさかい、間違いおまへん。その四半刻ほどまえ烏三郎さんの生きてるところを見ました。烏三郎さんはそのあいだに殺されたことになります」

「つまり、色太夫が居酒屋で何刻ぐらいに飲み始めたかが大事ということだな。それが未の刻の四半刻まえよりもまだまえなら……」

「色太夫さんには殺せんかった、ということになる！　つまり、最後に飲んでた店やのうて、一軒目を見つけなあかんのや！」

そのとき、ひと混みを掻き分けて現れたのは、衣織だった。

「おみくちゃん……！」

「あっ、衣織先生……！」

衣織の目には涙が溜《た》まっていた。

「烏三郎さんが殺された、て聞いて急いで道頓堀まで来たら、色太夫さんが召し捕られたって今知ったとこや。ほんまなん？」

みくはうなずいた。衣織は、

「ああ……私、もうどないしたらええかわからん」

「心配いらん。うちがなんとかする。知ってること教えて」

衣織は、雉右衛門との交渉が決裂したあと、色太夫から「ひとりで飲みたいから先に帰ってくれ」と言われて別れたこと、小屋を出たのが今から一刻半（約三時間）以上まえであることなどを話した。村野六八郎が、

「色太夫の言い分と一致しておるな。だが、おまえの証言では証拠として用いるわけにはいかぬ。色太夫が一軒目に行った居酒屋の主に証言させねばならぬぞ」

衣織は泣きながら、

「とにかく色太夫さんがひと殺しなんかするはずがない。おみくちゃん、なんとかして……！」

「わかってる」

みくは十手笛をぎゅっと握りしめた。

◇

斧寺伊右衛門は、盗賊吟味役与力の稲垣忠兵衛に、烏三郎殺しの下手人竹本色太夫を自分が召し捕ったと報告した。色太夫は、会所で吟味方同心によってひととおりの詮議

を受けた。しかし、色太夫は知らぬ存ぜぬを貫いた。

「たしかに角の芝居には参りました。台本を返してもらうためでおます。けど、返してもらえんかったさかい、帰りましたのや。嘘やおまへん！」

「いつまでしらを切るつもりだ！　たわけめ！　居酒屋の主はこの男が、『カラスを殺した』とか『冥途へカラスを送って』とか『その殺生の恨み』などと口走っていたことをたしかに聞いておるのだ。しかも、台本や人形のことで恨み重なる相手とくれば、おまえが立女形殺しの下手人であることは明白ではないか」

「罪人への責めは天満《てんま》の牢《ろう》屋敷の穿鑿所《せんさくじょ》で行うのが決まりのはず。それも、お奉行さまの許しが必要のはず……」

「ひと殺しがここにおるにもかかわらず決まりがどうのお定めがどうのと申していては、みすみす大罪人を見逃すことになる」

「わしがやったんやない。お役人さま、再度お調べを……」

そのとき、会所の入り口の戸が開いた。入ってきたのは腰が直角に曲がった老人、江面可児之進だった。斧寺は江面をじろりと見て、

「これはこれはご老体。なんの用でござる。まさかそれがしの手柄を横取りしようというのではありますまいな」

江面の後ろにいたみくが進み出て、

「うちは、鳥三郎さんの部屋で生きてるところを見ました。同じ時刻に色太夫さんは酒屋にいてはった、とはっきりさせられたら、鳥三郎さんが殺されたのは、色太夫さんが小屋を出たあと、ということになります」

「だから、なんだ？　戻ってきたかもしれぬではないか」

「木戸にいた金助というひとが、色太夫さんと衣織先生が小屋を出たことも、戻ってこなかったことも確かめてくれました」

「ほほう……えらそうなことを言うが、では、鳥三郎が死んだ時刻に色太夫が居酒屋にいたという証人はおるのだろうな」

「そ、それは……」

　斧寺はひんひんひん……と笑い、

「生意気に、それがしの推量に間違いがある、と申すのだから、さぞかし確たる証拠があっての話であろうな」

「いえ、それはまだ……」

「そんなことだろうと思ったわい。同心に対して無礼なやつ。——江面殿、目明しの仕込みがゆるいのではござらぬかな」

「そのほうに目明し、手下の仕込みについて意見される筋合いはない。斧寺、色太夫が鳥三郎を殺せなかったと明らかにすれば、お解き放ちに異存はないのじゃな」

「ご老体、若いものと競うのはたいがいにされよ。よけいに腰が曲がるぞ」

江面は舌打ちをして、腰をしゃきんと伸ばし、

「みく、参るぞ！」

江面は颯爽《さっそう》と会所を出ていこうとしたが、

「むむ……痛たたたた……」

ふたたび腰を曲げて、よたよたと歩き出した。

「色太夫さん、うちがかならず下手人を見つけ出します。それまで辛抱してや」

みくはそう言って、江面のあとに続いた。

五

翌日、どの瓦版もこの一件を派手に書き立てた。新進気鋭の芝居作者横縦衣織が書き下ろした新作狂言の台本を巡って歌舞伎と人形浄瑠璃が対立するなか、人形の祟りのような状況で立女形が殺され、恨みのある浄瑠璃語りが東町奉行所同心何某《なにがし》に召し捕られ……。話題を呼びそうな道具立てばかりで、まるで芝居の筋書のように波瀾万丈《はらんばんじょう》である。瓦版は、事件の発端となった新作狂言は女目明しが活躍する話だが、その所作を指導したのは月面町のおみく親方なる娘である……という文章で締めくくられていた。

事件は大坂中の話題になった。

「すごいやないか、おみく坊！」

夕方、甚兵衛がその瓦版を持ってきた。しかし、みくの顔色は冴《さ》えない。ぬいも、

「どないしたんや、さっきから黙りこくって」

みくはため息をつくと、

「こんな風に書かれてしもたらやりにくいわ。もちろん瓦版に書かれようが書かれまいがかならず色太夫さんの無実の罪を晴らすつもりやけど……」

みくなりに重圧を感じているのだ。甚兵衛が、

「わしが買うたのが最後の一枚やった。大評判で、飛ぶように売れてたで」

「あちゃー」

「それで、お調べはどのあたりまで進んどるのや」

甚兵衛は興味津々の顔つきである。みくは、だいたいの概略を伝えた。なにしろ根掘り葉掘りきいてくるので、こちらからしゃべったほうが手っ取り早いのだ。

「うちと一緒に死体を最初に見つけた床山《とこやま》さんは、襖はずっと閉め切ってあって、出入りしたものはおらん、て言うとった」

「ふーむ……『閉じた場』やな。これは推量のしがいがあるで」

「それと、色太夫さんと衣織先生が小屋を出たあと、衣織先生はまっすぐ家に戻ったん

やけど、色太夫さんの足取りがようわからへんねん。酔っぱらって何軒も飲み歩いた、て言うてるけど、道頓堀の近くだけでも居酒屋はぎょうさんあるさかいなあ……」

「わしの推量を言おか？」

言いたくてうずうずしている顔で甚兵衛は言った。みくはうなずいた。言うなと言ってもどうせ言うのだ。

「この事件の鍵を握ってるのは人形や。わしの考えでは、鳥三郎に恨みをもった老女形の人形が、部屋に連れていかれてふたりきりになったとき、自分の帯の帯締めで鳥三郎を絞め殺したのや。人形のしわざと考えたら、床山が言うとることの説明もつく。どや、この謎解き甚兵衛の名推理は」

「うーん……」

「ようできた人形には魂が宿るのや。『仮名手本忠臣蔵』で高師直《こうのもろなお》と塩冶判官《えんやはんがん》を演じてた人形が夜中になっても箱から抜け出して争い続けてた、ゆう話も聞いたことあるで」

みくは今ひとつ納得できなかったが、たしかにこの世には理屈では割り切れない不思議なことがあるのだ。笛に宿る精霊の存在もそのひとつである。

（そない言うたら、垣内光左衛門も、人形に釘を打ちつけて相手を呪う、とか言うとったな。「ひとがた」には呪力がある、て……）

みくは甚兵衛に、

「おっちゃんの言うとおり、人形の仕業やったとしたら、困ったことがあるわ」

「なんや」

「下手人が人形、ゆうのはお奉行所には通用せんと思う。それでは色太夫さんがお解き放ちにならんやろ」

　ぬいが、

「そやなあ。人形に縄かけて、こいつがやりました、て会所に突き出してもお取り上げにはなりまへんやろな」

　甚兵衛が、

「雉右衛門はさぞかし困っとるやろなあ。鳥三郎が死んでしもたら、もう『鬼小町』は上演できんやろなあ」

　みくが、

「なんでやのん？　べつの女形を呼んできたらええやん」

「今の道頓堀では、嵐鳥三郎が女形の筆頭や。女形が出ずっぱりで主役を張る、しかも、大立ち回りがあるような狂言をこなせそうな役者は……まあ、おらんことはないが、鳥三郎よりもずっと腕の落ちる連中ばっかりや。演目を替えるしかないやろな」

　みくは雉右衛門が、「これでなにもかもおしまいや。娘目明しの役ができるのは鳥三郎しかおらん……」と嘆いていたのを思い出した。

「それに、このまま色太夫が入牢《じゅろう》してしもてお仕置きにでもなったら、山辺座でも『鬼小町』は上演できんことになる。どっちもおあいこやな」

なおもああだこうだと甚兵衛は所見を述べたあと、やっと帰っていった。熱々のお茶をたっぷりかけた茶漬けと煮豆、豆腐とこんにゃくの煮しめ、それに塩辛い梅干と漬けものという献立の夕食を食べながら、みくは言った。

「おかんはやっぱり人形がやったと思う?」

「そうかもしれんし、そやないかもしれん」

「ほな、どっちかわからんやん」

「今のところは『どっちかわからん』でええのや。思い込みがいちばんあかん、てお父ちゃんがよう言うてた。この事件はこうやないかな、と思ったら、その思いに引っ張られる、はじめは白紙でおらなあかん、てな」

「そやな」

「けど、本来、人形ゆうのは紙や木、土でできてるもんやろ。それがひとを殺したりするはずがない、ゆうのも押さえとかなあかんで。人智《じんち》を超えたなにかがあるのとちがうか、とつい思うてしまうのや。人形が死体の喉にかぶりついてた、と聞いたら『人形の祟りや……!』と思うてしまうやろ。あんたら目明しにとってそういう思い込みが毒なんや」

みくもぬいも、ひと殺しとか死体とかいった物騒な話題を口にしながら、茶漬けをさらさら、漬けものをぱりぱりと食べている。みくはそういうことに、父親の宇佐七が生きていたころから慣れていた。

「つまり、みんなに人形の祟りやと思わせたいやつがおる、ゆうことか！」

「そうかもしれんし、そやないかもしれん」

ぬいはもう一度繰り返しながらさらさらと茶漬けを食べた。ぬいは、

「まあ、もし今日の事件が人形のしわざやとしたら、あんたの手にあまる。坊《ぼん》さんか神主さん、陰陽師にでも出てきてもらわんと……」

「そやなあ……」

みくはうなずいた。

（ほんまに人形の祟りやとしたら、うちには色太夫さんを救うことはでけへんかも……）

そんなことを一瞬思ったが、とにかく今自分にできることをするしかないのである。

「なあ、おみく……」

ぬいがおずおずと言った。

「いらん思い込みは禁物やて言うたばかりやけど、これだけは言うとこか」

「なんのこと……？」

「色太夫さんが『カラスを殺した』とか言うてはった件や。それはもしかしたら……」

「なに? なになになに?」

みくが食いついたのを見てぬいは、

「ああ、やっぱり言わんとこ。間違うてたらあんたの仕事の妨げになるわ。私がいろいろ推量を口にしたら、『探索御用が妙なほうに引っ張られる』ゆうてお父ちゃんによう叱られたわ」

「けど、そこまで聞いたら気になってしゃあないやん。なあ、言うて言うて言うてえなあ」

「うーん……ほな、これだけ言うとこ。それ、たぶんチカマツやで」

「チカマツ? 近松門左衛門のこと?」

しかし、そのあともしつこくきいたが、ぬいはそれ以上のことを教えてくれなかった。

◇

その夜、みくは茶臼山《ちゃうすやま》の山頂で十手笛を吹いた。山頂といっても丘に毛の生えたようなものだから登るのは簡単だ。目を閉じて「妖星」を吹き、目をあけると、そこに垣内光左衛門が立っていた。

「酒はどこだ」

「ここや」

みくは湯呑みに入れた酒を差し出した。光左衛門はガクッとこけそうになり、

「調子が狂う。私が『酒はどこだ』ときいたら、おまえが『酒はない』と答えるのがお約束ではないか」

「そんな約束した覚えない。お酒、いらんのやったら持ってかえるで」

「いるいる。持ってかえられてたまるか」

光左衛門は湯呑みをひったくり、キューッとひと息で美味そうに飲んだ。

「これは甚兵衛とやらが持ってきた酒だな。なかなかの上酒だ。甘露甘露」

「そんな急いで飲んだら身体に毒やで」

「ほうっておいてくれ。私は現世に二百数えるあいだしかとどまれぬ。もし、飲み残したらたいへんではないか」

「あ、そう。まあ、勝手にして」

「で、私を呼び出したのは、まさか、酒を飲ませてやろうというだけではあるまい。なにか用か」

「うん……。このまえ、人形には魔力がある、て言うてたやろ」

「そうだ。『ひとがた』を使うて呪いをかけたり、穢れや災いを祓《はろ》うたり、といったことは多く行われておる」

「人形がひとを殺したりするやろか」

その言葉を聞くと、光左衛門はいきなり高笑いをはじめた。

「うははは……ははは……ぶははははは」

「夜中やさかい、なんぼ山のうえでもあんまり大きい声で笑《わろ》うたらあかん」

「ぶはははははは……いやいや、人形がひとを殺すなどと馬鹿げたことを申すゆえ笑いがとまらぬのだ」

みくはぶすっとして、

「なにがおかしいねん」

「ひとがたというのは、呪具だ。人間の身代わりになることはあっても、人間を殺すようなことはできぬ。木や布や紙で作ったものに、作った人間の念が乗るだけだ。魂が宿ったりはせぬ。まして、ひと殺しなど……ぶははは……」

「けど高師直と塩冶判官の人形が夜中に箱から抜け出して喧嘩してた、ゆう話が……」

「でたらめだ」

光左衛門はひとことで片づけた。みくは、ふところからちゅんちゃんの人形を取り出して、光左衛門に見せた。

「うちの大事にしてた人形やねん。これにも魂は宿ってないんかな」

光左衛門は人形を受け取ると、

「ただの布きれだ。こんなものは……」

そう言いかけたとき、

「いかん。もう時刻が来た。——さらばだ」

光左衛門は、ふっと消えた。みくはため息をつき、

「やっぱり人形は関係ないみたいやな……」

そうつぶやいたが、

「あ……ちゅんちゃん！」

人形は光左衛門とともにいなくなり、残ったのは空の湯呑みだけであった。

◇

翌日、早朝からみくたちは聞き込みを行った。居酒屋廻りは喜六と清八に任せることにしたが、広い大坂に星の数ほどある居酒屋を廻るにはふたりでは足りず、先日知り合った浪人八木沼一角《やぎぬまいっかく》や留《とめ》、亀《かめ》、為《ため》の三人の人足といった手下《てか》見習いたちにも手伝わせた。八木沼や留、亀、為たちはみくから仕事の概要を聞くと、おおいに張り切って町に散っていった。

みくはもっぱら、雉右衛門や衣織、金助、床山……といった関係者への再度の聞き込みを担当することにした。しかし、角の芝居に行くと、座員たちはほとんどが留守であった。近くの寺で鳥三郎の葬儀が行われており、それに出席しているというのだ。

やがて、雉右衛門たちが戻ってきた。雉右衛門はみくと会うのを嫌がるかと思っていたがそうではなかった。みくは座頭部屋に招かれた。金助があんころ餅と茶を出した。

（今日は食べへんで……）

みくは心のなかでそう誓ったが、雉右衛門は、

「さあ、あんたの好物のあんころ餅や。どんどん食べて、なんでもきいてくれ。わしには、色太夫が下手人やとはどうも思えんのや。けど、あのアホの同心はそう信じ込んでるさかい、あんたが調べてくれるのはありがたい」

「なんで色太夫が下手人やない、と思うんですか」

「正直、今度の芝居に関していえば、山辺座はうちの敵や。せやからあいつが消えてくれるのは好都合や。けど、この金助によると、色太夫と衣織先生はたしかに帰ったそうや。そのあと戻ってはこんかった。——そやな、金助」

「へ、へい……」

付き人の金助はおどおどと言った。雉右衛門は太い腕を組んで、

「座員以外で小屋に出入りしたのは、そのふたりとあとはあんたらだけや。色太夫が殺したとすると、こっそり戻ってきて金助の目を盗んで小屋に入り込み、鳥三郎を殺してまただれにも見つからんように出ていったことになる。この小屋に裏口はあるけど、一旦、なかに入ってからぐるっと回らなあかん造りになっとる。木戸にだれかがいたらか

ならず見られてしまうはずや。——金助、おまえ、小便に行ったりせんかったやろな」

「へい……」

雉右衛門はみくに、

「それに、色太夫が鳥三郎を殺して小屋を出たとしたら、近所で酒飲んだりせんと、できるだけ遠くに逃れたいと思うのが人情やないか？　なんでぐずぐずしとったんや。おかしいやないか。そうなると……ほんまの下手人はほかにおる、いうこっちゃ」

みくは、雉右衛門が憎い相手のことを冷静に考えていることに驚いた。さすがは大勢の座員を仕切っている人物である。

「鳥三郎はとかくひとの恨みを買うやつやった。それはわしも認める。けど、とんでもない才のある役者やった。このまま色太夫の仕業にしておいたほうがわしには得やけどな……わしはほんまのことが知りたいのや」

「うちも……うちもそうです！」

「この小屋にだれも出入りしてないとすると……やったのはうちの座員、ということになる。わしの顔に泥塗るような真似さらしよったやつがうちにおるとしたら……許せん」

雉右衛門の顔に、一瞬うってかわって憤怒《ふんぬ》の炎《ほむら》が垣間見《かいまみ》えたが、すぐにそれはかき消えた。

「雉右衛門さん……あの人形が殺した、て言うてるもんもおるみたいだすけど……」

「はは……そうかもしれんなあ。烏三郎はあの人形にむちゃくちゃしてたさかい、その説もわからんでもない。人形が殺《や》ったのやとしたら、いろいろ辻褄《つじつま》があうけど、まさかそんなことはないと思う。人形の祟りに見せかけようとしたやつがおるのやないやろか。それに、それではあの同心の手柄にならん。あいつは、色太夫が下手人や、ていうことでほかの意見には一切耳を貸さず無理矢理押し通すつもりやろ。これまでもそういうやり方でやってきたんやろなあ」

ようわかってるやん……とみくは思った。たいした洞察力ではないか。みくが自分を見る目つきの変化に気づいたのか、雉右衛門は苦笑して、

「わしもただの暴れ牛やないで。この小屋でええ芝居ができて、お客さんがぎょうさん来てくれて、道頓堀全体が盛り上がることがわしの願いや。大坂には、芝居狂言なんぞ生まれてこのかたいっぺんも観たことない、ゆうひとがまだまだおる。そういうひとらにこそ道頓堀に来てもらわなあかん。そのためにえらいきついこともやってきた。せやから、今度の狂言だけは成功させたかったけどな……」

雉右衛門の悲しげな表情は嘘ではなさそうだった。

「あのなあ、おみく親方……あのアホ同心に言うてもしゃあないさかい、あんたに言うとくけどな、天満の牢の警備の人数を増やしたほうがええのとちがうかな」

「なんでだす？」

「大きい声では言えんが……雑喉場連中や。今日の葬式も雑喉場がかなりの額を出したおかげでとんでもなく派手なもんになった。坊主が三十人ぐらい並んでお経あげとったわ。あの連中、贔屓してた鳥三郎が殺された、というのでえらい怒っててな……このままでは済まさん、町奉行所に任してはおけんと息巻いとるらしい。牢屋に押し入って、自分らの手で鳥三郎の恨みを晴らす、ぐらいの無茶はしかねんで」

「うわあ……気ぃつけるように言うときます」

「うちは鳥三郎が殺されて『鬼小町』は出せんようになってしもた。けど、向こうも太夫が召し捕られたのやさかいお互いさまや。とはいうものの、あんたがべつの下手人を見つけたら色太夫はお解き放ちになるさかいなあ……」

　雉右衛門の声には力がなかった。盟友だった鳥三郎のこと、新作狂言のこと、自分の一座のこと、敵である人形芝居のこと、道頓堀のこと……さまざまな思いが頭のなかを回っているのだろう。

　みくが小屋を出たとき、喜六と留、亀の三人が走ってくるのが見えた。

「親方ーっ！　見つかりましたで！」

　喜六は、ほかのふたりより速く、と思ったのか、帯が解けているのを手で押さえながら走っている。とうとう垂れた帯の端を踏んで転んでしまった。起き上がった喜六は顔

をすりむいていたが、みくは無視して、

「なにが見つかったのや」

「色太夫が一軒目に飲んでた居酒屋でおます。いやー、苦労しましたで。清やんはまだ聞き込みを続けとりますけど、わてはひと足早くお報せに参りましたのや」

喜六たちによると、色太夫は少なくとも四軒の飲み屋をはしごしていた。最初はおとなしく飲んでいたようだが、三軒目ぐらいから酔っ払いだし、最後の「当たり屋」という店ではぐでんぐでんだったらしい。機嫌よく浄瑠璃を唸《うな》っていたかと思うと、

「あの台本はうちのものや！　かならず取り返す！」

と言いながら大きな盃《さかずき》を地面に叩きつけて割ってしまい、そのあと、

「歌舞伎なんぞおもろない！　操り芝居のほうがずっとうえや！」

と大声で叫び出し、歌舞伎贔屓の客と喧嘩になって、かなり派手にやらかしたらしい。たまたま店のまえを通りかかった斧寺伊右衛門に店主が訴えたので、斧寺が十手で色太夫を殴った……ということだそうだ。店の主は歌舞伎も人形浄瑠璃もまるで知らず、講釈や落とし噺、曲芸のほうに親しみがあるようで、竹本色太夫の名前も知らなかった。

「けど、斧寺の旦那が言うてたように、『カラスを殺した』とか『冥途へカラスを送って』とか『その殺生の恨み』とか言うてたそうだすわ。あとで烏三郎殺しのことを聞いて、ぞーっとした、て言うとりました」

「それは最後にいた店の話やろ？　一軒目の話を早うせんかいな」

　喜六が、

「一軒目は、瀬戸物町《せともものちょう》の西横堀《にしよこぼり》沿いに店出してる屋台の煮売り屋でおました。屋号は『うわばみ屋』だす」

「瀬戸物町？　道頓堀からはけっこう遠いで。四半刻ぐらいかかるやろ。ようわかったな」

「むしゃくしゃして飲みにいきたい、ゆうときに料理屋にはいかんやろ、と思て、屋台か小さい居酒屋に絞りましたんやけど、昼間から酒飲ませる屋台はあんまりおまへんさかいな」

「喜六にしては上出来や！」

「喜六にしては、は余計とちがいますか。――そこの主、操り芝居なんぞは見たことも聞いたこともない田舎親爺《いなかおやじ》で……」

「それやのに、なんで色太夫さんやとわかったんや？」

「とにかくいきなりがぶがぶがぶ……と大酒飲むさかい、ぶっ倒れるのとちがうかと主が心配になって、どちらにお住まいだすか、てきいたら、私は山辺座という人形芝居の太夫を務める竹本色太夫と申します、と名乗ったそうでおます。ちょっとおもろないことがあってな、やけ酒ですわ、て言うてたらしい」

「肝心の時刻はわからんか？」

「それがわかりましたのや。色太夫さんが店のまえに置いてた樽に腰かけたとき、ちょうど真昼午《うま》の刻（正午）の鐘が聞こえたらしい。色太夫さんが、ああ、まだ九つか、昼間から酒飲むやなんてやさぐれた真似をしてしもたわい……て言うたらしい」

みくは色太夫のことを謹厳な人柄だと思っていたので、そんなに酒を飲むというのは意外だった。雉右衛門たちの対応がよほど腹に据えかねたのだろう。

「ほかにはなんぞ言うてたか？」

「人形浄瑠璃一座の紋下の割には若いひとやなあ、て言うてました。屋台の煮売り屋で飲む、ゆうときはほんの腰掛けで一、二杯、きゅきゅきゅっ……と飲んでさいなら！ゆうのが普通やのに、えらい長っ尻《ちり》やなあ、とも言うてたなあ。一刻（約二時間）ぐらいは腰すえて飲んでたそうだす」

そういうことは、酒を飲まないみくにはわからない。

「二軒目はどや」

みくがきくと、留が言った。

「そこはわてが見つけましたんや。常珍町《じようちんまち》の『伊丹屋《いたみや》』ゆう酒屋で居酒をしたみたいだす」

本来、酒屋というのは酒を売るだけの商売だが、なかにはその場で酒を飲ませる店もある。

「常珍町か……。かなり道頓堀に近《ちこ》うなってきたな」

「そこの親爺は歌舞伎も人形浄瑠璃も好きで、色太夫さんが名乗ったら、ああ、たしか山辺座の、て言うたらしい。そうしたら『さよか、今後ともご贔屓に……』言うて二杯飲んでしゅーっと帰ったそうだす」

三軒目を担当したのは亀だった。

「笠屋町《かさやまち》の『蛸《たこ》はし』ゆうタコの煮つけが名物の常店《じようみせ》で、わても食うてみたけど、なかなか上手に煮てありましたわ。柔らかいのに歯ごたえがあって……」

「そんなことどうでもええねん。そこもすぐに帰ったんか？」

「いや、そこでは腰を落ち着けてぐびぐび飲んだあと、機嫌よう浄瑠璃を語って帰っていったそうだす」

「そのあとが周防町の四軒目か……。けど、ようやった。これで色太夫さんが下手人やないことがはっきりした。色太夫さんと衣織先生がここを出たのが午の刻よりも半刻ほどまえ（午前十一時頃）や。うちが、鳥三郎さんが生きてるのを見たのは、未の刻の四半刻ほどまえ（午後一時半頃）。死体を見つけたのがちょうど未の刻（午後二時頃）。色太夫さんが一軒目で飲みはじめたのが午の刻。道頓堀から瀬戸物町までは歩いたら四半刻はかかる。つまり、色太夫さんには殺せたはずがない、ゆうことや」

みくは立ち上がった。

◇

みくたちが調べ上げたことを江面可児之進が東町奉行高井山城守に報告し、竹本色太夫は解き放ちになった。

「やった……！」

東町奉行所まえにある腰掛け茶屋でみくは小さな拳を握りしめた。目明しというのは公の身分ではなく同心が小遣いを渡して使っている立場なので、奉行所のなかには入れない。だから、同心への報告などは腰掛け茶屋で行う。江面は、腰をとんとんと叩きながら、

「お頭もたいそう喜んでおられたぞ」

「え……？　なんで？」

「今のお頭は、歌舞伎芝居や人形浄瑠璃が随分とお好きでのう、此度の一件についても頭を悩まされ、ご老中にもお問い合わせをなされた。その返書を待っていたので裁きが遅うなられたのだ」

斧寺伊右衛門は、思い込みによる杜撰《ずさん》な詮議を厳しく叱られたそうである。

「なれど、まだまことの下手人は捕まってはおらぬ。気持ちを引き締めて御用を務めね

ばならぬぞ」

「はいっ」

　みくは頭を下げた。

「それと、色太夫が解き放ちになったのは、ほかにも理由がある。お頭は、四軒目の店で色太夫が『カラスを殺した』とか『冥途へカラスを送って』とか『その殺生の恨み』などと口走っており、それが烏三郎殺しの嫌疑がかかった理由のひとつ、と聞いて、即座に『それは近松であろう』とおっしゃった」

「えーっ！」

　みくは驚いた。

「うちのおかんも同じこと言うてました！」

「ほほう、さすがはおぬい殿じゃな。近松門左衛門の書いた『心中天網島《てんのあみじま》』という狂言にそういうセリフが出てくるらしい」

「心中天網島」の最後の場面、治兵衛《じへえ》と小春《こはる》が心中するところに、
のう、あれを聞きゃ、ふたりを冥途へ迎いの烏《からす》。

牛王《ごおう》の裏に誓紙一枚書くたびに。

熊野《くまの》の烏がお山にて三羽ずつ死ぬると。

（中略）

そのたびごとに三羽ずつ殺せし烏はいくばくぞや。

常にはかわいかわいと聞く今宵《こよい》の耳へは。

其《そ》の殺生の恨みの罪。

報い報いと聞《きこ》ゆるぞや。

報いとは誰《たれ》ゆえぞ我ゆえつらき死を遂ぐる。

許してくれ。


というセリフがあるというのだ。

「旦那、それに間違いないわ！『カラスを殺した』も『冥途へカラスを送って』も『その殺生の恨み』も全部出てくるやん。酔っぱらって人形浄瑠璃のセリフを口にしてたんやろけど、お店のご主人は歌舞伎も浄瑠璃もまるで知らんひとらしいからわからかったんやな……」

「そのようじゃな。カラスは烏三郎のことではなかった、というわけじゃ」

「うちのおかんもやけど、お頭もすごいなあ……」

みくは感心した。

瓦版はまたまた派手に書き立てた。犯人は山辺座の竹本色太夫ではなかった。町奉行所のお調べも一周回って振り出しに戻ってしまった。はたして嵐鳥三郎を殺したのはだれか。月面町のおみく親方が快刀乱麻を断つごとく、まことの下手人を見つけるのだろうか……などなどなど。歌舞伎好き、人形浄瑠璃好きだけでなく、大坂中がこの事件に注目した。そして、その瓦版の最後には瞠目《どうもく》すべき情報が書かれていた。「鬼小町誉華十手」の台本についての裁きが大坂町奉行所から下ったのである。それはひとびとを驚愕《きょうがく》させるに足るものだった。

「どっちもやってええ？　どういうこっちゃ？」

みくは瓦版を寝床のぬいに渡した。ぬいはざっと目を通し、

「なるほどなあ。今のお奉行さまはさばけたお方。経緯を考えると、台本は人形浄瑠璃のものでも歌舞伎のものでもないさかい、どちらが上演してもええ、と言うてはるのや。受け取りは正当なものやから、もともとの台本は雉右衛門のものやけど、写しを一冊拵えてそれを山辺座に渡せ、ということやな」

「おんなじ道頓堀で、おんなじ狂言を、おんなじときに歌舞伎と人形芝居の両方で演るゆうこと？」

「そや。瓦版にも書いてあるやろ。歌舞伎が勝つか人形浄瑠璃が勝つか、大坂人なら芝居町の関ケ原《せきがはら》、この両雄の激突の行方を見逃すべからず……お芝居の好きなおひとはわくわくしてるんやないやろか」

「けど、山辺座のほうは色太夫さんが戻ってきたからええとして、角の芝居のほうは立女形がおらんから無理やないやろか」

「そうかな。雉右衛門というおひとの気性からして、私はきっと勝負を捨てるようなことはせんと思う。これだけ瓦版に書き立てられたら、敵に後ろを見せるわけにはいかんやろ」

「ほな代役を立てて……」

「ほほほほ……また、いらんあて推量言うてしもた。もう黙っとくわ」

「ケチやなあ。おかんにはいろいろ教えてほしいのに……」

「あんたが自分で見つけ出さんと、ほんまにあんたが解決したことにはならん。目明しをやっていくつもりやったら、そういう癖をつけなあかんで。それと、なにもかも疑うことや。思い込みは禁物や。ええひとや、と思てたらそうやなかった……ゆうことが世のなかにはいっぱいあるさかいな」

「はーい」

みくは素直にうなずいた。

◇

山辺座の引き札には、「太夫　竹本色太夫」「座本　山辺権九郎」と大書されており、末尾に小さな文字で「狂言作者　横縦衣織」「所作指南　月面町みく」となっていた。もちろん初日は九月九日である。しかし、同じ日に角の芝居も引き札を配った。そこには、「嵐烏三郎追悼公演。市川鯊十郎、嵐烏三郎の代役相務めます」とあった。初日は以前のものと同じく九月九日のままである。「役者としてはまだまだ」の市川鯊十郎を立女形の代役に抜擢《ばってき》して芝居を決行するというのだから、雉右衛門のなみなみならぬ決意のほどがうかがえる。こちらは「所作指南　十変舎一九郎」となっていた。つまり、形を変えてのみくと一九郎の勝負でもあるわけだ。

（おかんが言うたとおりになったわ。えらいことになってきたなあ……）

歌舞伎や人形芝居にうといみくにも、これがたいへんな事態であることはわかってきた。瓦版が書き立てているようにたしかに「歌舞伎と人形浄瑠璃の天下分け目の戦い」なのである。そして、そこに自分の名前が書かれていることにみくは不安を覚えた。

しかし、みくに歌舞伎と人形浄瑠璃の対決にかまっている余裕はなかった。嵐烏三郎殺しの下手人はまだ見つかっていないのだ。みくたちは朝から晩まで下手人探しに忙殺されていた。聞き込みを続けるなかでみくは、今度の歌舞伎対人形浄瑠璃対決のすさまじい盛り上がりを知ることになった。

「わしは歌舞伎やと思う。なにしろ人間が演じるのやさかいな。男前にしても女形にしても、人形にはない色気というか艶というか……そういうもんがあるわ」

「アホやな、おまえは。木でできた人形が人形遣い、太夫、三味線の力でほんまもんの人間よりも人間らしゅうなるのが妙味やないかい」

「そんなこというても人形は人形。人間には勝たれへん。まえに観た市川鯊十郎の流し目、あれにはぞくぞくっとしたわ。あいつが女形をやるやなんて……わしは歌舞伎を観にいくで」

「わかってないな。人形に魂が入ったときのあの色気……飯食うたり厠《かわや》へ行ったりしてる人間には出せんもんや。わては人形浄瑠璃を観にいくで」

「嵐鳥三郎は人形の祟りで死んだらしいがな。歌舞伎を応援したらんかい」

「祟るような力のある人形ゆうのも観たないか？　それに、お解き放ちになった竹本色太夫がどんな語りをするか、観てみたいがな」

「人形か……歌舞伎か……歌舞伎か……人形か……」

「どっちやねん」

「ああ、もうわからん。どっちも観にいくわ！」

「わてもそないしよ！」

大坂の町のどこへ行ってもそんな会話を聞かされる。歌舞伎はともかく、近頃こんなに人形浄瑠璃が話題に上ったことは珍しいらしい。人形浄瑠璃が道頓堀に帰ってくる。しかも、歌舞伎の女形が人形の祟りのような状況で殺され、人形浄瑠璃一座の太夫が召し捕られたあと、無実と決まって解き放ちになった……話題性は十分である。人形浄瑠璃など一度も観たことがないという連中もこぞって人形浄瑠璃に行きたい、と口にするようになった。歌舞伎も負けてはいない。十手持ちに扮《ふん》した市川鯊十郎の錦絵を大量に刷り、これを無料で配ったのである。

初日へ向けて、歌舞伎も人形浄瑠璃も宣伝がどんどん白熱化している。そんななか、みくたちは地道に探索御用を続けていた。無駄足だと覚悟しながらみくは何度も角の芝居を訪ね、座員ひとりひとりに会って聞き取りを重ねた。

「なんべんもすんません」

みくがそう言うと雉右衛門は、

「初日が近うて忙しいんやけどな……」

文句を言いながらも応対してくれた。

「たいへんなのはわかります。けど、こちらの女形さんが殺されたのやさかい……」

「わかっとる。わしも烏三郎には成仏してもらいたいのや」

「立女形が抜けてしもて、たいへんだすやろ」

「そらそや。けどな……」

雉右衛門は目を細めて、

「鯊十郎が化けよったのや」

「化けた？　お化けだすか」

「そやない。あいつにはこんな大役、とうてい無理やろと思てたけど、それがなあ……わしもほれぼれするようなええ女形なんや」

雉右衛門はうれしそうだった。

「今度の役がはまった、ゆうんかな。それでわしも思い切って初日開くことに決めたのや。――目明しの所作をあんたにつけてもらえんのが心残りやなあ。こっちが分が悪いわ。あの一九郎ゆう親方、江戸の岡っ引きはああやとかこうやとかいちいち『江戸流』を振り回すから、めんどくそうてかなわん」

「すんまへん……」

そう言われるとなんだか申し訳ないような気がしてきた。

「こないだもおききしましたけど、鳥三郎さんを恨んでた、とか殺したいほど憎んでたひとに心当たりは？」

「そやなあ……あいつを恨んでるもんは多かったやろ、と思う。カッとしたらめちゃくちゃなことするやつやったさかいな。どつかれたり、蹴られたり……殺したろか、と思うたことがあるのはひとりやふたりやないと思う。けど……そんななかで、いちばん恨んでたのは……」

「だれです？」

「うーん……仲間を差すようでグツ（都合）悪いけど……まあ、金助やろな」

「ああ、付き人の……」

雉右衛門はうなずき、

「烏三郎に、脇差の柄で殴られて額割られたり、ひとまえでどつかれて鼻血出したり、延べ煙管で殴られたり……まあ、手荒い折檻をされとったわ。せやけど、あいつには烏三郎を殺すことはできん。あんたが烏三郎の生きてる姿を見たときにあいつも一緒におったやろ？　その前後もわしの言いつけでずっと木戸にいたはずや」

「もっぺん会わせてもらえますか」

「あいつは辞めよった」

「辞めた？」

みくは思わず大声を上げた。

「これ以上ここにいたら身体が持ちまへん、言うとった。今度の芝居では捕り方の役を振ってやったのに、尻割《けつわ》りよった。もう烏三郎にどつかれることはないのやからしばらく辛抱せえ、て言うたのやが、どうしても辞めたい、言うてな。まあ、しゃあないわ」

小屋から出たみくは歩きながら考えた。金助に烏三郎を殺すことはできないはずだが、もし金助が下手人であるとしたら、どういう手段を使ったのだろうか。

（おかんは、なにもかも疑え、と言うてたな。人形が下手人やとしたら話は簡単やけど、木でできたもんに殺せたはずがない。そう見せかけたやつがおる、ゆうことか……）

色太夫と衣織は昼四つから半刻ほどして間違いなく帰った、そのあと戻ってはこなかった……と金助は言ったし、色太夫と衣織もそう言った。三人の言葉が一致したのだ。

しかし、それが嘘だったら……。

（いや、色太夫さんや衣織先生が嘘つくわけがない……）

そう思ったとき、

（そうか。これが「思い込み」なんや……。うちはこの目で、未の刻の四半刻ほどまえ〈午後一時半頃〉に鳥三郎さんが生きてるのを見た。自分以上に信じられるもんはないから、そのことは間違いないと思てた。けど、それももしかしたら思い込み……）

疑いだしたらきりがない。これだけは絶対にたしかである、というよりどころが欲しかった。みくの足は山辺座のある生國魂神社に向かっていた。鳥居をくぐったとき、

（あれ……？）

見覚えのある顔の侍が歩いていた。角の芝居のまえで、歌舞伎側と人形浄瑠璃側の喧嘩を仲裁した鯖奈林四郎とかいう侍だ。笠をかぶっているが、着物の柄や刀の拵えに覚えがある。

（こんなとこでなにをしてはるのやろ……）

鯖奈はひと目を気にしながらもだれかを探しているようで、行き交うひとの顔を検分

している。しかし、今は山辺座の探索が先だ。

「おお、おみく親方！」

稽古の真っ最中だったらしく、色太夫は舞台であれこれと人形の動きに注文をつけていたが、みくに気づくと喜色満面で迎えてくれた。額に汗がにじんでいる。集まっている一同のあいだにもぴりぴりした空気が漂っている。

「親方のおかげでこうして『鬼小町』が語れます。親方には足を向けて眠れまへん」

「そんな大げさな……」

「いやいや……ひとつ間違うたらお仕置きになるとこだした。それを思うたらなんぼ感謝しても足りまへんわ。わしの夢……道頓堀にまた人形浄瑠璃の櫓を上げる……その夢に向かって少しだけ前進でけるように思います」

色太夫の顔はいきいきと輝いていた。

「色太夫さんはなんでそないに道頓堀にこだわってはるの？　生國魂さんではあかんの？」

「お上公認の櫓が集まった道頓堀は日本の芝居興行の中心だす。江戸でも三座しか公認されてないのに、道頓堀には五つもある。もともと竹本座、豊竹座、竹田の芝居……と五つのうち三つが人形芝居やったのに、今では全部歌舞伎になってしもた。わしの願いは、道頓堀に人形浄瑠璃が戻ること……それに尽きます」

色太夫の目は輝いていた。

「ほな、今度の狂言が当たったらその夢が叶《かな》うんやね」

「ははは……そう簡単にはいきまへん。今回はとりあえずひと月だけ興行できますけど、あとはまた生國魂さんに逆戻りだす。ここもやりやすい場所やし、ありがたいとは思とりますけどな……」

座員のひとりが、

「太夫、今度の狂言が当たったら、この小屋の修繕しまひょ。雨漏りがしたり、床が抜けたり……そろそろ限界だっせ」

「そうしたいのはやまやまやけど、なかなかお金がなあ……」

「なんでだんねん。もし、『鬼小町』が当たったらそれぐらいのお金……」

「ほら、アレがアレでアレやろ。そういうわけには……」

「あ、そうか。アレがアレでアレだすもんな……」

みくにはなんのことだかわからなかった。色太夫の後ろから衣織と蟬太郎が顔を出した。衣織が、

「おみくちゃん……いろいろありがとう」

「えへへ……衣織先生はなにしてるん?」

「狂言の作者は『本読《ほんよみ》』いうて、筋書とか役者さんの役柄とかを全部説明せなあかんの

や」

　作者は脚本家と演出家を兼ねたような仕事なのである。ほかに大道具、小道具、かつら、衣装などを書き出したり、絵看板や番付を作るのも本来は作者の仕事だという。

「私は山辺座の座員やないからそのあたりはお任せしてるけど、本読だけは私がやらんとなあ……」

「へえ……ほな、角の芝居のほうはたいへんやな」

「悪いけど、あっちまでは手が回らん。自分らでやってもらうしかないわ」

「それはそうと、忙しい稽古中に申し訳ないけど、御用の筋やさかい協力をお願いします」

　色太夫が、

「わしも気になっとるのや。烏三郎さん殺しの下手人はかならず召し捕ってもらいたい。なんでもきいとくなはれ」

「手短に済ませます……」

　みくはだんどりよく色太夫以下の座員たちから話を聞いていった。もっぱら嵐烏三郎が殺された時刻にどこにいたか、を問いただし、その答を帳面に書きつけていく。

「これでだいたい全員か。——そういえば座本の山辺権九郎さんは……？」

　人形遣いのひとりが、

「座本は、家にいてはるのとちがうかな。ひとっ走りいって呼んできまひょか？」

「それも悪いなあ。――権九郎さんがあの日、ここにいてはったことさえわかったらええねん。だれか覚えてる？」

「あ……それやったら……」

大道具方の男が、

「どこかに出かけてはったけど、一刻ほどで戻らはりました。えらい酔うてたさかい、どこぞの飲み屋にでも行ってたのやおまへんか」

そう言ったとき、

「いらんことをべらべらしゃべるのやない。おまえら、初日が近いゆうことをわかっとるのか」

いつのまにか後ろに男がひとり立っていた。右頰に大きなできもの……山辺権九郎だ。

「歌舞伎に勝つには稽古のうえにも稽古、稽古、稽古や。それやのにしょうもない御用に付き合うてる暇はない。色太夫さん……あんたがもうちょっとしっかりしてくれなあかんやないか」

「すんまへん」

山辺権九郎はみくに向き直り、

「そういうわけでな、わしら、忙しいのや。そろそろ帰ってくれるか」

ここで素直に帰るようでは目明し失格である。

「あのー……烏三郎さんが殺されたとき、お酒飲みにいってはったそうだすけど、どちらでだれと飲んでました？」

「そんなもん覚えとるかい。さあ、帰った帰った！」

「えらいお邪魔しました」

みくが皆に頭を下げて帰りかけると、衣織が拝むような手つきで「ごめん」と小声で言った。

◇

「どない思う、おかん」

その夜、布団のなかでため息をつきながらみくはぬいに相談した。

「なんやねんな、暗い顔して……」

「行き詰まってしもたんや。ええ知恵貸して」

「そやねえ……。その金助ゆうおひとが烏三郎さんを恨んでるのやったら、話を聞いたほうがええやろね」

「それが……歌舞伎を辞めてしもたんや。家も引っ越しして、どこに行ったかわからへんねん」

「急にいなくなるやなんて変やねえ」

「そやろ。どう考えても怪しいねん」

「金助が下手人やなくても、嘘をついてたとしたら、いろいろ疑わなあかんことがでてくるわな」

「喜六と清八に大坂中探して見つけてほしい、て頼んであるけど……むずかしいやろな。手がかりがなくなってしもたわ。どないしたらええやろ」

「そういうときは、これまでに調べたことを全部忘れて、もっぺんやり直すのや」

「どういうこと？」

「一度話を聞いたひとにもう一度話を聞く。一度調べた場所をもう一度調べる。まえに聞き忘れたり調べ忘れたりしてることがあるかもしれんやろ。めんどくさいと思うかもしらんけど、御用というのはめんどくさいもんや、てお父ちゃんがいつも言うてはった」

「うーん……」

「ええ知恵出せんでごめんやで」

「ええねん。明日、朝一で調べ直してみるわ。おやすみー」

そう言ってみくは行灯《あんどん》を吹き消した。

◇

みくは、色太夫が訪れた飲み屋四軒を再度調べることにした。喜六と清八に任せきりで自分で当たったわけではないからである。しかし、常店はともかく、屋台は昼間は出ていない。なので色太夫が一軒目に行ったという西横堀沿いの屋台は後回しにすることにした。そもそも屋台なので毎日同じ場所に出ているとはかぎらない。

二軒目に行った常珍町の「伊丹屋」という酒屋はすでに店を開けていた。主は、色太夫が来たことは間違いないが、すでに記憶があいまいになっているらしく、顔や着物などについてもあまり覚えがない、という。

「来たのはいつ頃かわかる？」

「そやなあ……うちは毎日、午の刻から居酒をさせることになっとるけど、それからちょうど半刻ほどしたころに入ってきたんかな。その日の皮切りの客やったから覚えとる。帰らはったんは、だいたい未の刻の四半刻ほどまえだっしゃろ」

ちょうどみくたちが生きている烏三郎を目撃した時分である。

「わしは歌舞伎も操り芝居も好きやけど、山辺座には行ったことおまへん。あのひとが自分から竹本色太夫て名乗りはったときに、ああ、たしか山辺座の……て言うたら、二杯だけ飲んであっさり帰らはりました。せやから顔も覚えてないし……」

みくは引っかかるものを感じた。酒のことはよくわからないが、一軒目ではぶっ倒れそうなほどの大酒を飲み、このあとも三軒四軒と廻る人間が二軒目ではたった二杯しか飲まなかったというのは不思議である。酒がよほどまずかったのか。さすがにそれを主にたずねるわけにはいかない。

三軒目の笠屋町の「蛸はし」の主は、歌舞伎も人形浄瑠璃も知らなかったが、色太夫が酔っぱらって語った浄瑠璃を聞いて、

「さすが玄人《くろうと》は上手いもんやなあ……」

と思ったそうである。

「来たのは、そやなあ……だいたい未の刻の四半刻ほどまえやなかったかなあ」

二軒目では二杯しか飲まなかったのだから、そのあとすぐに三軒目に入ったとしたら理屈は合う。

四軒目ではかなり荒れていて、大きな声で浄瑠璃を語ったり、盃を叩き割ったり、歌舞伎の悪口を声高に言い立ててほかの客と喧嘩したりと大騒ぎだった……というのは喜六が調べたことと同じである。そのあと夕方近くになっても一軒目の「うわばみ屋」は見つからない。屋台だから、その日によって稼ぎ場所を変えるのだろう。

信濃橋《しなのばし》を渡って、堀沿いの道を南へと向かい、炭屋町《すみやまち》に差し掛かった。普段はひと通りの多い場所だが、今日にかぎってだれも歩いていない。すでに日が暮れたように暗く、

堀川の水もどんよりしている。みくは足を止めた。背後になにか気配を感じたのだ。帯に差した十手笛に手をやり、振り返った瞬間、頬かむりをした男が匕首を突き出すのが見えた。

（ヤバい……！）

飛び退《の》いてかわし、足もとの小石を蹴る。小石は男の喉にぶち当たった。

「ぐえっ」

男は手で喉を押さえて身体を丸めた。再度斬りつけようかと逡巡《しゅんじゅん》しているのを見て取ったみくは、十手笛を構え、

「うちは『鬼小町』や。やるつもりなら性根入れてかかってきいや！」

相手は二撃目を繰り出した。みくは十手笛で撥《は》ねのけた。ガキン！という金属音が響いた。十手笛と匕首が押し合いになったが、相手は右脚でみくの腹に蹴りを入れた。激痛に耐えかねてみくがうずくまったとき、男はみくの肩に斬りつけた。

（ヤバっ……！）

みくが死を覚悟したとき、匕首が遠くに弾《はじ》き飛ばされた。見ると、抜刀した侍が立っている。鯖奈林四郎だ。頬かむりをした男はいきなり川に飛び込んだ。高い水柱が上がった。みくは橋から身を乗り出したが、暗くてよく見えない。

「なんじゃい、へたれ！」

みくは川面《かわも》に向かってそう叫んだが、途端に恐怖がこみ上げてきた。足ががくがくしてまともに立てないのだ。鯖奈林四郎は、

「大事ないか」

「は、はい……。けど……その……足が……」

鯖奈は笑って、

「無理もない。気を付けて帰れよ」

「あ、あの……お武家さまは鯖奈さまとおっしゃいますので……」

「わしの名を知っておるのか」

「歌舞伎と人形浄瑠璃の仲裁をするのを見ておりました。先日は生國魂神社の境内でも……」

鯖奈は顔を引き締めて、

「おまえはなにものだ」

「鯖奈さまこそなにものですか」

鯖奈林四郎はにやりと笑い、

「それは……内緒だ」

◇

道頓堀の芝居茶屋の豪奢《ごうしゃ》な一室で、太い柱を背に座ったその武士はすでに酩酊《めいてい》してい た。左右には新町から呼び寄せたとおぼしききれいどころが座り、酌をしている。目のまえには鯛《たい》の造り、海老《えび》の鬼ガラ焼き、アサリのぬた、棒ダラ……をはじめとする山海の珍味がずらりと並んでいる。

「江戸城内にわしの懇意にしておる御用取次役がいてのう、そのものを通じて内々にご老中のおひとりにお伝えしたるところ、そのほうの案、まことに秀逸、公儀が目指す歌舞伎、人形浄瑠璃、講釈、落とし噺などといった庶民の贅沢《ぜいたく》な娯楽を取り締まり、盛場への入場を控えさせ、綱紀粛正を行う……という考え方に沿ったもの、しかも、労せずして公儀に金が入る仕組みである、と上々の手応えであった。そのお方を通して上さまに言上すれば、おそらくお取り上げになるであろう、とのことだった」

相対している町人は、右の頬に大きなできものが目立つ男だった。

「おほっ……それはありがたい！」

「だが、そのお方を動かすにはまだまだ金が必要。なにしろ相手はご老中だからな」

「これまでにもかなりの大金を使うてきましたが……」

「この世は賄賂、賂《まいない》、袖の下で動くようになっておる。金はいくらあっても足りぬ」

「そのうちの半分ほどは西芝《にししば》さまのふところに入ってるはず……」

「つまらぬことを申すな。この仕組みが認可されれば、おまえのふところも相当うるおう。しかも、それはこの先もずっと続くことになるのではないか」

「それはもう……そのためにいろいろと手を汚しましたさかい……」

「どうだ、そろそろ難波か新町にでも河岸《かし》を変えぬか。ここでは話もしづらいわい」

「わしとの話やのうて女子との話だっしゃろ。よろしゅおます」

侍と相対していた男はぽんぽんと手を叩いた。

「はーい、ただいま」

店の女子衆《おなごし》が入ってきた。

「駕籠《かご》を二挺《ちょう》、早幕《はやまく》で頼むわ。行き先は新町や」

「ちょうどよろし。たった今、お客さんが乗ってきた駕籠が二挺おますのや。それを使いまひょ」

ふたりの男が料理屋の階段を下り、外に出たとき、

「これはこれは……西芝源之助《げんのすけ》殿ではございませぬか」

通りかかった武士がそう声をかけて近づいてきた。かなり酩酊している。

「なんだ……おぬしか」

それは斧寺伊右衛門だった。

「西芝殿、近頃なにやら景気がよろしいご様子ですが、それがしは例のしくじり以来どうもツキが逃げてしまいました。本日の金づるはどこにおられます？　それがしも同道

を……」

「そんなものは知らぬ。わしは忙しいのだ。これにて失敬する」

西芝たちはあわてて駕籠に乗り込むと、

「早く出せ」

ふたりを見送った斧寺は舌打ちをして、

「なんじゃい。一座させてくれぬのか。面白くない。どいつもこいつもそれがしを馬鹿にしくさる！」

そう言って足もとの小石を蹴った。

◇

大坂はじまって以来というような熱狂が道頓堀を席捲《せっけん》していた。芝居茶屋を通しても、金をいくら積んでも席が取れないのだ。金持ちたちはなんとか席を手に入れようと画策しているようだ。角の芝居の歌舞伎と竹本座で行われる山辺座の人形浄瑠璃、いずれも初日が開く前からとんでもない人気だった。普段は芝居狂言に見向きもしないような連中も、

「おんなじ演目を歌舞伎と人形でぶつけるらしい」

「歌舞伎のほうは立女形が殺されて、その下手人はいまだに捕まってないらしい」

「下手人は人形浄瑠璃の人形らしい」

「人形浄瑠璃の太夫が下手人として召し捕られたけど、解き放ちになったらしい」

「はじめて主役を張る市川鯊十郎がすごいらしい」

らしいらしいらしい……でたいへんな騒ぎである。今のところ六対四で人形浄瑠璃に分があるようだ。そんななか、どこのだれが仕掛け人なのかわからないが、「芝居くじ」というくじを売り出した。心斎橋《しんさいばし》の「金丸堂《かねまるどう》」という書肆《しょし》が表向きは仕切っている。もちろんお上公認のものではないが、歌舞伎と人形浄瑠璃の集客数を毎日勘定し、最終的に多かったほうに賭けたもののなかから上位十名に賞金が出る、という仕組みである。このくじもたいへんな売れ行きで、賞金はかなりの額になるという噂であった。

みくが家に戻ってきたときにはすでに日が沈んでいた。

「おかん、ごめん。すぐにご飯作るわ」

「ええのや。今日は腰の塩梅《あんばい》がちょっとええさかい、私がええ加減に作っといた。食べよか」

「うわあ、おかんの手料理食べるの久しぶりやなあ」

「料理ゆうほどのものやないけどな」

それはちりめんじゃこと刻んだ青菜を入れたおじや、味噌に鰹節と生姜を混ぜたもの、大根のひと押し漬けという献立だった。

「美味しいわ」

ご飯を食べながらみくは、匕首を持った男に襲われた話をした。ぬいの顔がこわばり、

「あんた……怪我せえへんかったんか」

「なんともない。鯖奈林四郎ゆうお侍が助けてくれた」

「それやったらええけど……なるべく喜六か清八、どちらかと一緒に動きなはれ」

「わかってる」

そう言いながらみくは三杯目の雑炊を平らげた。

「なんぼでも食べれそうやわ」

「呑気やなあ」

「けど……とうとうこの日が来てしもた。いよいよ明日が初日や……」

「そやなあ。なにもなかったらええけど……」

「うちもそう思う。角の芝居も竹本座も毎日大入りで、どっちが勝ったも負けたもなくて、千秋楽までみんな機嫌ようしてられたらいちばんやねんけど……」

「私が『なにもなかったら』て言うたのは、あんたの身になにもなかったら、ていうことや」

「うち？」

「そや。匕首持った男は、今度の一件に関わってるはずや」

「けど、うち、襲われるような覚えはないで」

「あんたにはないかもしれんけど、向こうにはあるのやろ。あんたにちょろちょろされたら困るひとらがおるのや」

「いったいだれやろ」

「あんた、怖《こわ》ないんか」

「うーん……」

怖くないと言えば嘘になるが、みくにとっては生きた人間より人形の祟りのほうが怖かった。正直にそう言うと、

「まえにも言うたけど、人形は祟ったりせえへん。生きた人間のほうがずっと怖い」

「そうやろか」

「いちばん怖いのは、人形を操ってる人形遣いや」

「なんで？」

「人形が怖い、と思わせといて、じつは人間が操ってる。だれも人間には目を向けん」

「…………」

「竹本色太夫さんも、もともとは人形遣いやったらしいな」

食器を片付け布団に入ったあと、みくは天井を向いて考えていたが、結局なにも思いつかずそのうち眠りに落ちた。

◇

こうして初日が開いた。みくが危惧していたようなことはなにも起こらなかった。歌舞伎も人形浄瑠璃もたいへんな入りであった。しかし、やはり山辺座のほうがかなり優勢で、その日の終わりに金丸堂が発表した客の数は、歌舞伎が六百人、人形浄瑠璃が千人だった。

歌舞伎のほうは嵐烏三郎を欠き、その穴を埋めるのがまだ若輩の市川鯊十郎、というのが響いたようだ。人形浄瑠璃のほうは、数十年ぶりに人形浄瑠璃が道頓堀に戻ってきた、その気概を後押ししたろやないか、という気持ち、人形が仇討《あだう》ちをしたという噂、そして無実の罪から解き放ちになった竹本色太夫への同情心などから人気がバク上がりになった……というのが芝居通の甚兵衛の分析である。

初日、みくは甚兵衛、喜六、清八、そしてぬいとともに人形浄瑠璃を見物に行った。ぬいは、甚兵衛が手配して、戸板に乗せ、べか車で長屋から道頓堀まで運んだ。

「あははは……かっこ悪いわ」

ぬいは照れたように言った。

みくは生まれてはじめての人形浄瑠璃にすっかり魅せられてしまった。最初は少し違和感があったが、観ているうちに話に入り込み、気が付いたら人形とともに泣いたり笑ったりしていた。衣織の台本はさすがにすばらしく、かなり長い狂言なのだが、まるでダレることなくぐいぐいと客を引っ張っていく。捕り物の場面での立ち回りは圧巻で、人形たちが生きているかのように動き回り、走り回り、十手をふるう。

終わったとき、みくの両目からは涙がこぼれていた。

（すごい……！）

楽屋挨拶に行くと色太夫たちが迎えてくれた。

「どないだした？」

「めちゃくちゃよかったです！」

みくは、その程度しかこの感激を表現する言葉がないことが悔しかった。色太夫は少し咳き込んで、

「そう言うてもらうのがいちばんうれしい。これからも操り芝居をご贔屓に……」

「はいっ」

そこへ衣織が入ってきた。

「みくちゃん、どやった？」

「今も色太夫さんに言うてたとこ。ほんまにすごかった。最後は泣いてしもたもん。途中はずっと、主役の『吉祥天のおりえ』になったような気分やったわ」

「そらそやろ。おみくちゃんに会うてからかなり台本書き直したさかいなあ」

「えーっ」

みくは照れた。楽屋は終始いい雰囲気だった。甚兵衛が、

「今日は六百対千で山辺座の勝ちやったみたいだすなあ。明日は角の芝居に行くつもりだすのや」

と言わずもがなのことを言った。ぴーんと空気が張り詰めた。みくがにらむと、甚兵衛は「あ……」という顔つきになったがもう遅かった。色太夫が、

「もちろんわしらも観比べてみたい、と思とりますが、わしが行くとなにかとまた揉めごとのタネになりますさかいな。どんな芝居やったか、あとで教えてもらえると助かります」

そう言ってまた色太夫は咳き込んだ。みくが、

「色太夫さん、大丈夫？」

「ははは……なんでもおまへん。昨日からちょっと風邪ひいたみたいでな、咳が出るさかい薬を飲んどります」

「お大事に……」

みくたちは楽屋をあとにした。翌日は早朝から歌舞伎見物である。平場（平土間ともいう。舞台の正面の席）に座るつもりでいたが、驚いたことに大谷雉右衛門が桟敷を手配してくれていた。

正直、みくは今回の勝負については人形浄瑠璃側の味方であり、歌舞伎に対してははじめから斜めに構えているところがあったが、ぬいに「そんな態度では歌舞伎の面白さがわからない」と言われたので先入観を捨てて観ることにした。その結果、みくはこれまた生まれてはじめて観る歌舞伎にも完全に心を奪われてしまった。昨日の人形とはちがって、生身の役者が舞台狭しとばかりに暴れまくる姿は別種の迫力があった。たしかに観客数は少なく感じられたが、主役の市川鯊十郎のかっこよさ、美しさ、そして、きりりとしたセリフ回しや大胆な見得はみくをはじめとする観客の心をつかんだ。終わったとき、みくはボーッと上気しており、蒸し風呂に入っていたように汗をかいていた。

楽屋挨拶に行くかどうか迷ったのだが、桟敷を取ってもらった礼を述べねばならない。みくが座頭部屋に行くと、盗賊の首領役だった雉右衛門はかつらを脱ぎ、汗を拭っていた。

「来てくれたか、おおきに。——で、どやった?」

「びっくりするほど面白かったです」

「はははは……桟敷取ったからいうてお世辞言わんでもええで」

「お世辞やない、ほんまです。鯊十郎さんもすごかったです」

「そやろ。あいつはわしの期待を超えよった。これで『鬼小町』はええ芝居になった。たとえ人形浄瑠璃に客数で負けても、わしは満足や」

雉右衛門は本当に芝居のことを真剣に考えているようである。みくは、思い込みを反省した。

「あの……金助さんのことでなにかわかりましたか？」

「いやあ、あれ以来なんの連絡もないわ」

「そうですか……」

礼を述べてみくが部屋を出ようとしたとき雉右衛門が、

「これからも歌舞伎芝居をご贔屓に……」

色太夫と同じことを言った。

みくが小屋を出ると、そこに一九郎と弥次郎兵衛、喜多八が立っていた。一九郎はぎくりとした顔つきで、

「な、なんでえ、おめえも観てたのか」

「面白かったで。あんたがつけた所作もよかったわ」

一九郎はにやりとして、

「捕り物が江戸風だっただろ？　客の数は人形芝居のほうが上回ってるみてえだな。けど、そのうち挽回《ばんかい》してやらあ」

「うちは両方とも観たけど、どっちもすごかったわ。あんたも人形浄瑠璃観にいったほうがええ」

一九郎は舌打ちして、

「だれが行くかよ」

「そんな勝負より、うちらは嵐烏三郎殺しの下手人のことで勝負せなあかんのやで」

一九郎はハッとして、

「わ、わかってらあ。ぜったいおめえには負けねえぜ」

みくはその場を去った。弥次郎兵衛が、

「親分、あっしたちも人形浄瑠璃観にいきてえんですが」

「なんだと？」

一九郎はカッとして拳を振り上げたが、すぐに手を下ろして、

「俺もだ……」

◇

最初のうち、客数は人形浄瑠璃のほうに軍配が上がっていた。このまま千秋楽までいくのかと思っていたら、七日目あたりから予期せぬ展開になった。竹本色太夫の声が出なくなったのである。風邪をひいていたのに無理して語り続けたのがよくなかったようで、声がかすれてしまい、いつもの美声がまるで封じられてしまった。しかも、歌舞伎側の弱点となっていた主役市川鯊十郎が、

「思ってたよりずっとええがな」

「ひょっとしたら嵐烏三郎よりもうえとちがうか」

「これは贔屓にせなあかん」

雑喉場連中が烏三郎に代わって贔屓にすると宣言した。雑喉場連中の鑑賞眼には定評がある。それなら俺も……と大勢が歌舞伎に詰めかけた。あっという間に客数が逆転した。十日目の集客は、角の芝居が千人、山辺座は五百人だった。

「あんなざらざら声、聞いてられへんわ」

「なんぼわしが人形贔屓でも、あれはちょっといただけんなあ……」

「人形浄瑠璃ゆうのは太夫と人形遣いと三味線弾きの三つがひとつになるのが醍醐味《だいごみ》やろ。なんぼ人形と三味線ががんばっても肝心の太夫があれでは、なにを言うてるのかわからんからなあ」

客足は目に見えて減少した。十一日目、山辺座はとうとう竹本色太夫の三日間の休演を発表した。しかし、代演の太夫の出来映えが今ひとつで、客はどんどん減った。

「これではどうにもならんやないか」

竹本座の座頭部屋で山辺権九郎が色太夫に言った。

「そう言われてもこの声では……」

色太夫が喉を押さえながらしゃがれ声でそう言うと、

「この勝負に勝たんとえらいことになるのや」

「どういうことだす？」

「例の金丸堂の芝居くじ、わしは山辺座の勝ちに千両という金を賭けとるのや」

「せ、千両……？　なんぼなんでもそれは多すぎますやろ」

「勝つとわかってる勝負に金つぎ込まんアホはおらん」

「せやけど……どんだけ儲《もう》けはりますのや」

「ご老中に内々にお渡しするものがそれぐらいいるのや。それが政《まつりごと》というもんや。あんたにもそれぐらいわかるやろ」

「わかりまへん。わしはずっと人形芝居を道頓堀に……という思いで生きてきました。そんなしょうもないことどうでもよろし」

「しょうもないこと？　わかっとらんなあ。ご老中を動かすことができたら、あとは労せずしてどんどん金が入ってくるのや」

「それはどういうことだすやろ」

「じつはな……」

権九郎が声をひそめてささやいた言葉に色太夫は顔色を変えた。

「そんなこと聞いてまへん。わしはこの道頓堀で歌舞伎も人形芝居もたがいに競い合うようなありかたを取り戻したいという一心でおました。そのためにこの手を汚しましたのや」

「声も出んような太夫がえらそうに言うな」

「…………」

「とにかくこのままでは困る。うちが勝つためには策を講じなあかん」

「これ以上なにをせえと……」

権九郎はふたたび小声でなにかを告げた。色太夫は、

「あきまへん。それは人の道に外れる行いだす」

「色太夫さん、忘れたか。わしらはとうに人外の道に堕《お》ちとるのやで」

色太夫はしばらく押し黙ったあと、

「それをわしにやれと……」

「いや、風邪っぴきのあんたには無理やろ。今度はあいつにさせようと思とる。あいつなら、もう行く場所がない。仕事を餌にしたらなんでもやりよるやろ……」

権九郎が下卑た笑いを浮かべ、

「今からあいつに言うてくるわ。なあに、嫌がったら二、三発引っぱたいたら言うこと聞くはずや」

そう言って立ち上がった。色太夫は押し黙ったままその後ろ姿を見つめていた。

◇

「ふーわわわわ……」

その夜、みくは生あくびをしながら角の芝居の入り口を見つめていた。毎晩、喜六、清八と交替で見張っているのだ。あれ以来、匕首男は姿を見せない。なにかが起きるとしたら角の芝居か竹本座である。なにごとも起こらないのがいちばんだが、正直、面倒くさいし眠たい。

（ちょっとぐらいなにかあったほうが眠気覚ましになるんやけどな……）

冗談ではあるが、そんな不埒《ふらち》なことを思ったりもする。頭のなかは事件のことで一杯になっていた。嵐鳥三郎を殺したのは竹本色太夫ではなかった……そう知らしめたのはみく自身なのである。では、いったいだれが下手人なのか……。

（ああ……わからん！）

みくはあれこれ考えるのをやめ、見張りに集中することにした。夜の芝居小屋は静まりかえっており、不気味ですらある。昼間ここで千人以上の客が熱狂していたとは思えない。みくが入り口を見つめながら竹筒に入れた茶をひと口飲んだとき、後ろから肩をとんとんと叩かれた。

「きゃあっ……！」

思わず跳び上がって振り返る。そこに立っていたのは、

「あ、あんた、金助さん……」

金助はしょんぼりとした様子で下を向いている。

「なにかあったほうがええと思たけど、ありすぎるやん！」

「なんのことだす？」

「こっちの話やねん。な、なんの用や」

「折り入って打ち明けたいことがおますのや……」

「それはええけど……夜やから小さい声でしゃべってや」

「へえ……わては今、山辺座にいてますのや」

「えーっ！」

みくはつい大声を出し、口を手で押さえた。そして、金助に話を続けるよううながした。

「どつかれたり、頭を割られたり……鳥三郎さんにあんまりにもひどい扱いを受けるさかい、もう我慢できんようになりました。あの日……おみく親方が来はった日のことだすけど、木戸で見張りをさせられてたときに、小屋に戻ってきた色太夫さんに……」

「戻ってきた？」

みくは愕然《がくぜん》とした。

「そうだすのや。衣織先生と出ていってすぐに、ひとりで引き返してきはりました。午の刻（正午）よりちょっとあとぐらいやったかなあ……」

「わかった。それで……？」

「色太夫さんに、うちに来えへんか、うちならどつかれることもないで、て誘われましたのや。山辺座に来たら、人形でも三味線でも義太夫でもいちから修業させたると言われて、飛びついてしまいました。願うてもないええ話でおます。けど……そのためには条件がある、と言われて……」

「どんな……？」

「自分がひとりで戻ってきたことを誰にも言わんといてもらいたい、と……」

「えーっ！」

みくはまたしても大声を出してしまった。

「こっそり木戸を通してほしい、とも言われました。あんたさえ見て見ぬふりをしてくれたらなにもかもうまくいく。なにをしますのや、ときいても、教えてくれん。あとで、烏三郎さんが殺された、て知ったときには驚きました」

（そうか……金助さんを抱き込んだとしたら、証言は全部崩れてしまう。引き返してきてたやなんて……色太夫さんは嘘をついてたんや……）

みくは衝撃を受けたが、しかし、色太夫が一軒目で飲み始めたのは午の刻だというし、そのあとみくは未の刻の四半刻まえ（午後一時半頃）に烏三郎が生きているところを目撃しているのだ……。

「なにかからくりがあるのやろか……」

「そこまではわては知りまへん」

「けど、よう打ち明けてくれたなあ」

「へえ……実は今日、山辺権九郎さんに、市川鯊十郎さんを殺せと言われました」

「えーっ！」

みくはまたまた大声を出してしまった。

「なんぼなんでもそれはできまへん、と断ったら、殴る蹴る……めちゃくちゃされたさかい、おみく親方になにもかも言うてしまう気になりましたんや。これ以上自分の手が汚れるのはまっぴらでおます。わてを助けとくなはれ」

金助はその場に土下座した。

◇

「えらいこっちゃ。金助が逃げよった」

山辺権九郎が色太夫に言った。

「手荒い真似をして言うことをきかせようとしたからだすやろ」

色太夫は咳き込みながら言った。

「他人《ひと》ごとみたいに言うな。お上に訴え出られたらまずいで」

「けど、烏三郎が死んだ時刻のからくりはあいつには教えてまへん。見抜くことはできんと思います」

権九郎はしばらく考え込んでいたが、

「よっしゃ、決めた」

「なにをだす？」

「鯊十郎だけやのうて、金助も始末してしまお。それがいちばん後腐れがないわ」

「あんた……怖いおひとやなあ」

「わしは金のためにやっとるのや。けど、あんたは人形浄瑠璃を盛り返すため、とかいうわけのわからん理由のためにやっとる。そのほうがずっと怖いわ」

「そうだすやろか。——で、金助があかんとなると、だれにやらせますのや」

「わしがやる」

山辺権九郎はそう言って目を細めた。

◇

その晩、みくはやっと一軒目である「うわばみ屋」の看板を見つけ出した。東横堀に店を出していたのだ。みくは息せき切ってその屋台に飛び込んだ。

「なんや、お嬢ちゃん、うちは酒の店や。お菓子は売ってないで」

「客やない。ききたいことがあるのや」

みくは十手笛を出した。

「物騒なもん持っとるなあ。わしはなにも後ろ暗い商いはしてないで」

「わかってる。竹本色太夫さんが飲みにきたときの話を聞きたいんや」

「ああ、わかった……」

「うわばみ屋」の親爺によると、

「かなり飲んでくれはったなあ。どえらい勢いで飲んださかい、だいじょぶかいなと思たわ。向こうから『山辺座という人形芝居の太夫を務める竹本色太夫と申します』と名乗ったよってに安心したけどなあ」

「鐘が鳴ったんやな」

「そやねん。ちょうど午の刻の鐘が鳴って、あのひとが『まだ九つか』と言うたのや」

「人形浄瑠璃一座の紋下にしては若いなあ、と思いはったそうやけど……」

「三十五、六に見えたわ」

「どんな顔立ちやった？」

「そう言われてもなあ……。あ、そうそう、右頬に大きなできものがあったわ」

みくは愕然とした。

「そ、それ、おっちゃん、ほんまか？」

「ほんまやで。できものがどないかしたんか」

「いや……なんもない。ありがとう」

みくは混乱しながらも屋台をあとにした。薄暗くなった道にみくの長い影が映った。

（右頬にできものがあるのは色太夫さんやのうて山辺権九郎さん。ということは……）

みくはあわてて二軒目の「伊丹屋」に行った。もう一度話をきくと、なんとやはり右頬にできものがあったというではないか。三軒目と四軒目は、頭が禿げあがった人物が来た、というから色太夫本人に違いない。

（どういうことや……）

みくは考え込んだ。

六

月が白い夜、市川鯊十郎は道頓堀の西詰を夜風に逆らうように歩いていた。前後左右にはだれもいない。いつもどおり女ものの浴衣を着崩した、今まで布団のなかにいたような姿である。手ぬぐいで頬かむりした鯊十郎は、大黒橋《だいこくばし》の欄干にもたれて、笛を吹いていた。鉄製らしいその笛からは蕭条《しょうじょう》とした音が響き渡り、周囲の虫の音に溶け込んでいた。

「芝居だけやのうて鳴りものもやるんかい。えらい稽古熱心やな」

後ろから声がかかった。振り向こうとしたとき、月光に白刃が光った。鯊十郎は匕首の刃を十手で受け止めた。相手は、

「おのれ、鯊十郎やないな！」

「そういうこと」

鯊十郎に扮したみくは頰かむりを取った。

「女か……！」

相手は山辺権九郎だった。

「山辺権九郎！　金助から話はみな聞いたで！　神妙にせえ！」

「くそっ……！」

権九郎はしゃにむに突いてきた。みくはひらりと欄干に飛び乗ろうとした……が、草履が滑った。

（しもた……！）

あわてて体勢を整えようとしたが、尻から落ちてしまった。権九郎はにやりとしてみくに駆け寄ると、匕首を突き刺そうとした。

「待ていっ！」

橋のたもとに突然現れた烏帽子に狩衣姿の男が、みく目掛けてなにかを投げつけた。

それはみくに向かって矢のような速さで飛んだ。匕首はみくの脇腹に突き刺さったかに見えたが、匕首の切っ先は男が投げたものを貫いており、みくの肌には届いていなかった。それは、「ちゅんちゃん」の人形だった。

「なんじゃい、このボロ人形！」

権九郎はちゅんちゃんから匕首を引き抜こうとしたが、なぜか抜けなかった。まるで人形が匕首を摑んでいるかのようだった。みくは十手笛を権九郎の肩に叩きつけた。

「ぐえっ」

相手が匕首から手を離した瞬間、みくは十手笛で権九郎の喉を突いた。権九郎は顔を歪めて、カエルのような声を出し、そのまま転がるように逃げていった。

「あっ、待て！」

みくはあとを追おうとしたが、尻もちをついていたので立ち上がるのに時間がかかり、そのあいだに権九郎の姿は消えていた。

垣内光左衛門は、

「この人形が『私を投げてくれ』と申したゆえそうしたまでだ。――では私はそろそろ消えねばならぬ。つぎは酒を支度しておけよ」

そう言うと姿を消した。そのとき、襲撃者を油断させるため遠くから様子をうかがっていた喜六と清八がようやくやってきた。

「親方、ようご無事で……」

喜六が言った。みくはお尻をさすりながら、

「芝居の立ち回りみたいにはいかんもんやなあ……」

清八があたりをきょろきょろ見渡して、

「今ここに変な恰好した男がいてまへんでしたか？」

みくは、

「さあ……どこかの小屋の役者とちがうか」

そして、ちゅんちゃんから匕首を抜き、

「ごめんな……こんな目に遭わせて……」

そう言って泣きながら傷口を撫《な》でた。みくは、

「思い出したわ。ちゅんちゃんは『身代わり人形』やった。お祖母ちゃんが作ってくれたんや。いっぺんうちが木から落ちて、頭打って気ぃ失ったとき、お医者が『頭の骨にひびが入っててかなり危ない』て言うたらしいけど、つぎの日にもっかい診察してもろたら、ひびがなくなってた。その代わりにちゅんちゃんの頭が破けてしもてた。怖い思い出やさかい忘れてたんやろな……」

清八が、

「人形には魂が宿りますのやな。ということは、烏三郎を殺したのはやっぱり人形だすやろか……？」

みくはかぶりを振り、

「ううん……違う。やっと今、あのときのからくりがわかったわ」

みくはそう言うと、十手笛を腰に差し、

「最後の仕上げや。喜六、清八」

「へいっ」

「江面の旦那呼んどいで。場所は生國魂さんや。駕籠で来てもろて。駕籠がおらなんだら、あんたらが担いでくるのや」

「おみく親方は……？」

「うちは、逃げられたら困るさかい、ひと足先に行ってるわ」

◇

「権九郎さんを召し捕る……？」

深夜、山辺座の奈落にある一室で、みくと対峙《たいじ》した竹本色太夫はそう言った。燭台《しょくだい》の明かりが陽炎《かげろう》のように揺らめいている。

「そのつもりだす。今、お奉行所に手配りしてもろてます。ここには来てまへんか」

色太夫は青ざめていた。

「いや……来てないけど……なんの罪だすか」

「市川鯊十郎さんを殺そうとした罪でおます」

「ほな、市川鯊十郎は死んでまへんのか」

「へえ。——ところで色太夫さんの喉の具合はどうだす？」

「かなりようなりました。明日からまた幕を開けるつもりで、今日も皆でここに泊まり込んで稽古しとりますのや」

「明日の舞台は無理やと思います」

「なんでや」

「色太夫さんにも今から会所に来ていただかなあかんからでおます」

「な、なんでわしが……」

「嵐烏三郎さんを殺したからだす」

「わしはそんなことしてないで。烏三郎が殺された時刻には、飲み屋で酔っぱらってたのや。あんたが一番知ってるはずやないか」

「一軒目の『うわばみ屋』は、道頓堀からかなり遠いところにおます。それはわざとだっしゃろ」

「なんでそう思う？」

「飲んでる場所が小屋から遠ければ遠いほど、鳥三郎さんが死んだ時刻に小屋には戻れん、と思わせるためだす。どの店でも自分から竹本色太夫と名乗って、酔っぱらったり、ものを壊したり、ほかの客と喧嘩したり、浄瑠璃を語ったりして覚えてもらう。相手が人形浄瑠璃に詳しかったら、すぐに出ていく。けど、一軒目の店のおっちゃんによると、色太夫さんは右頬に大きなできものがあったそうだす。二軒目の主さんも同じことを言うてはりました」

「なんやと……」

「山辺座の座員さんは、権九郎さんがその時分出かけてて、帰ってきたときはえらい酔うてたとか……」

「………」

「三軒目と四軒目のご主人は、頭が禿げあがってた、て言うてたさかい、そこで色太夫さんに入れ替わったのやおまへんか」

「けど、木戸にいた金助が、わしは引き返してこなかった、て言うてたやないか」

「金助さんは全部白状してくれました。山辺座に移らんか、て言われたもんで、つい嘘をついてしもたそうだす」

色太夫はため息をついた。みくは、

「間違うてたら言うとくなはれ。色太夫さんは衣織先生と小屋を出たあと、ひとりで飲みにいくと言うて、ほんまは小屋に引き返した。木戸にいた金助さんに、うちに来えへんか、とうまいこと誘って、なかにこっそり入れてもらいました。烏三郎さんの部屋に忍び込んで、烏三郎さんを絞め殺したあと、人形を首に噛みつかせておきました。部屋から出ようとしたとき、うちが襖を開けたんで、逃げられんようになった色太夫さんは、咄嗟に烏三郎さんの死体を後ろから持ち上げて、人形を遣うように動かした。うちはアホやさかいそれが死んでるとはわからんかった……」

「昔、人形遣いやったのがさいわいやった。死人《しびと》を動かすのは気持ち悪かったで」

色太夫は苦笑いした。

「それよりちょっとまえに、権九郎さんが、色太夫と名乗って二軒の店をはしごして飲み始める。色太夫さんは金助さんの手引きでまたこっそり小屋から出て、三軒目に入るまえに権九郎さんと入れ替わったのやないですか？」

色太夫はしばらく黙っていたが、

「『鬼小町』の台本を取られたことがすべての発端やった。あなどってたなあ……あんたに見破られるとは……」

隣室からひとりの女が現れた。衣織である。

「ずっと聞かせてもろてました。色太夫さん、今の話はほんまだすか」

血相が変わっている。

「ああ、この女目明しさん、見事なもんだすわ」

みくが、

「わからんのは、なんで雉右衛門さんやのうて烏三郎さんを殺したのか、なんでカラスを殺す、みたいな言葉をわざと口にして自分から一旦捕まるような真似をしたのか、なんで人形を死体のところに置いたりしたのか……」

「それはやな……今度の台本では立女形がいちばん肝心だす。烏三郎が死んだら角の芝居は上演できんようになるやろと思たのと、立女形が殺された、しかも人形の祟りや……となったらめちゃくちゃ前評判が上がって、瓦版が書き立ててくれる。うちの人形芝居にぎょうさん客が来る、と踏んだからでおます。わざと捕まったのも、権九郎さんとの入れ替わりがあるさかい、きっと途中でお解き放ちになるやろ、と思たからだす。歌舞伎の女形が人形に殺されて、人形浄瑠璃の太夫が召し捕られるやなんて、ものすごい話題になるはずや。案の定、あんたのおかげでご放免になりましたがな」

「一歩間違えたら、お仕置きになってるかもしれんのに……」

「ははは……わしはそれぐらいの覚悟で人形浄瑠璃を再興しようとしとりますのや！」

みくは背筋が寒くなった。

「匕首でうちを脅したのも色太夫さんか」

「わしを解き放ちにしてくれたのはありがたいが、あんたはそのあとだんだん真相に近づいてきた。それは困る。変な侍が出てきたさかい、堀に飛び込んだけど、おかげで風邪ひいて、声が出んようになってしもたわ」

色太夫は苦笑いをしたあと、その場に両手を突いて土下座した。

「わしの人形芝居復興の夢が叶おうとしとるのや。なんとか見逃してもらえんやろか。これ、このとおりや……」

そして、ふたりを伏し拝んだ。みくと衣織は顔を見合わせたが、みくが、

「ひと殺しを見逃すことはできまへん」

色太夫は無言でうなだれていたが、やがて顔を上げ、

「この十日ほど、久しぶりに道頓堀の小屋で語れて、ええ夢見させてもらいました。人形浄瑠璃にひとを呼ぼうと必死で、ちょっといろいろやり過ぎましたな。人形芝居の今後はつぎの世代に託してわしは罪をつぐないまっさ。お仕置きになるやろけど、もともと覚悟のうえでの筋書やったから思い残すことはおまへん。ほな、連れていってもらいまひょか」

そこまで言ったとき、

「色太夫さん、あんたは甘いな」

次の間から五、六人の男が現れた。先頭にいるのは山辺権九郎だ。その隣には立派な拵えの武士が立っていた。権九郎の後ろには、おそらく金で雇ったのだろう、ヤクザらしい男たちが凶悪な視線をみくたちに向けていた。色太夫は座したまま顔だけそちらに向けると、

「権九郎さん、あきらめて一緒に会所へ行きまひょ。おみく親方に召し捕られるなら本望や」

「だれが捕まるかい！　わしにもわしの夢があるのや。石にかじりついてでも実現させてみせるわい」

「あれは……あかん。あんなことがまかり通ったら、ますます道頓堀から活気がなくなってしまう」

なにがなにやらわからぬみくは色太夫に、

「あんなことってどんなことだす？」

「ここにいるお武家は西芝源之助さまと申されて東町奉行所の地方役与力《じがたやく》を務めておいでや」

地方役与力というのは大坂三郷《さんごう》の家、橋、道、下水の維持、管理や興行ものの中身の検分なども行う役目である。

「権九郎さんはこのおひとへの賄賂として、山辺座の上がりから搾り取った金を贈って、

ご老中を動かそうとしてはるのや。今度の歌舞伎と人形浄瑠璃の賭けでも千両を山辺座に賭けてたらしいわ」

西芝という与力は下卑た笑いを浮かべると、

「ご老中を動かすにはそれぐらいではとうてい足りぬのだ」

色太夫は、

「このひとらが考えてるのは、今、道頓堀にかかってる橋五つのうち、公儀橋は日本橋だけやけど、これを全部公儀橋にする、というのや」

北側から道頓堀の芝居小屋に行くには、大黒橋、戎橋《えびすばし》、太左衛門橋《たざえもんばし》、相合橋、日本橋のどれかを渡らねばならない。今は、日本橋以外は町橋である。公儀橋は大坂に十二あり、それらは壊れたり、老朽化したりすると、大坂城代が老中におうかがいをたてて公費で修繕する。町橋の修理や架け替えに必要な金は、その橋に近接する町が負担し、橋から遠くなるほど額を減らすようになっていた。だから、太左衛門橋の維持、管理や修繕には角の芝居をはじめとする道頓堀五座が莫大な金額を支払っていた。

「公儀橋にしたからというて、お上が金を出してくれるわけやない。負担は町人に割り振ったうえで、なおかつ通行税を取る、ゆうのや」

「えーっ！」

大きな橋になると、ときには橋銭《はしせん》と呼ばれる通行料を徴収して橋の修理代に当てる場合もあるが、五つの橋全部まとめて、というのは聞いたことがない。それを払わないと、芝居小屋へは行けないのである。

「橋銭なんか、あっても一文二文がせいぜいや。江戸の大きな橋もほとんどはタダやで。けど、道頓堀の橋は一回二十文も取るつもりらしい。道頓堀から客が減ってしまう」

おそらく年間何万両という莫大な収入になるはずだ。西芝はにやりと笑い、

「心配いらぬ。そのご老中は、庶民の贅沢な娯楽を取り締まり、歌舞伎、人形浄瑠璃、講釈、落とし噺などといったものを控えさせるには、税を課すのがいちばんだ、とおっしゃっておいでだ。どうしても観にいきたいという連中は、いくら高くても金を払うものだ。労せずしてお上の金蔵に日々金が勝手に入ってくる。すばらしいではないか。わしは江戸でも同じことをなさるようそのご老中に進言するつもりだ」

色太夫が、

「庶民から娯楽を奪うようなことのどこがすばらしい。みんなに安う観ていただいてこその芸やないか」

「ほざけ」

西芝は抜刀した。権九郎が匕首を抜くと、後ろのヤクザものたちもそれぞれに刃物を手にした。色太夫はみくと衣織をかばうようにしてまえに出た。みくは十手笛を抜いた。

西芝は権九郎に、

「おい、大丈夫だろうな。わしは地方役でな、剣術はからきしなのだ」

「なに言うてまんのや。こいつらちょっと脅かしたら女やからビビりますわ」

みくは大きく目を剝いて権九郎をにらみつけ、

「女やからビビる……？　そうか……そういうことを言うのやな！」

権九郎は、

「わし、なんぞおかしいこと言うたかいな」

みくは立ち上がり、十手笛を構えると、

「それもわからんのかいな。許せん……。山辺権九郎、神妙にお縄をちょうだいせえ！」

衣織が、

「私も許さへん。こんなやつのために台本書いたんやと思うと悔しいわ！」

権九郎が、

「おい、色太夫、あんたはどっちの味方なんや。当然こっちやわな。あんたはひと殺しやで。十手持ちに加担してどうするねん。このふたりの女さえ殺ってしまえば、あとは闇から闇や。あんたもこのまま浄瑠璃が語れるのやで」

そのとき、階上から数人の男たちが下りてきた。山辺座の主だった座員たちである。金助の顔もあった。

「色太夫さん、こんなやつらに味方するのはやめまひょ」

「道頓堀の橋全部から高い橋銭取るやなんて、わてらとうてい承服できまへん」

「五座の連中、芝居茶屋の連中、お客さん……みんなに恨まれる」

「歌舞伎も人形浄瑠璃も衰えてしまう。そんなん嫌や」

色太夫は権九郎に向き直り、

「権九郎さん、みんなもこう言うとる。わしはお奉行所に行く。あんたも道連れや」

「なにを言うとんねん！　こうなったら……」

権九郎はすばやく衣織に駆け寄ると、その首に左腕を巻きつけ、右手の匕首を喉に突き付けた。みくが、

「衣織先生になにするのや、卑怯もん！」

「卑怯もくそもあるか！　みく、その十手を捨てろ」

みくは唇を噛んだが、しかたがない。十手笛を床に置いた。西芝源之助がそれを手に取ろうとしたが、重たくて持ち上がらない。

「こんなに重いものだったとは……」

どうやら光左衛門がわざと重くしているらしい。西芝は必死に持ち上げて、なんとか帯に差した。権九郎が、

「おい、金助！」

「へ、へえ……」

「おまえ、こいつらを縛り上げろ」

「えっ……そんなことできまへん」

「そうせんとおまえも捕まるのやで！」

金助は落ちていた縄を手にすると、おどおどと権九郎、西芝、色太夫、みくの顔を見比べていたが、

「やっぱりわてにはできん！」

悲鳴のようにそう言うと、後ずさりした。

「使えんガキやなあ。――西芝さま、お願いしますわ」

「わ、わかった」

西芝が縄でまずは色太夫を縛り上げ、続いてみくに近づこうとしたとき、

「熱ーっ！　熱ちちちち！　な、なんだこれは！」

見ると、腰の十手笛が真っ赤に発熱しているではないか。西芝は十手笛を引き抜こうとしたが、熱くて触れられない。そのうちに帯は焦げ、しゅうしゅうと煙を上げはじめた。西芝が帯を解き、十手笛とともに床に投げ捨てたとき、

「待てっ……待て待て待て待て！　東町奉行所同心江面可児之進、町奉行の命によりただいま推参！」

腰の曲がった老人が十手を振りかざして階段を駆け下りてきた。そのあとから、

「おっと清八！」

「ちょかの喜六！」

喜六と清八も現れた。みくは十手笛を拾い上げた。十手笛はすでに冷えており、重さもともとに戻っていた。江面はぜいぜいと息を切らせながらも、

「山辺権九郎ならびに竹本色太夫、役者嵐烏三郎殺害と市川鯊十郎殺害未遂の嫌疑にて召し捕る。それと……」

西芝源之助に鋭い目を向け、

「妙なところでお会いしましたな、西芝さま」

顔を伏せた西芝の着物のまえがはらりと開き、下帯が露出した。ヤクザのひとりが権九郎に、

「どないしまひょ」

「かまへん、こんな腰の曲がったジジイ、やってしまえ」

「けど……同心だっせ」

「もし殺したら十両出す」

ヤクザたちの目の色が変わった。

「こいつは同心でも年寄りでもない。十両や」

「わしがもらう」

「いや、わしが……」

彼らは匕首を振りかざしながら江面に殺到した。その途端、江面の曲がっていた腰が伸びた。背筋は鋼が入ったようにまっすぐになり、その両眼が燃え上がった。

「ええいっ！」

江面はたちまちヤクザたちを十手で叩き伏せた。急所を的確に強く打たれたヤクザたちは口から泡を吹いて悶絶している。江面は権九郎に向き直った。権九郎は震えながら、

「こ、この匕首が見えんのか。衣織先生の喉にずぶりと突き刺さるで」

江面は、任せておけ、とでもいうように十手を持った右手を権九郎に向けて伸ばしたが、途端、十手の先が下を向いた。江面の腰が元通りに曲がってしまったのだ。

「はははは……おみく、あとは頼んだぞ」

「はいっ」

十手笛を構えたみくはじりじりと権九郎に近づくが、匕首の切っ先は衣織の喉に少しばかり食い込んでいる。うかつなことはできない。必死で相手の側面に回り込もうとしたが、

「へへへ……そうはさせんで、お嬢ちゃん」

権九郎がそう言ったとき、なにかが権九郎の背後から飛びかかった。

「な、なんや……！」

それは金助だった。

「おのれ、なにをする！」

金助は権九郎の両眼に後ろから指を突っ込んだ。

「痛い痛い……！」

権九郎は匕首を振り回してやっと金助を振り払ったが、すでに衣織は権九郎の腕を逃れていた。権九郎は後ろを向き、階段を駆け上がって逃げようとしたが、みくは追いすがった。同じときにうえから下りてきた人物が権九郎を蹴飛ばした。権九郎は仰向けになってごろごろと階段を落ちた。みくが目ざとく、

「あ……鯖奈林四郎さん！」

「また会うたな」

鯖奈は西芝源之助に向かって、

「西芝源之助、そこなる山辺権九郎と結託して大量の賄賂をご老中に贈り、道頓堀の五橋に課税しようという企《たくら》みはすでに明白となっている」

「そ、それは公儀のために考えたこと。しかも、どこのだれかは知らぬがわしは町奉行所の役人だ。そのような言いがかりをつけられる覚えはない」

「言いがかりではない。身どもは寺社奉行松平伯耆守《まつだいらほうきのかみ》の小検使《しょうけんし》鯖奈林四郎と申すもの」

「なに……？」

西芝は蒼白になった。

寺社奉行は、江戸町奉行、勘定奉行と並ぶ「三奉行」のなかでも筆頭に位置する職制である。江戸町奉行、勘定奉行が旗本から選ばれるのに比して、寺社奉行は譜代大名から選任される。また、寺社奉行は「奉行所」というものを持たず、自分の江戸屋敷を役所として使用した。吟味物調役《ぎんみものしらべやく》、取次役、寺社役、大検使、小検使などの役人を下僚としていたが、彼らは町奉行所の与力、同心のように代々その役を引き継いでいるわけではなく、寺社奉行に任命された大名の家臣がそれに当たった。

小検使というのは寺社役付きで、全国の主だった寺社の興行事を回ってなにか不審はないかと目を光らせ、いざ、事件が起きたときは、同心たちを指揮する役割である。町奉行所における与力格であり、普段は槍持《やりも》ち、草履取り、挟箱《はさみばこ》持ち、同心を連れている。大坂町奉行は三奉行より格下の「遠国《おんごく》奉行」だから、その配下である西芝よりこの小検使はかなり身分が高いといえた。

「宮地芝居は寺社奉行の管轄である。貴様の仕えておる東町奉行高井山城守殿は歌舞伎や人形浄瑠璃に心を寄せておられるが、貴様が山辺座を利用して多額の金を私《わたくし》し、江戸の知り合いである御用取次役山本寛一郎《やまもとかんいちろう》を通じてご老中に賂《まいない》を贈っていたことに気づかれて、寺社奉行にどうしたらよいかご相談なさった。それで身どもが派遣され、内々に調べを進めておったのだ」

「すべてはお上のため、徳川家の財政のためを思って……」

「黙れ！　貴様がせっせと賂を贈っていた御用取次役山本寛一郎は、その金を老中になど渡していなかったし、老中からの返事も山本のでっちあげと判明した。それゆえ山本はお役御免になるはずだ」

「げえぇっ」

うなだれた西芝はその場に座り込んだ。

みくは江面のところに行き、

「旦那……」

「おお、おみく、ようやったぞ」

みくはかぶりを振り、

「うちは色太夫さんがひと殺しなんかするはずない、斧寺の旦那は間違うてる、と思い込んで御用に当たってました。それで色太夫さんはお解き放ちになりましたけど、ほんまは斧寺の旦那のほうが合うてましたんや。目明し失格だす。——今日限り辞めさせていただきます」

江面はみくの目を見ながらゆっくりと、

「その必要はないぞ」

「えっ……」

「お頭は、此度の一件が解決したのはおまえの力が大きいと言うておられる。褒美を取らせよ、とまでおっしゃっておられた」

「そんな……」

「人間、だれしも間違いはある。なれど、おまえの仕事は目明しという、他人に疑いをかけることじゃ。間違われたものは大いに困る。つねになにが正しいかを考えて、これからも御用に励んでくれ」

　みくは涙目になって一礼した。

◇

　山辺権九郎と竹本色太夫は東町奉行所に召し捕られた。その手柄は、本来、斧寺伊右衛門のものだったが、斧寺は同じ東町奉行所の与力であった西芝源之助が事件に関わっていたことを見落としていた、として、町奉行高井山城守からはとくに褒め言葉はなかった。西芝は与力を罷免になり、大坂を去った。

　山辺座は、小屋の持ち主である山辺権九郎が召し捕られたため、閉鎖になり、座員たちもちりぢりばらばらになった。よその人形芝居に入るもの、ほかの商売に鞍替《くらが》えするものなどまちまちである。金助は歌舞伎の世界へと戻ったらしい、とみくは風の噂に聞いた。

角の芝居の「鬼小町誉華十手」は市川鯊十郎や座頭大谷雉右衛門らの人気で大当たりし、異例の長期公演となった。みくは久しぶりに飴売りの足を延ばして道頓堀に来た。今日も道頓堀は芝居好きたちでにぎわっている。その客たちは、いや、ここで芝居などにたずさわるものたちも皆、五つの橋を通るのに金がかかることになっていたかも、などとは夢にも思っていないのだ。横縦衣織もその名を知られるようになり、日々、新作の執筆に余念がないらしい。

「やっぱりにぎやかやなあ……」

みくが笛を取り出そうとしたとき、

「おみく親方」

振り向くと、立っていたのは金助である。

「今どこの小屋にいてるん？」

みくがたずねると、金助は角の芝居の幟を指差した。

「もとに戻ったんか。ひどいことされてるのやないやろな。そんなことあったらうちが許さへんから」

金助はかぶりを振り、

「みんなにようしてもろてます。ところで親方……」

「その親方ゆうのはやめてんか。今日は飴屋やねん」

「親方でよろしいねん。おみく親方、わてを手下《てか》にしてもらえまへんか」

　みくは仰天した。

◇

　色太夫の思いは届かず、その後人形浄瑠璃は歌舞伎に押されてますます衰微するが、そんな潮流に一石を投じようとしたのが初代植村文楽軒《うえむらぶんらくけん》である。文楽軒は生國魂神社の北側、高津の地に私費で人形芝居の小屋を作って興行をはじめたのだが、それを後押しした金主のひとりが、四天王寺でみくから飴を買い、三番叟を吹かせたあの老婆であることをみくは知らなかった。

ぴーひゃら

その二　医は仁術というものの

一

熟柿《じゅくし》のように赤い月が道を照らしていた。その下を提灯《ちょうちん》持ちの丁稚《でっち》を連れたひとりの町人が歩いていた。

年齢は四十がらみ、上品な茶色の小袖に深緑の羽織という恰好《かっこう》で、裕福な商人と思われた。

「旦《だん》さん、急ぎまひょ」

「なんでや」

「どうやらひと雨降りそうだっせ。それに、こんなに遅うなるやなんて……ご家内、さぞご心配やと思います」

「そやなあ。あないに寄り合いが長引くとは思わなんだ。えらい待たせてしもて、鮒吉《ふなきち》、おまえにも悪いことしたな」

「わてはかまいまへんけど……なんで長引きましたんや？」

「抜け荷品が増えてるさかい、長崎から来る薬種の扱いを今以上に厳しゅうする、という議題が出てな、ほかのお方はわしの意見に賛同してはるのに、青島屋《あおしまや》だけが片意地に、どうしても首を縦に振らん。売り言葉に買い言葉で、とうとう喧嘩《けんか》になってしもた。皆があいだに入って今日のところは一応収まった恰好になったが、青島屋はさぞかしわしのことを恨んどるやろ」

「そうだすなあ。わてにはようわかりまへんけど、去《い》にしなに玄関のところで旦さんのほうをじっとにらんで、『古株やからいうていつまでもえらそうな顔できると思うなよ。そのうち吠《ほ》え面《づら》かかせてやるわ』てつぶやいてはるのが聞こえて、ぞっとしました」

「ははは……今日という今日は我慢がでけんようになってな、『あんたが昔から裏でこそこそ後ろ暗いことしてるのはわかっとる。そのうち天の罰が下るさかい覚えとけ』て怒鳴りつけたら、『天罰受けるのはあんたのほうや。首を洗《あろ》うて覚悟しとけ』て言いよったのや」

「うわあ……大喧嘩でやすなあ」

「あの男、近頃、相場に手ぇ出して大損した穴を埋めるのに必死で、積み荷代を勝手に取り決めよりも安うしてる、とかいう話もある。わしの目の黒いうちは、あの男を肝煎《きもい》り（支配人）になんぞさせるかい。近々、あいつのやってること、証拠をそろえて町奉行所に届け出るつもりや」

「あんまりことを荒立てんほうがよろしいのとちがいますか」

「ははは……丁稚の分際で主《あるじ》に意見か」

「そやおまへんけど……」

「わしのことを悪人やと言い触らしとるようなやつ、放っておけるかいな。知らんひとは信じるかもしれん。うちの暖簾《のれん》に傷がつくやないか」

「口で言うてるだけならよろしいけど、青島屋の旦さん、執念深いお方やと思いまっせ。旦さんになんぞあったら……」

「心配いらん。青島屋はんもアホやなかろ。自分で自分の首を絞めるような真似《まね》は……む……？」

商人は顔のまわりを手で払った。

「旦さん、どうあそばしました」

「蜂や。大きい黄色いやっちゃ」

「それ、スズメバチだすわ。田舎《いなか》でよう見ました。家の軒下とかに大きい巣を作りますのや。けど、スズメバチは夜は巣のなかで寝てるはずやけどなあ……。払《はろ》うたりしたらかえって怒りますさかい、そっとしてたほうがよろしゅおます」

「そんなこと言うたかて、何匹もおるやないか」

「刺されたら腫れ上がって、刺されどころが悪いと死ぬひともいてますのや。怒らさんように、そーっと……そーっと……」

「わ、わかった。そーっと……そーっと……あっ、痛《い》たっ！」

「旦さん……！」

「鮒吉……さ、さ、刺されたわ！」

商人らしき男は首筋を押さえた。丁稚が、

「蜂に刺されたらおしっこかけたら治る、て聞いてます。わてのおしっこかけたげましょか」

「うう……ううう……」

男は白目を剝《む》き、そのまま地面に倒れ込んだ。

「旦さん、どないしましたんや！」

返事はない。

「旦さん……旦さん！」

丁稚は必死に呼びかけたが、返事はない。

「あかん……そや、お医者を呼ばんと……」

丁稚が医者を連れて戻ってきたとき、男はすでにこときれていた。男の死体に降り注ぐ月光とたわむれるようにスズメバチが数匹いつまでも飛び交っていた。

◇

江面可児之進《えづらかにのしん》は寝床のなかで目を覚ました。以前は明け六つ（午前六時頃）の鐘とともに布団をはねのけたものだが、今では明け六つどころか七つ（午前四時頃）には起きてしまう。町奉行所同心の出勤時刻は、明番《あけばん》、遅番、泊《とまり》番を除くと朝五つ（午前八時頃）だから、こんなに早く起きる必要はないのだが、二度寝をしようにも眠ることができない。しかたなく起き上がった。急に立つと立ち眩《くら》みがするので、そろりそろりと立ち上がる。

「痛たたたた……」

腰がめりめりと痛む。昨夜、うどん粉を酢で伸ばしたものを布に塗り、腰と背中に貼ったのだが、なんの効能もなかったようだ。

「やはり医者だの薬だのと申すものはただの気休めじゃな」

欠伸《あくび》をしながら立ち上がり、腰を叩《たた》きながら手ぬぐいと房楊枝《ふさようじ》を手にして寝所をのそのそとあとにする。玄関のすぐ外にある井戸でうがい手水《ちょうず》に身を清め、歯を磨き、顔を洗って手ぬぐいで拭く。この屋敷には、今、江面のほかに公輔《きみすけ》という家僕夫婦が住んでいるだけだ。彼らはまだ寝ている。起こすにしのびないので着替えからなにから江面ひとりでやるのだが、もう慣れた。

与力《よりき》や同心の多くは日課として、早朝、夜明けとともに近所の風呂屋に行き、月代《さかやき》や髭《ひげ》を剃《そ》ったり、同心町《どうしんまち》を巡回している「廻《まわ》り髪結い」に髪を結わせたりするが、江面はそういうことはしない。理由は「面倒臭いから」である。髭が伸びたなあ、とか、月代が見苦しいなあ、とか思ったら自分で剃る。風呂も冬場以外はほとんど行水ですませる。自堕落な暮らしが身についてしまったのだ。

桶《おけ》にきれいな水を汲《く》み、それを小さな湯呑《ゆの》みに入れて神棚と仏壇に供える。仏壇に向かって手を合わせ、

「小夜《さよ》、今日もこちらは残暑が厳しいわい。そちらはどうじゃ。――おお、そうか。ならばよい。極楽は四季がなく、つねに過ごしやすい気候だと聞いておるが、それならよかろう。そうそう、おみく坊が昨日、掏摸《ちぼ》を捕まえたぞ。一心寺《いっしんじ》で飴売《あめう》りをしているときに、墓参りのものからすり取るのを見逃さなかったようじゃ。なかなかの腕ではないか。近頃は女目明《おんなめあか》しとして多少の評判にもなっておる。ははは……わしの目から見れば、まだまだ卵の殻を尻につけたひよっこじゃが、事件の本筋を見極める勘所は父親譲りだし、それなりに精進もしておるようじゃ。長い目で見てやろうと思うておる」

江面はおりんをチーンと鳴らし、

「おまえが逝ったのもちょうど今時分であったのう。わしは御用繁多で、おまえの容態がそこまで悪いとは気づかなんだ。申し訳ないことをした。もう少し家内のことに気を

配っておればもしかしたら……いやいや、今ごろ言うてもせんないことじゃ。おまえは、栗太郎《くりたろう》が死んでから気落ちして食が細くなり、ずいぶん痩せておった。事件が片付けば栗太郎と三人で湯治にでも行こうと思うていたが果たせなかったのう。——栗太郎は達者か？　わしもいずれそちらに行くゆえ、それまで仲良う待っていてくれ。あと少し、おみく坊が一人前の十手持ちになったらもうこちらに思い残すことはない……」

そのあと江面は寝巻のまま庭に出て、日課である剣術の稽古をはじめた。握り太の木刀を持つと嘘《うそ》のように腰が伸びるのだ。まだ世間は眠っている。声を出さぬよう気を付けながら、力を込めて素振りを繰り返す。半刻《はんとき》（約一時間）ほど続けたあと、今度は十手を手にした。町廻り同心は普段、刀を使わぬ。町廻りの折に怪しいものを見かけたときも、奉行の命令で罪人の捕縛に向かうときも、十手こそが同心にとってもっとも身近な武器だ。十手術の鍛錬を怠ると、相手の思いがけぬ反撃に遭い、怪我《けが》や落命につながる。目明したちも月に何度か集まって十手の稽古をしているようだ。江面はすばやい動きで十手の型を繰り返す。まるで若者のような身のこなしだ。

「旦那《だあ》さま……」

声がかかった。敷地内にある長屋の戸が開いて、家僕の公輔が顔を出していた。目が小さく、口がやたらと大きい。歳《とし》は五十過ぎで、江面家に仕えて三十年ほどになる。主人と使用人とはいえ、遠慮会釈のない間柄であった。

「お早《はよ》うございます。毎朝ご苦労さまで……」

「起こしてしもうたか。音を立てぬようにしたつもりであったが……」

「いえいえ、そろそろ起きようと思てたとこだす。すぐに朝餉《あさげ》の支度をしますさかい待ってとくなはれ」

「急がずともよいぞ。どうせ今は抱えておる案件もないゆえ、な」

公輔は女房のおくまとともに井戸端へ顔を洗いにいった。江面の腰はもと通りの直角に曲がった。江面は手ぬぐいで首筋や身体《からだ》の汗を拭ったあと、腰をさすりながら部屋へ戻った。

朝飯は、昨日の冷や飯と、熱々の豆腐の味噌汁《みそしる》、白瓜《しろうり》の浅漬けという献立であった。歯が悪いので、瓜の漬けものもバリバリと景気のよい音を立てては食えぬ。ねぶるようにして口のなかで転がし、頃合いをみてグッと飲み込むのだ。おくまの給仕で二杯の飯を食べ終えると、着物を着換える。しかし、時刻はまだようやく明け六つの鐘が鳴ったところだ。江面は、今から家を出るまでの半刻ほどの時間を持て余してしまうのだ。あまり町奉行所に早く着き過ぎても、

「我々への当てつけか」

と同僚や下のものに嫌がられる。しかたなく碁盤を引っ張り出し、苦虫を嚙《か》み潰したような顔で、ひとりパチパチと碁石を置いている。公輔が、

「旦那さま、お退屈だすか」

「ああ、退屈でたまらぬ。わしはいらちゆえ、こうしてじっとしておるのがつらいのじゃ。早う出かけたいが皆の手前そうもまいらぬ」

「のち添えをおもらいあそばしたらどうだす？」

「ふふふ……この歳になってのち添えなどわずらわしいだけ。家内は死んだ小夜だけで十分じゃ。小夜に悋気《りんき》されたら、あの世に行ったときに肩身が狭《せも》うなるわい」

「旦那さまがお堅いのは重々承知しとりますけどな、先《せん》の奥さまが亡くなってからもう八年にもなりまっせ。なんぼなんでも、奥さまもお許しくださいますやろ。のち添えがお嫌だしたら、茶飲み友だちでもよろしいがな。ときどき会《お》うて茶を飲みながら世間話をする女子《おなご》の知り合いがひとり、ふたりいるのもええもんだっせ。なんやったらわてがお世話しまひょか」

「おくまひとり扱いかねておるおまえが利いた風な口をきくでない。女子の知り合いならば、おみく坊がおる」

「あっははは……あんなもん、まだ子どもやおまへんか」

公輔は歯牙にもかけぬ口ぶりでそう言った。そのとき、

「旦那さま、お弁当がでけました」

おくまが布で包んだ弁当を差し出した。

「菜《さい》はなんじゃ」

「目刺しと沢庵《たくあん》漬けと梅干だす」

「いつものやつか」

「とんでもない。いつもは目刺し四匹やけど、今日は張り込んで五匹入れてありまっせ」

「そうか……。では、少し早いが出かけるとするか」

「お気をつけて」

両刀をたばさみ、十手を布袋に入れてふところに仕舞った江面は、小箱を公輔に担がせると、役宅の玄関を出た。大坂町奉行所の同心たちは、天満橋《てんまばし》の北側にある同心町に並ぶ拝領屋敷に住んでいる。隣近所は皆同僚であり、非番の日もひと目があってくつろげない。しかし、タダだから仕方がないし、大きな事件が起きたときは一斉に出動できるという利点もある。町奉行所からの俸給だけでは食べていけない、と敷地内に長屋を建て、町人に貸して家賃収入を得ているものも多かった。

同心町から南へと下り、天満橋を渡る。下から吹き上がってくる川風を感じながら、(小夜が死んでもう八年か……。わしも歳を取るはずじゃ。ということは、栗太郎が死んでから十年……この橋を栗太郎とともに渡ったこともあったのう。あのころは、あと数年もすれば家督を栗太郎に譲り、隠居して悠々自適に暮らすつもりであったが、こうして今でも町同心を続けておる。世の中はままならぬものじゃ……)

そんなことを思った。栗太郎は、江面と小夜のひと粒種であった。十五歳で元服し、同心見習いとして町奉行所に出仕していたが、ふとした風邪《かぜ》をこじらせて寝ついてしまった。高熱で苦しむ我が子を救わんがため、江面は真塩道安《ましおどうあん》という高名な医者に治療を依頼した。

(あの医者……大坂一の名医などという触れ込みであったが、とんだ藪《やぶ》医者であった!)

当時の憤りがふたたびこみ上げてきた江面は橋上でぶるっと身体を震わせた。

(夏風邪をこじらせただけ、葛根湯《かっこんとう》を飲んで安静にしておればすぐ治る、という診立てじゃったがゆえに安堵《あんど》していたがまるで熱が下がらぬ。わしが再度の診察を乞うと、高額な薬を大量に使わねばならぬ、と言うので承知した。しかし、栗太郎の病は重くなる一方じゃった。しまいに道安は『残念ながらこれはもう手遅れでございます』と言い出した。べつの医者に診せると、今の日本では治療のしようがない、しかし、海外ではこの病を治す方法が知られているらしい、長崎の出島《でじま》にいるオランダ人医師なら治せるかもしれないが、彼らは出島の外に出ることを禁じられている……とのことだった。つまり「あきらめるしかない」わけじゃ。栗太郎が身まかったのはその三日後であった。道安にわしが、診立て違いだったのではないか、と問い詰めると、『医者は神ではない。

ご子息はご寿命でございました』と抜かしよった……）

　母親の小夜は落胆のあまり体調を崩し、栗太郎と入れ替わるようにして床についた。

　江面は、鬱々とした気持ちから目をそらすため、御用に打ち込んだ。多くの盗人《ぬすっと》や犯罪者を捕らえ、厳しい態度で罰した。微小な罪も見逃さず、どしどし検挙した。その態度が、亡者の罪を暴き立て、仕置きをする地獄の獄卒のようだ、と「可児之進ではなく鬼《おに》之進《のしん》だ」と噂《うわさ》するものもいた。しかし、ある事件の扱いをめぐって、江面の評判は急落した。

　栗太郎の死の二年後、小夜が亡くなった。枯葉が枝から落ちるようなはかない死にざまだった。子どもと妻を失い、引退も考えた江面だったが、宇佐七《うさしち》という若い目明しと知り合い、その腕と気風《きっぷ》に惚《ほ》れ込んだことから、町廻り同心を続けていく決意をしたのだ。

「御用には年寄りも若いも関係ない。目のまえにある、今やるべきことをやるのみ、まことを尽くすのみじゃ」

　その後、宇佐七は急逝したが、その娘であるみくが目明しの道に入り、自分のもとで働いている、というのは江面にとって感無量のことであった。そのせいもあって、江面はやる気を失うことなく今日に至っていた。

「旦那さま、着きましたで」

江面は公輔の声で我に返った。そこはすでに東町奉行所の門前だった。

「ほな、わては去にまっさ。また、夕方に迎えにまいります」

公輔を見送ったあと、町奉行所のなかに入ろうとした江面は盗賊吟味役同心の村野六《むらのろく》八郎《はちろう》とすれ違った。村野はまだ二十歳だが、昨夜は泊番だったらしく、赤い目をこすりながら江面に軽く会釈をした。

「これはご老体、今からお勤めでござるか。お役目ご苦労さまに存ずる」

「ご貴殿こそ泊番ご大儀」

町奉行所に休みはない。いつ起きるかわからぬ事件に対応するため、夜間も当番の与力、同心たちが朝まで詰めている。また、町々に置かれている会所《かいしょ》の巡回も定期的に行っている。江面にもときどき泊番の役が回ってくることがあるが、近頃、徹夜はけっこう身体にこたえる。しかし、江面は意地でも休まなかった。

「村野、昨夜はなにかあったか」

「いや、これといってなにも……。ああ、行き倒れがひとりありました。井筒屋《いづつや》という廻船《かいせん》問屋の主で、伊賀衛門《いがえもん》という男が夜道で突然倒れましてな、供をしていた丁稚が医者を呼んだが、手遅れだったようです」

「心の臓の発作か？」

「それが……丁稚の話によると、蜂に刺されたらしゅうござる。大きなスズメバチが何匹も飛んでいたそうで……」

「ふーむ……夜中にスズメバチとは妙じゃな」

「気づかぬうちに巣を触ってしまったのでしょう。あたりに人影はなく、死体にはこれといった外傷もなく、蜂の仕業以外には考えられませぬ。検使役の同心は夜中にわざわざ医者を呼んできて死体を検《あらた》めさせたのですが、その医者も同意見でして、スズメバチは、まえに一度刺されたものが二度目に刺されたとき、心の臓が止まるなどの大事に至ることがあるとか……」

変死人が見つかったとき、それが百姓、町人なら町奉行所の同心が死体の検分を行う。これを検使といったが、判断がむずかしい場合は専門知識を持つ医者を同道することもあった。

「ふん、医者の意見なぞあてになるものか。――それで、どう始末をつけたのじゃ」

「がははは……まさか町奉行所が蜂刺されの詮議をするわけにもまいらぬゆえ、町役に預け、事故死として取り計らうよう指図いたしました。――では、それがしはこれで。帰って寝ます」

そのとき、江面可児之進の頭に、ある記憶が蘇《よみがえ》った。

「待て、村野。スズメバチと申したな」

「はい。それがなにか……？」

「いや……なんでもない。死んだのは井筒屋伊賀衛門であったな。店の場所はわかるか」

「さて……聞き書きが同心部屋にございます。なにか、ご不審でも？」

「ずいぶんと昔に手掛けた事件に、同じくスズメバチに刺されて死んだ、というものがあったので、ちょっと気になっただけじゃ」

「それは気にしすぎではござらぬか。スズメバチに刺されて死ぬもの、マムシに嚙まれて死ぬもの、猪《いのしし》にぶつかられて死ぬもの……日本中で探せば年間たいへんな数になりましょう」

「そりゃそうじゃな。わっはっはっはっ……」

江面は村野と別れ、同心部屋へと向かった。泊番が昨夜のうちに耳にしたあれこれを書き記した書留が置かれている。事件性ありと認められた件については清書して町奉行に提出し、正式に詮議を行うかどうかお伺いを立てる。江面は墨の跡も乾かぬ日誌をぱらぱらとめくり、その「スズメバチ事件」に関する箇所に目をとめた。廻船問屋井筒屋伊賀衛門が商売上の寄り合いに出席したあと、丁稚とともに道を歩いているときに頓死した、スズメバチが周囲を飛んでいた、目立った外傷はないが顔面が青黒く腫れ上がっていた……といったことが簡単に記されていた。「井筒屋は廻船問屋仲間の肝煎りを務めていたが、ある同業者によると、役人に賄賂を贈り、邪魔者は強引に排斥する、といった悪辣なやり方で財を築き、多くの同業者の恨みを買っていたという」とも記載されていた。

（まさかスズメバチを召し捕るというわけにもいかぬが……そっくりじゃな……）

江面は目を細めて呟《つぶや》いた。栗太郎が死に、小夜が病の床についていたとき、江面が手掛けていた事件のことを思い出したのだ。

（あれは、わしにとっての転機となった……）

忘れようにも忘れられぬ事件である。大坂船手《ふなて》奉行配下の六角嘉平《ろつかくかへい》という古参与力が、閉め切られた小部屋のなかで死亡しているのが見つかった。斬られたり刺されたり殴られたりといった外傷はなかったが、死体の顔面は青黒く腫れ上がっており、

「毒を盛られて殺されたのだ」

と江面は考えた。しかし、検使役は部屋の床に落ちていたスズメバチの死骸を根拠に、

「蜂に刺されたのが原因」と断じた。当時、部屋のなかには被害者以外にはだれもおらず、近づいたものもいなかった。殺せるはずがない、というのが大方の考えだった。

六角嘉平は安治川《あじがわ》の船番所を取り仕切っており、役目を笠《かさ》に着て、通行する船から運上金や冥加金《みようがきん》とはべつに通行税を勝手に徴収して私腹を肥やしていた。船主は、荷主から預かったものを一刻も早く届けねばならず、いらぬ揉《も》めごとをさけるために通行税を支払わざるをえなかったのだ。しかし、それればかりか六角は、無許可で町人たちに高利で金を貸し付け、ヤクザものを使って厳しく取り立てていた。それらの所業のせいで六

角は大勢の恨みを買っていたため、江面は、彼を憎むものの仕業だ、と主張したが、証拠はなにもなく、下手人や殺害方法の特定もできなかった。結局、江面の意見は却下された。当時の町奉行は江面を部屋に呼びつけて叱責した。

この一件で町奉行所内の江面の評判は急落し、過去の人物であるような扱いを受けた。隠居して、町奉行所の御用とは縁を切り、余生をのんびり暮らすことも考えたとき、みくの父親である月面町《つくもまち》の宇佐七と知り合ったのだ……。

（おみく坊が一人前の目明しになるまでは隠居できぬわい……）

その気持ちが江面の張り合いとなっていた。

◇

「えーっ！」

みくは思わず大声を出してしまった。ぬいを往診に来た凡流《ぼんりゅう》という医者が、

「じつは今度、郷里《くに》へ帰ることになってのう、すまんがもうおまえさんを診てやることはできん。ほかの医者を探してくれ」

そう言ったのだ。顔が大きくて平べったいこの医者は、長年にわたってぬいの腰の治療を手掛けていた。ぬいが、

「急におっしゃられても、ほかに心安うしてるお医者もおりませんし、どなたか先生の

お知り合いをご紹介願えませんか」

「うーむ……わしも顔の広いほうやないさかいなあ……」

凡流は広い顔をこすりながら言った。

「そこをなんとか……」

凡流はしばらく考えていたが、

「心当たりがない……こともない」

「ほな、そのお方を……」

「しかし、いささか難物でな」

「難物とおっしゃいますと……？」

「釜西無盡《かまにしむじん》という名だが、めちゃくちゃ腕がよい。名医である。外科にも本道《ほんどう》（内科）にも優れ、大名家からも引く手あまたと聞く」

みくが、

「その先生がええわ！」

「だがな……薬礼《やくれい》がとんでもなく高いのだ。ほかの医者に比べると五倍以上取る。金持ちからは十倍ぐらいの金をふんだくる」

「ふえーっ」

「それでもよいと申すなら仲立ちしてつかわすが、どうだ」

みくとぬいは顔を見合わせると、小声でこちょこちょと話し合ったが、やがてぬいが言った。

「すんまへん、ちょっと考えさせとくなはれ」

大坂で「考えさせてほしい」というのは「やめときます」という意味なのだが、凡流には通じなかったようだ。

「承知した。頼む気になったらわしに知らせよ。ただ、わしも今月の晦日《みそか》には引っ越さねばならぬゆえ、なるたけ早うしてもらいたい」

そう言って凡流は帰っていった。みくは、

「困ったなあ。凡流先生、おかんには向いてたのに……」

「田舎に帰りはる、ゆうのやさかいしょうがないわ」

「けど、どないしょ。今でもぴーぴー言うてるのに、そんな高い薬礼、払えるかいな」

「そやなあ……ほかにええ先生おらんやろか」

ふたりがそう言い合っていたとき、

「おごめんー……」

入ってきたのは、この横町に住んでいる海苔《のり》屋の楽隠居で「謎解き甚兵衛《じんべえ》」こと「横町の甚兵衛《じんべ》はん」であった。暇をもてあまして、毎日のようにぬいの家を訪れる。甚兵衛は手土産《てみやげ》のおこしを差し出し、勝手に土瓶から湯呑みに茶を注ぐと、

「えびす堂の岩おこし、なかなか美味《うま》いで」

　そう言うと包みを開けて、おこしを取り出し、バリバリ食べ始めた。ぬいが、

「甚兵衛さん、岩おこし、硬いことないですか？　私の歯ではそれこそ『歯が立たん』さかい、お茶でふやかさんと……」

「ははは……なにを年寄りじみたこと言うてますのや。こういう硬いもんを噛み砕ける丈夫な歯を持ってるゆうのが健康の証《あかし》だっせ。わての歯を見なはれ。ほら、こんな具合に……」

　甚兵衛は岩おこしを一度にたくさん頬張り、音を立てて噛み砕いていたが、「ガキッ」という音がした途端、様子がおかしくなった。

「う……うう……」

　みくが、

「甚兵衛はん、どないしたん？　おこしが喉に詰まったんか。お茶、飲んだら……」

「ち、ちがう……。折れた」

「えっ？」

　甚兵衛は口のなかに指を突っ込み、なにかをつまみ出した。それは、折れた前歯だった。甚兵衛は涙目になり、

「ここのおこし、硬すぎるわ。どないしよ……」

みくは笑いをこらえながら、

「調子に乗るさかいや。歯医者に行ったほうがええで」

「そうするわ。けど、近頃、歯医者も高いさかいなあ……」

それを聞いて、みくはさっきの話を甚兵衛に相談する気になった。

「そや、おっちゃんやったら知ってるやろ。じつは、うちのおかんを診てくれてたお医者さんが遠くに引っ越しはるねん。ええお医者さん知らんやろか？　できれば、なるべく薬礼の安いひとがええんやけど……」

甚兵衛は即座にうなずくと、

「おる。朝倉銀砂《あさくらぎんさ》という方でな、わしもたまに診てもらうのや。薬礼はものすごく安い。金のないものはタダで診てくれる」

「うわあ……それこそお医者の鑑《かがみ》や！　医は仁術やからな。その先生に頼むわ！」

「せやけど、腕はいまいちやで。藪とは言わんけど……小藪ぐらいやろか」

「そ、それはちょっと……」

「わしも、診てもらうのは風邪ひいたときぐらいやな。けど、どんな病でも診てくれる『なんでも医』でな、貧乏人にはありがたい先生やで。薬礼が払われへん患者にとっては神さまみたいなもんや。あのひとのおかげで命を救われた病人もぎょうさんおるやろなあ」

しばらく考えたすえ、みくが言った。

「甚兵衛さん、ほな、その銀砂先生に頼んでもらえますやろか」

「わかった。近々ここに来てもらうように言うとくわ。――けど、それより先に歯医者に行かなあかん……」

甚兵衛は、折れた歯を懐紙で包んで立ち上がった。

二

東町奉行所の玄関を入ってすぐのところにある与力詰所で、江面可児之進は与力物部《もののべ》民一郎《たみいちろう》と対面していた。江戸町奉行所の定町廻《じょうまちまわ》りは同心のみで構成されているが、大坂には各組に与力がひとり配属されていた。町廻りは与力の末席であり、若い与力がその役目を担った。だから、物部民一郎は江面の上役だが、歳は親子ほども離れていた。

「江面、おまえは井筒屋伊賀衛門の死因に疑いがある、と申すのだな。理由はなんだ」

物部は二十三歳だがつるりとした童顔なので十六、七に見える。

「申し上げます。それがし、以前、同じような事件を扱《あつこ》うたことがございます。大坂船手奉行配下の与力が室内で死んでおり、顔が青黒く腫れ上がっておりました」

「それだけでは同じとは言えまい」

「井筒屋の死骸の周りでスズメバチを見かけたとか。船手奉行配下の与力の死骸があった部屋にもスズメバチがおりました」

「ならば、どちらの件もスズメバチに刺されての死亡、という結論に不審はないではないか。おまえがかつてよく似た事件を手掛けた、というだけで、ふたつの件を強引に結びつけるのは無理があろう」

「はは……」

「虫に刺されて死んだもののことなどどうでもよい。それよりも……抜け荷だ」

「抜け荷……？」

「つい先ほど、与力を集めてお頭《かしら》より指図があった。先日、お頭が宿次《しゆくつぎ》のために城に行かれたときご城代から、近頃、大坂市中にてご禁制の品々が出回っているらしい、というお話があったそうだ」

宿次というのは、大坂城の城代屋敷において月三度行われた「宿次寄り合い」のことである。大坂を中心とした西国の状況を老中に定期的に報告するため、大坂城代、東西町奉行、大坂定番などが集まって情報を交換しあった。その結果を文書にしたため、江戸に送るのである。

「大坂で出回るということは、蔵屋敷などを通じて日本の各地にそれが運ばれていくということだ。すでにご老中のお耳にも入っており、東西町奉行所においては取り締まりをいっそう厳しくし、抜け荷を行っているものを探し出せとの仰せであったそうだ」

抜け荷は、もっぱら長崎で行われた。あらかじめ唐人《とうじん》やオランダ人と示し合わせておき、異国船の船底などに隠しておいた輸入品を市価より安く仕入れ、高価に売って利益をむさぼる。

「現に、東国や陸奥《むつ》でも、朝鮮人参《にんじん》などの各種薬品が道修町《どしょうまち》の薬種問屋を通さずに大量に売りさばかれており、唐物方《とうぶつかた》与力が調べたところ、ここ大坂から運び出された品であることがわかった」

大坂の道修町には何百軒という薬種問屋、仲買いなどが軒を連ねている。和薬はもとより、清国《しんこく》からの漢方薬、オランダからの蘭方薬《らんぽうやく》も一旦ここに集められ、薬種中買《なかがい》仲間によってその真贋《しんがん》、効能などを吟味されたうえで、諸国の薬屋や医者の注文に応じて日本中へ運ばれていく。だから、道修町を通さない薬品が出回っているとしたらこれは大問題なのである。長崎から大坂に薬を運ぶ際には「手板《ていた》」という目録に印鑑が押されたものが必要だが、これがない品はすべて抜け荷ということになる。

「私は若輩ゆえ知らぬが、十年ばかりまえにも市中で薬種の抜け荷が横行したことがあったそうだ」

「さようでございましたな。あの折はなにものの仕業ともわからぬままでございましたが……」

「いつしか下火になっていたが、それがまたぞろ始まったということだ。お頭は、東町奉行所の与力、同心を総動員して抜け荷品の取り締まりを行え、とおっしゃっておいでだ。わしもおまえももちろんそれに加わることになる。虫など追うている場合ではないぞ。蜂のことは蜂屋に任せておけ」

「蜂屋？　蜂屋とは？」

「わからぬか。『蜂は蜂屋』と申すであろうが」

「それは『餅は餅屋』では……」

「どっちでもよい。とにかく今日から抜け荷の取り調べにあたれ。よいな」

「かしこまりました」

江面は頭を下げた。

◇

その日の朝、みくとぬいは朝飯を食べていた。みくが大根のこうこを奥歯でばりばりと噛みながら、舌が焼けるような熱々の茶粥《ちゃがゆ》を啜《すす》っていると、家の外でなにやらガッタン、ガッタガタ、ガテン……という物音がした。ぬいが、

「こんなところに駕籠《かご》で乗りつけるやなんて変やね」

と言った。

「駕籠？　表に駕籠が着いたん？」

「そうやと思う」

　みくは日頃、母親の耳の鋭さには感嘆しているが、今の物音だけで「駕籠が着いた」とわかるはずがない、と思った。なにしろくねくねした狭い長屋の路地のいちばん奥にある家なのだ。木戸のところで降りるならともかく、家のまえまで駕籠で乗りつける酔狂ものがいるとは思えない。みくが半信半疑で戸を開けると、

「駕籠や……」

　そこには漆塗りの駕籠が置かれていた。前後にはふたりの駕籠かきが控えており、先《さき》棒《ぼう》の男が、

「卒爾《そつじ》ながらお尋ね申す。こちらにぬい殿というお方がお住まいと聞いてまいったが、ぬい殿は在宅か」

　みくは目を丸くした。駕籠かきといっても裸体に半纏《はんてん》を引っ掛け、毛むくじゃらの脛《すね》を丸出しにした六尺とか雲助《くもすけ》とは大違いである。「棒のもの」と言いたくなるような立派な駕籠ん人《ど》である。その駕籠も、庶民が乗る「四つ手」や「あんぽつ」ではなく、引き戸のついた法仙寺《ほうせんじ》駕籠というやつだ。屋根などは春慶《しゅんけい》塗《ぬ》りになっている豪奢《ごうしゃ》なものである。

「ぬい殿は……おるけど……あんたらだれや」

先棒の男は駕籠のなかに向かって、

「先生、ご在宅のようでございます」

「うむ……」

垂れが上げられ、なかから出てきたのは総髪を束ね、十徳《じっとく》を着た、人品いやしからぬ人物であった。おそらく三十代半ばというところだろうか。岩のようにごつごつとした顔立ちで、眉は薄く、目は糸のように細い。手入れの行き届いた堂々たる口ひげをたくわえている。しかも、裃《かみしも》を着用しており、とてもこのような貧乏長屋に用があるとは思えぬ人物だ。

「だっはっはっはっ……わしは釜西無盡と申す医者だ。同業の医師、凡流殿に頼まれて参った。入れてもらうぞ」

なにがおもしろいのかわからないが無盡はだははと笑いながら入ってきた。見習いらしき男が薬箱を持って無盡に従った。みくが、

「あの……なんでこんな長屋に駕籠で来はりましたん?」

医者はぎろりとみくを見据え、

「駕籠で来てはいかぬか」

「いや……そやないんですけど……」

駕籠がぎりぎり通るかどうかという幅しかない路地に、むりくり駕籠で乗りつけると

いうのがみくには理解できなかったのだ。

「だっはっはっ……腰が悪いというのはそなたか。診てしんぜるによって、そこに寝なさい」

「無盡先生にお願いするかどうか、まだ凡流先生には申し上げておりませんのやけど……」

「おうおう、凡流殿は昨日、郷里へ発《た》った。おまえたちから返答がないが、一度診てやってくれ、と言い残してな」

「はあ……。けど……」

「わしは忙しい身でなあ、昨夜、長崎から戻ってきたばかりだ。寸暇を割いておまえのためにに来てやったのだ。とっととそこに寝ろ」

無盡はぬいを布団に寝かせると、手早く診察した。

「なるほど。腰の骨に異常があるようだな」

ぬいが、

「治りますやろか」

「治る」

「えーっ！」

ぬいとみくは思わず声を上げた。

「わしの診療所で毎日療治を受ければ、一年もすればかなり回復すると思われる」

みくは泣きそうになった。ぬいの手を取り、

「おかん、よかったなあ！　治るんやて！」

「ありがたいことやわ」

ぬいはそう言ったあと無畫に向き直り、

「けど、その療治は毎日せなあきまへんのか？」

「骨が潰れておるだけでなく、筋肉も弱っておる。それらを同時に治す必要がある。そのためには間断なく療治を続けることが肝要なのだ」

「はあ……」

「わしの療治は値は張るがそれだけの効能はあるぞ」

「あの……おいくらぐらい……」

「だっはっはっは……銀十五匁《もんめ》だ」

「えっ？　一年で……」

「一日で、だ」

「ひえっ」

ぬいとみくはひっくり返りそうになった。

「一日で十五匁ということは一年で……九十両！」

「そういうことだ。湯治にも行き、わしが処方した薬を飲めばもっと早く治る。ただし、それにはあと五十両はかかるだろう。九十両と五十両で、つごう百四十両だ」

「先生、この家見とくなはれ。とてもそんな大金払えまへん」

「だっはっはっはっ……たしかにみすぼらしいのう。百四十両どころか百四十文もあぶなかろう」

　言いたいことを言う。

「凡流殿にはかつて世話になったことがあるゆえ引き受けた。この長屋に入った途端、しまった、と思うたが、せっかく来たゆえ一応診てしんぜたのだ。金は払えぬのか」

「は、はい……」

「ならばもう用はない。——帰るぞ。だが、今日の診療代はもらわねばならぬ」

「ええっ！」

　みくとぬいは同時に声を上げた。みくが、

「銀十五匁なんか払えません」

「なに？　医者に薬礼を払わぬとは、盗人も同様だ。お上《かみ》に訴え出ても取り立てるぞ」

「なんやて？　だれが盗人やねん。ひと聞きの悪いこと言わんとって！」

　その「お上」につながる十手持ちなのだ、と言おうかとも思ったが話がややこしくなりそうなのでやめた。

「だいたいうちらは『診てくれ』なんて一言も言うてない。そっちが勝手に診たんやないか。押し売りみたいなもんや。押し療治や」

「ははは……押し療治とはうまいことを言うが、わしも商売だ。療治をして手ぶらで帰るというわけにはいかぬ。今日は無理であっても、後日なら支払えるであろう。銀十五匁、耳をそろえて払うてもらうぞ」

そう言うと無盡はふところから財布を出し、なかから折り畳まれた一枚の紙を取り出した。

「これを見よ」

広げるとそこには、

診療代一日銀十五匁をもつて最低とす
薬代金は別途ちやうだいす
事情の如何《いかん》にかかはらず値引きお断り
外科・本道・眼科　釜西無盡

そう書かれていた。

「そんな冷たいこと……。お金のない患者には負けてくれてもええやん」

「ほほう……」

無盡はみくをじっと見つめ、

「おまえはそう言うが、医者が盛る薬には薬代がかかっておる。家から患家まで駕籠で来るには、棒のものへの給金を払わねばならぬ。腕のいい、安心して任せられる医者だということを示すためには身なりも整えねばならぬ。今までの修業に費やした金、医学書を購《あがな》った金、今後の修業の費用……いくらでも金は必要なのだ」

「そ、そらそうやけど、困ってる患者を助けるのがお医者やないんか？　医は仁術ていうやん」

「魚屋は魚を売るのが仕事、大工は家を建てるのが仕事。タダで魚をよこせ、だの、タダで家を建てろ、だのと言うたら商売がたちゆかぬだろう。なにゆえ医者だけがタダで患者を診ねばならぬのだ」

「…………」

「だっはっはっはっはっ……駕籠に乗らぬ『徒歩医者《かち》』もおる。安い薬を使うものもおる。しかし、わしは自分がこれだと思うた薬以外は使いたくはない。効能が劣るのに安いからというてそれを使うことはわが信条に照らして許されぬ。金がないならばタダで患者を診る医者に頼めばよいが、そういう医者はタダにふさわしい腕しか持っておらぬだろうて。わしが給金を毎月支払って棒のものを雇うておるのは、そうしたほうが、あの先生は立派な先生じゃ、という評判が立ち、高い薬礼を取れるからなのだ。——やれやれ、無駄な時を費やしたわい」

そう言い捨てると無盡は駕籠に乗り、帰っていった。みくは肩を落として、

「九十両か、残念やなあ……。治るてわかってるのに診てもらえんやなんて……。あいつ、血も涙もないわ。ああいう金儲《かねもう》けしか考えてない医者はどうせろくなもんやないで」

「そんなことはないよ。今の先生が『かなり回復する』て言うてくださったのはすごい希望になった。もう治りません、て言われるよりずっとうれしいわ」

みくには返事のしようがなかった。一個一銭の飴を売っている状況で九十両という金を作り出すのは不可能に等しい。目明しとしての仕事も、金儲けにはまったくならない。どちらかというと持ち出しなのだ。父親が生きていたころから、この家が多少なりともうるおっていたことなど一度もなかった。それなのに「希望」があるのだろうか……。

みくはのろのろとつづらに飴を詰め、笛を腰に差した。落ち込んでいるときも商売には行かなければならない。

「ほな、行ってくるわ」

ぬいにそう声をかけたとき、

「おぬいさん、医者連れてきたったでー」

そう言いながら甚兵衛が入ってきた。前歯はまだ欠けたままだった。

「こちら、こないだ話してた朝倉銀砂先生や。おぬいさんを診てもらおうと思うてな」

「その先生、どこにおるん？」

みくがきくと甚兵衛は後ろを振り返り、

「あれっ？　ついてきてるもんやと思てたら……あっ、あんなとこで草抜いてるわ。おーい、先生、こっちだっせえ！」

みくが背伸びして見ると、ドブの横にひとりの男がしゃがみこんで草を抜いている。

「甚兵衛殿、ちょっと待たれよ。ここに宝物が生えておった。この草、雑草のようではあるが、これはミゾソバと申してな、止血薬として使えるものだ。そもそもミゾソバとは……」

「先生、お薬の講釈はまた今度にして、早う診療しとくなはれ」

「おお、そうであったのう」

立ち上がった姿を見ると、頭を剃った三十半ばの男であった。長いドジョウ髭を生やしているため、よけいに顔立ちが貧相に見える。垂れ目で、鼻の先が赤い。薬箱を自分で抱えており、見習いなどは連れていない。釜西無盡同様十徳を着てはいるが、あちこち継ぎが当たっており、どう見ても金持ちそうではない。ひょこひょこ歩いて家に入ってくると、

「ほっほほう、わしが朝倉銀砂だ。腰がお悪いそうだが、ちいと診せてもらおうか」

銀砂はぬいをうつぶせに寝かせると、腰のあたりをさすった。

「うーむ……なるほど、おそらくアレだが、もしかするとアレかもしれぬし、いや、待てよ、アレとも思えるが……うーむ……」

ぬいが、

「先ほど来られた先生は、年に百四十両払えばこの病、治してみせるとおっしゃいました。——けど、もちろん払えまへん」

「百四十両だと？　患家に多額の出費を強要し、払えるものだけを助けるというのは医者の風上にも置けぬ。わしならタダでも診てやるぞ。しかし、高額な薬は使えぬゆえ、治りは遅いかもしれぬが、それは仕方がないことだ。オランダや清国、インドから取り寄せた漢方薬や蘭方薬はよく効くが、値段も目が飛び出るほど高価だからな。だが、心配はいらぬ。わしはこうして……」

銀砂はさっき採った雑草、いや、ミゾソバをぬいに示し、

「ドブやら便所の裏やらに生えておる薬草を採取し、薬に加工しておる。こうすれば薬の費用はタダとなる。今は亡きわが師、高松莫音《たかまつばくおん》先生の教えだ。先生は『天地万物に薬に非《あら》ざるなし』とおっしゃった。わしはその言葉を実践しておるのだ」

「はあ……。けど、薬を全部手作りするというわけにはいきまへんやろ？」

「それはそうだが、世のなかには奇特な御仁がおられてな、ときおり高価な薬をわしの家に届けてくださる。名前も告げずに立ち去るのだ。おそらく貧乏人をタダで診ているわしのやり方に共感を覚えて、ご助力くださっているのだろう。そういう方々のお力でわが医業はなりたっておる。ありがたいことだ。ただ、残念ながら腰に効く薬を切らしておってな……そうだ、今からわしとともに生駒山《いこまやま》に参り、腰に効く薬草を探そう。あそこは薬の材となる草木《そうもく》の宝庫だ。自生しておるものゆえ、咎《とが》められる心配はない。芍薬《しゃくやく》や甘草《かんぞう》ほどではないが、多少は効くはずだ」

「でも……腰が悪うて長い道は歩けまへんのや」

「ああ、そうであったのう。では、おまえ……」

銀砂はみくに顔を向け、

「おまえは暇であろう。ただちに出立《しゅったつ》するぞ。四、五日はかかるつもりでな。わしは野宿に慣れておるからよいが、毒虫、毒蛇に気を付けよ」

「野宿……！　あの、先生……うちも仕事がおます。働かんと日銭が入ってきません。ご飯が食べれません」

「人間、しばらく食わんでも死にはせぬ」

「いや……それはちょっと……」

銀砂はため息をついて甚兵衛を見やり、

「おお、ここに適任者がいるではないか。甚兵衛殿、お手前は楽隠居ゆえ暇にちがいない。ささ、生駒山に参ろうか」

「あの、先生……わし、歯が欠けてますのや」

「山歩きに歯は関わりない」

「ひえーっ、タダほど高いものはないわ」

甚兵衛が泣きそうな顔になったとき、

「ご免！」

戸が開いて、入ってきたのは釜西無盡だった。

「すまぬが忘れものをした。財布がそのあたりになかったかな」

無盡はぬいの枕もとにあった財布を見つけ、

「おお、これだ。悪いが、念のため、なかを確かめさせてもらうぞ」

みくはさすがにカチンと来た。

「なんやねん、おっさん。金持ちかなんか知らんけど、うちらがおっさんの財布からお金猫ババしたゆうんか。なんぼなんでも失礼やないか！」

しかし、無盡は動じる様子もなく財布の中身を検め、

「ひい、ふう、みい、よう……うむ。たしかにあるようだ。邪魔をしたな」

帰ろうとして、ふとそこに座っている朝倉銀砂に気づき、

「ほう……朝倉ではないか。妙なところで会うたのう」

　銀砂は苦々しい顔で、

「金の亡者のごとき、ろくでもない医者が来た、と聞いたが、おぬしのことであったか。なるほど、これで合点がいったわい」

「知り合いに診療を頼まれて来たのはよいが、とんだ無駄足であった。金が払えぬなら最初にそう言えばすぐに帰ったものを、うっかり療治をしてしまった」

「うっかり療治をしたという言い草はなんだ！　そこに患者がおれば診るのが医者だろう」

「金を払わぬものは患者ではない。八百屋に行って金はないが野菜をくれ、というやつが客ではないのと同じだ」

「同じではない。医者と八百屋を一緒にするな」

「一緒だ。おぬしこそ、医者は偉いもので八百屋は低俗な仕事だ、と八百屋をあなどっておる」

「いや、そんなことは……」

「では、財布も見つかったので失敬する」

　無盡は派手な足音を立てて出ていった。甚兵衛が銀砂に、

「お知り合いだすか」

「わしの兄弟弟子だ。ほぼ同じ時期に高松莫音先生に入門し、たがいに切磋琢磨《せっさたくま》した仲だ。先生の死後、独り立ちしてそれぞれ開業したが、あやつはいつのころからかあのような狷介《けんかい》で守銭奴《しゅせんど》のような医者になってしもうた。腕はよいが残念なことに医者としての資質に欠けておる。莫音先生が生きておられたら、どれだけ嘆くであろう……」

「ほんまやで！　ひとを盗人扱いするやなんてけったくそ悪い……！」

ぬいが、

「これ、おみく、『けったくそ』やなんて言うたらあきまへん」

「かまへん！　今度会うたらどついたる！」

みくの怒りは収まらなかった。

◇

銀砂は、近々、薬を持ってまた来る、と言い残して帰っていった。甚兵衛も帰ったので、みくは飴売りに行くことにした。月面町の長屋を出ると合邦《がっぽう》が辻《つじ》を西へと向かう。今日の皮切りは今宮戎《いまみやえびす》神社のあたりにするつもりだ。茶粥はすぐに腹が減る。

（気合い入れてしっかり稼がんと、ご飯も食べられへんし薬代も払われへん……）

そろそろ篠笛《しのぶえ》を吹いて客を集めようかと思ったとき、

「さあさあ、評判の笛吹き飴やで！」

そんな声が耳に入った。「笛吹き飴」といえばみくの専売特許である。　自分以外にありえようがない。しかも、その声の主は男性であるらしい。

きっぴーっぴぴ、ききかきーっ
きーっきっきっ、ぺらぺら、ぴーすかぴー

猿が鳴いているかのような、かすれた、下手《へた》くそな笛の音があたりに響いた。みくの笛は、小さな音で吹いても遠くまで届く。しかし、今聞こえている笛は、かなり息を入れて必死に吹いているようだが、唾の音ばかり目立ってあまりちゃんと聞こえない。耳障りですらある。
（なんや、これ……）
みくは笛の主を探した。つづらを背負い、赤い烏帽子《えぼし》をかぶった五十ぐらいの男が、踊りながら篠笛を吹いている。そのかたわらで七、八歳ぐらいの男の子が、これも赤い烏帽子をかぶってひょうきんに踊りながら鉦《かね》を叩いている。つづらには「元祖笛吹飴」という幟《のぼり》が立っている。

日本一の飴だっせ

食べたらほっぺが落ちまっせ
美味《おい》しい美味しいトラ公《こ》の飴や
買《こ》うてくれたらお愛想《あいそ》に
一曲吹いてさしあげまっせ
ぴっぴっひゃらひゃら
ぴーひゃらら
晴れても飴でも
ぴーひゃらら

みくは目を剝いた。笛を吹いて飴を売る、というやり方が似ているのはもちろん、歌詞も同じ部分がある。真似られた、というより、盗まれたというほうが正しかろう。男の子も続いて、

美味しい美味しいトラ公飴やで
なめたらどんな病も吹っ飛ぶで
ぴっぴっひゃらひゃらぴーひゃらら

ひとりの女の子が銭を握りしめて男に近寄り、

「トラ公飴、ひとつちょうだい」

四角い顔の男は笛を吹くのをやめて、

「へえへえ、毎度あり。どんな飴がええかな」

「薄荷《はっか》のやつ」

男はつづらをおろすと、なかから白い飴を取り出し、女の子に渡した。女の子は飴を口に放り込むと、

「笛吹いてくれるん？　どんな曲でもええん？」

「ええで。――吹ける曲やったらな」

「『あんたがたどこさ』吹いて」

「あー、その曲は知らんなあ」

「ほな、『ずいずいずっころばし』は？」

「悪いけど聞いたことないわ」

「うーん……『かんかんのう』は？」

「知らんなあ」

「ほな、なんやったら吹けるん？」

「そやなあ、『かごめかごめ』は得意やねん。そや、『かごめかごめ』にしよか」

「まあ、それでええわ」

男は篠笛を口に当て、ひりひりひり……と吹きはじめた。それは、「かごめかごめ」のようでもあり、違うようでもあり、聞いていると頭が痛くなるような奇々怪々な旋律だった。

「これでええやろ。また来てや」

女の子は応えず、悲し気な顔でどこかに走り去った。しばらくするとべつの女の子が、

「飴ちょうだい」

「毎度!」

女の子は梅味の飴を買って口に入れ、

「『うさぎうさぎ』吹いてくれる?」

「え……『うさぎうさぎ』か。自信ないけど吹いてみるわ」

男はおずおずと笛を吹き始めた。しかし、それはみくの知っている「うさぎうさぎ」とは似て非なる曲だった。女の子はきょとんとした顔で、

「それ、なに?」

「なに、て……『うさぎうさぎ』や」

「そんなんとちがう。『うさぎうさぎ』ゆうのは……」

みくは見かねて、篠笛を口に当てた。たちまち朗々とした旋律が流れ出した。女の子

は振り返ってみくを指差し、

「これや！　これが『うさぎうさぎ』やで。おっちゃん、よう覚えときや」

「つぎまでに稽古しとくわ」

「つぎはない」

そう言うと女の子は帰っていった。男は一瞬みくを見たがすぐに顔を伏せ、男の子に、

「トラ公、行こか」

みくは、

「待ち！　なんか言うことはないんか」

「あ、ああ……『うさぎうさぎ』おおきに」

「そのことやない。笛吹き飴売りゆうのはうちの発明や。勝手に真似せんとって」

「な、な、なにを言うとるんや。この幟読んでみ。『元祖』と書いてあるやろ。わしらのほうが先にはじめた、ゆう証拠やないか」

「先にはじめたわりには笛が下手すぎる」

男は舌打ちして、

「ええやないか、笛吹いて飴売るぐらいだれがやったかて……」

「あかん！　迷惑や。それも、そんな下手くそな笛……」

男はぎくりとした顔で、

方にして！」

「『うさぎうさぎ』だけは苦手なんや」

「『かごめかごめ』もあかんやん。——とにかく、笛吹き飴売りはやめて、ほかの売り方にして！」

「そうはいかん。この幟作るにも金かかっとるんや。今さらやめられん」

するとと男の子が男の袖をひっぱり、

「おっちゃん……このお姉ちゃんが飴を売っているのを見て、『こらええわ。わしらもやろ！』って言ったときに私が、真似するのはやめたほうがいい、とチュウコクしたでしょう？　もうやめましょう」

（えらいしっかりしたしゃべり方の子やなあ。けど、おっちゃんゆうことは父子《おやこ》やないんか……）

みくがそんなことを思っていると、

「おまえはそんなこと心配せんでもええ。そのうちにおまえの夢も叶《かな》えたるさかい、大船に乗ったつもりでおれ」

「私の夢は、おっちゃんとずっと一緒に暮らすことです」

「ははは……ええからええから、わしに任せとけ」

みくが、

「ようわからんけど、とにかく今度会うたときにまだ笛吹き飴売りやってたらお尻蹴飛ばすで！」

男はみくをにらみ、

「わしの尻は岩みたいに硬いさかい、なんともないわい」

そう言って歩き出そうとしたとき、男は突然、呻《うめ》き声《ごえ》を上げながら胃のあたりを押さえるとその場にうずくまった。顔や首筋に脂汗がにじみでてきた。

「おっちゃん、どうかしましたか！」

「なんでもない。いつものやつ……ちょっと腹が痛いだけや。じきに治る」

言葉とはうらはらに、男は痛みをこらえかねてか篠笛を強く握りしめている。指の関節が白くなっているのでよほど力を入れているのだろう。男の子は男の背中をさすったり、とんとん叩いたりしているが泣きそうな表情である。みくは周囲を見渡していたが、

「あっ……！」

少しはなれたところをのこのこ歩いているのは、朝倉銀砂ではないか。

「せ、先生っ！」

みくが声をかけると、

「おお、おみく殿ではないか。わしは餅を買いにそこの菓子屋まで行ったところだ」

そう言って銀砂は竹の皮に包んだ餅を見せた。

「そんな、のんびりしてる場合やないんです。この男のひとが……」

みくが道にうずくまっている男を指差すと、

「うーん……病気かのう」

病気に決まってるやないか！　とみくは言いかけたが、

「急におなかが痛くなったみたいです。早う診てあげて！」

「よし、わかった。家はこの近くか」

男の子が、

「難波御蔵《なんばおくら》の裏手にある小屋です」

難波御蔵というのは公儀の米蔵で、飢饉《ききん》対策に設けられたものである。銀砂は男を背負い、男の子の先導で歩き始めた。みくは自分のつづらと薬箱を持ってあとに続いた。そのあたりは町なかだというのに小川が流れ、まるで田舎のような光景だった。川の端にある小屋が彼らの家だった。男を板の間に敷いたむしろのうえに寝かせると、銀砂は腹を触ったり、脈を取ったりした。みくはカンテキに火をおこし、湯をわかした。

「疝気《せんき》のようだな。薬を調合するで、待っておれ」

薬研《やげん》に数種の薬剤を入れてすり潰し、男にひと匙《さじ》飲ませた。男は、

「なんや楽になったわ」

かすれ声でそう言うと、銀砂を拝むような仕草をした。銀砂は残りの薬を紙袋に入れ、

「朝晩、白湯《さゆ》にて服用せよ」

と言って子どもに手渡した。

「先生、ありがとうございました」

男の子は銀砂に向かって正座し、頭を下げた。

「おっちゃん、ときどきこうなるんです。これまでは一刻（約二時間）ぐらい歯を食いしばって我慢しないと治らんかったけど、先生は名医です」

「はははは。名医とはうれしいことを言うてくれる。――これをやろう」

銀砂はあんころ餅の包みを子どもに差し出した。子どもは目を輝かせたが、ちらと男を見た。男はかぶりを振り、

「見てのとおり、うちには金がおまへんのや。薬礼もしばらく待っていただかんとあかんのに、餅までいただくわけにはまいりまへん」

「あんたにやるのではない。その子にやるのだ。――この子どもはおまえの子ではないのか」

「へえ……。わしは弁吉《べんきち》と申します。いまは飴売りをしとりますが、昔は芸人として寄席《よせ》に出てました。この子は梓寅之助《あずさとらのすけ》といいまして、もともと侍の家柄だす」

「やはり、そうか。言葉遣いといい、立ち居振る舞いといい、侍の出のように思うておった」

「トラ公の父親は梓龍二郎《たつじろう》というお方で、さる大名家の目付役をしてはりましたが、あ

るときなにがあったのかお殿さまのご機嫌を損じてお家は断絶、突然路頭に迷うてしもた。職探しに一家で大坂に出てきたのはええが、この時世、なかなか思うような仕事はないうえ、母親が病気で死んでしもた。梓さまは寅之助を養うために寄席の下足番をしてわずかな銭を稼ぐようになり、わしもそこで知り合《お》うたんだす。けど、慣れん仕事で身体を壊したのか、頓死してしまいました。天涯孤独になったトラ公を見かねたわしが引き取って、なんとか育ててる、という次第でおますが、身体にガタが来てしもて、近頃ではわしのほうがトラ公に助けられとります。この子をもっぺん侍に戻して、梓家を再興させてやりたいと思とりますのやが、先立つものは金だすさかいなあ……」

「おっちゃん、私は侍なんかになりたくありません。町人のほうがずっといいのです」

弁吉はため息をつき、

「こいつはこう言うてますけど、なんやかんや言うても武士の世の中や。それをしみじみ思うたのは、寄席でわしが酔っぱらいの侍と喧嘩になったときだす。わしの出しものをむちゃくちゃにしよったさかい文句を言うたら、刀抜いて暴れよった。客に迷惑がかかる、と思て、『表に出ろ！』と寄席の外へ連れ出したのはええけど、危うく斬られそうになった。たまたま通りがかった町奉行所のお役人に助けてもろた。けど、お奉行さまのお裁きを聞いて驚きましたわ。その侍はどこぞの大大名《おお》に仕えてる身やさかいお咎めなしで、わしが牢屋《ろうや》に入れられましたのや。百敲《ひやくたた》きの刑を受けたうえ、騒動を起こすやっかいな芸人、いうことで寄席に出られんようになって……しゃあなしに飴屋をはじめましたんだす」

みくが、

「そやったんか……」

「あんたが笛吹いて踊ってるのを見て、これなら真似できるやろ、と思たけど、なかなかむずかしいもんやなあ」

「でも、寄席では笛吹いてたんとちがうの？」

「いや……まあ……」

弁吉は口をにごしたあと、

「あのー……このまま笛吹き飴売りを続けさせてもろてもかましまへんやろか」

子どもを養っている話を聞かされてはダメとは言えない。

「ええけど……続けるつもりやったらもっと笛の稽古するか、ほかの客寄せを考えたほうがええで。それと、うちの縄張りで売るのはやめてんか」

「わかってま、わかってま」

銀砂は、

「では、わしはそろそろ去ぬ。薬がなくなったら、また取りにまいるがよい」

そう言って住所を告げた。弁吉は、

「おおきに……おおきに。薬も餅もちょうだいして、こちらからはなにもお渡しできまへんけど……そや、飴があるわ。先生、せめて飴だけでも持ってかえっとくなはれ。そっちの笛吹きの先生にもさしあげまっさ」

みくは、

「いらんいらん。飴は売るほどある」

「そらそやろけど、医者を呼んでくれたわしの気持ちやがな」

弁吉は紙袋に飴をざらざらと入れ、銀砂とみくに手渡した。銀砂が、

「飴ならいくらあっても困らぬ。去痰《きょたん》、鎮咳《ちんがい》、病人の滋養に効あり。また、幼い子どもを診るときに治療を怖がって泣くことがある。そういう折に飴を与えると泣き止《や》むゆえ重宝するのだ。これは、わが師高松莫音に習うたやり方でな、医者たるもの、患者の病気を治すだけでなく、気持ちを和らげることも大事である、とな」

弁吉が、

「今、高松莫音とおっしゃいましたな。先生は高松莫音先生のお弟子さんだすか」

「ほう、あんたは高松先生をご存じか。——亡くなられて何年になるか……。この世に薬でないものはない、この世に毒でないものもない、というのが口癖でな、どんな良薬も量をまちがえたり、与え方をまちがえると途端に毒になる。どんな猛毒も、加減次第では治療に用いることができる。つまり、肝心なのは医者の腕ということだ。先生の病

を治せなかったのが弟子としてはいちばんの痛恨事であった」

「あの……高松莫音先生は『秘急散《ひきゅうさん》』というお薬を使《つこ》うてはりまへんでしたか？」

銀砂はぎろりと弁吉をにらむと、

「あんた、その薬のこと、どこできいたのだ」

「あ、いや……昔、高松莫音先生のところに診てもろてた知り合いがそんなことを言うてたもんで……」

「たしかに先生は『秘急散』の作り方をわしと釜西無盡に伝えて亡くなられたが……だれがそのようなことを言うておった？」

「えーと……えーと……たしか、どこぞの廻船問屋の旦那やった、と思いますわ。いや、米問屋やったかいな。ははは……覚えちがいかもしれまへん。今の話は忘れとくなはれ」

弁吉はおどおどと言った。みくは、釜西無盡という欲ボケ医者について弁吉に説明した。弁吉は終始熱心にみくの話を聞いていた。

◇

「というわけじゃ。おまえたちも気持ちを引き締めて探索御用にあたってくれ」

東町奉行所まえの腰掛け茶屋で江面可児之進はみく、喜六《きろく》、清八《せいはち》の三人に指示を与えていた。みくが帰宅すると江面から「すぐ来るように」との言伝《ことづて》があったので、飴屋の道具を置いてあわてて出てきたのだ。清八が、

「今度は抜け荷だすか。悪いことをするやつがいてますなあ」

江面はうなずいて、

「抜け荷が発覚すると、ご公儀と清国、オランダとの関係にひびが入りかねぬ。定めを守らぬ金儲けで私腹を肥やすのを取り締まる、というだけでなく、これは日本の外交の根幹を揺るがす問題なのじゃ……と与力物部民一郎殿は申しておられる。わしは、廻船問屋を当たってみるつもりじゃ」

みくが、

「うちらはどのあたりから探りをいれまひょか」

「そうじゃのう……。大坂市中に持ち込まれた抜け荷の品は薬が多いと聞く。道修町の薬種問屋を探索せよ。あまり大げさに御用風を吹かせては肝心の親玉を取り逃がす恐れがあるゆえ慎重にな。抜け荷のほとんどは長崎が温床だと聞く。道修町の噂話に細かに耳を傾け、金回りの良いもの、頻繁に長崎と大坂を往来しておるものなどがおれば気を付けよ。また、医者も関わっておるかもしれぬゆえ、そちらへの目配りも頼む」

みくは、「長崎」と「医者」という言葉に耳をとめた。あの釜西無畫という医者はたしか「長崎から戻ってきたばかり」と言っていたではないか……。しかし、なんの証拠

もないのでその場では口に出さなかった。喜六が、

「ええなあ……わてもいっぺんでええから行ってみたいわ」

清八が、

「長崎へか？」

「いや、オランダ」

「アホ！　おまえなんぞが行けるか！」

「なんでやねん。船に乗ったら行けるやろ」

「あのなあ、日本ゆう国はやなあ……」

江面は笑いながらみくに手札《てふだ》（小遣い）を渡すと、

「これは当座の費《つい》えにいたせ。この件については、東西両町奉行所を挙げての取り組みとなる。心してやってくれ。虫など追うている場合ではないぞ。蜂のことは蜂屋に任せておけ」

みくは、

「蜂、てなんのことだすか？」

「あ、いや、こちらのことじゃ。では、頼んだぞ」

そう言って江面可児之進は腰を叩きながら町奉行所へと戻っていった。喜六がみくに、

「なんか酢の匂いしまへんでしたか」

「うちもそう思た。なんやったんやろ」

茶屋を出たところでみくは喜六と清八に、

「よっしゃ、うちらも張り切ってやるで！　あんたらふたりは道修町の薬種問屋を当たってくれるか。あそこらへんは『濡《ぬ》れネズミの地毛五郎《じげごろう》』ゆう親方の縄張りやさかい、挨拶してからな。たぶんお奉行所の同心とか手先がうろうろしてるはずやから、くれぐれも揉めごとにならんようにな」

「へ、心得取りま」

「うちは、怪しい噂のある医者がおらんか聞き込みして回る。ほな、なにかわかったら家のほうに来てんか。――あ、そや、あんたらにこれあげるわ」

みくはふところから紙袋を取り出して、喜六に渡した。

「なんだんねん、これ」

「飴や。今日会うた弁吉さんゆう飴売りのおっちゃんにもろたのや」

清八が、

「なんで飴屋のおみく親方が飴もろたんだすか」

「話せば長いことになるからやめとくわ。そのおっちゃんも笛吹き飴売りやねん」

「えーっ、親方の真似しとりまんのか。そういう輩《やから》は召し捕って、牢屋にぶち込んでやったらどうだす？」

「そんなことできるかいな。──とにかく、当分、飴なんぞ売ってられそうにないさかいあんたらで食べ。うちは家になんぼであるから……」

喜六が、

「おおきに！　さっそくいただきますわ」

そう言って袋に手を突っ込み、飴をひとつ摑《つか》んだが、手を開いたときに、

「うわあっ！」

「どないしたんや」

「ハチやハチや！」

清八が、

「なんじゃい、わてのことか？」

「ちがうちがう。蜂や！　大きいスズメバチや！」

清八が、

「刺されたらめちゃくちゃ腫れるで！　下手すると命を落とす。気ぃつけよ！」

「ひいいいいっ……取ってんか取ってんか！　早う取ってんか！」

騒いでいる喜六の手から蜂を払いのけようとしたみくだが、

「なんやいな、死んでるやんか」

「えっ……？」

それは干からびたスズメバチの死骸だった。喜六はそれを地面に叩きつけると、

「だましやがったな。死んでるんやったら死んでると言え！　ひとに恥かかせよって、このガキ！」

照れ隠しのつもりか、わけのわからないことを言っている。みくは笑いながら、

「なんでスズメバチなんか入ってたのやろな。けど、死んだ蜂にビビるやなんて、さすが喜《き》ぃ公《こう》や」

そう言って歩き出した。

◇

江面可児之進は、廻船問屋を中心に探索を進めていた。

抜け荷には「船」がなくては話にならぬ。その点、廻船問屋は多数の船を所持している。直接の関わりがなくても、噂話などを耳にしているかもしれない。しかし、大坂にはたいへんな数の廻船問屋がある。仲間同士で金を出しあい、一隻の船を購っているような中小のものから、一軒で十隻以上の千石船《せんごくぶね》を持っている大店《おおだな》までさまざまである。

大坂には大手の廻船問屋で作る「二十四組問屋」という株仲間がある。これに属している店は大いに幅がきき、中小の問屋は彼らが取り決めた方針に従わねばならなかった。二十四組問屋は定期的に寄り合いを持ち、廻船業者たちが公儀の定めを守っているかど

うか、不正を行っていないかどうかをつねに検分しているはずだった。だが、此度《こたび》のような事態になると、町奉行所としては二十四組問屋に任せておくわけにはいかぬ。

抜け荷の影響の大きさに鑑み、東西町奉行協議のうえ、「蔵検め」を行うことになった。つまり、棚卸しの書類などを検分するだけでなく、実際に廻船問屋の蔵に立ち入り、品ものを検めるのである。

大中小の廻船問屋を同心たちが手分けして一軒一軒当たっていくのだ。もちろん事前に知らせたりはしない。飛び込みで行うのは、やましい品を隠されないためだ。骨の折れる仕事だが、東西両町奉行所を合わせて、同心の数は百人しかいないのだ。彼らを助ける存在に、長吏《ちょうり》、小頭、若いものといった町廻りに参加する連中や、捕り物にも加わる役木戸《やくきど》（道頓堀《どうとんぼり》芝居小屋の木戸番のうち下聞《したぎき》に採用されたもの）らがいるが、広い大坂やその周辺地域の治安を維持するには、とうてい足らない。同心たちが自腹を切ってそれぞれに個人的な手下《てか》、すなわち目明しを育て、働かせるしかないのだが、廻船問屋相手ともなると目明したちに任せておくわけにはいかぬ。

（二十四組問屋の肝煎りだった井筒屋伊賀衛門が死んだのが痛いのう……）

江面はそう思った。井筒屋の主は蜂に刺されて頓死したため、話を聞くことが叶わないのである。その日、手下を連れて彼が最初に訪ねたのは青島屋という大店だった。主の伝兵衛《でんべえ》は、井筒屋亡きあとの肝煎り候補だと聞いたからである。

「東町の江面じゃ。主《あるじ》伝兵衛は在宅かな」

店先で帳簿付けをしていた手代《てだい》らしき男が、小ずるそうな顔で江面を見ると、

「なんのご用件だっしゃろ」

江面を老人とあなどっているのが顔に出ている。

「御用の筋じゃ。とっとと取り次がぬか！」

剣術の稽古で鍛えぬいた江面の大声に、手代はあわてて奥に飛んでいった。女子衆《おなごし》の案内で江面は客間に通された。畳も新しく、床柱は黒檀《こくたん》が使われ、天井には異国の焼きものがはめこまれており、まるで料亭のような豪奢な造りであった。しばらくすると主の伝兵衛が揉み手をしながら現れた。目がぎょろりと大きく、首が太く、髪は黒々としている。

「これはこれはお役人さま、なにごとでございますか」

江面は名を名乗ったあと、

「ほかでもない。抜け荷の一件じゃ。近頃また手板に記載のない薬種が市中に出回っておると聞いたのでな」

「抜け荷……？　手前どもがそのような悪事に手を染めているとお考えでございますか」

「おまえを疑《うたご》うておるわけではない。大坂の廻船問屋の蔵検めを東西町奉行所共同で抜

き打ちに行うこととなった。蔵へ案内いたせ」

「手前どもはなんのやましいところもございませぬ。どうぞ心行くまでご覧くださいまし。——番頭どん、このお方を一番蔵から順に案内してさしあげなさい」

その時点で、蔵に入ってもなんの収穫もないことが江面にはわかっていた。伝兵衛の態度は、

（いくら調べてもなにも出てこない）

という自信に裏打ちされたものだったからだ。手下たちとともに七つの蔵の商品を残らず検めたあと、江面は伝兵衛の部屋で主と相対した。

「いかがでございましたかな」

「蔵は問題なかった」

「それはホッといたしました。帳簿にない、抜け荷を疑われるような品などでてきたら一大事と思うておりましたが……」

「ところで伝兵衛、同業の噂など耳にしておらぬか。二十四組問屋の肝煎りだった井筒屋伊賀衛門が先日亡くなったゆえ、おまえにききたいのじゃが……」

「さようでございますか。手前も長年この稼業を営んでおりますゆえ、いろいろと見聞きしたこともございますが……困りましたなあ。他店をそしるような真似は商人《あきんど》の道に外れますゆえ……」

「そこを曲げて頼む。抜け荷品が出回るのはおまえたち廻船問屋も困るであろう」

伝兵衛はしばらく考えていたが、意を決したように言った。

「それでしたら申し上げます。故人を悪く言うようで気がひけますが、亡くなられた井筒屋さんは以前からとかくの噂がございまして……」

「なに？　井筒屋が？」

「はい、ひそかに千石船を長崎に向かわせ、異国船に隠しておいた品々を積み替えているとか。そのことは、井筒屋さんが蜂に刺されて頓死なさったとき、お役人にひととなりをきかれたので、そのように申し上げておきました」

江面は、あのとき読んだ書留にあった「ある同業者によると、役人に賄賂を贈り、邪魔者は強引に排斥する、といった悪辣なやり方で財を築き、多くの同業者の恨みを買っていた」という内容の文言を思い出した。「ある同業者」というのは青島屋だったにちがいないが、事件ではなく、蜂刺されによる事故にすぎない、との判断から名前も省略したのだろう。

「しかし、船を長崎に向かわせる、というても千石船などの大船を大坂から出航させるには大坂船手奉行の許可がいる。『ひそかに』というわけにはいくまい」

「もしかすると、船手奉行のほうにも鼻薬が効かせてあるのかもしれませぬな」

「うーむ……」

江面はそのときあることに思い至った。

「ま、まさか……」

「どうかなさいましたか」

「うむ……スズメバチのことじゃ」

「はあ……。井筒屋さんを刺した蜂でございますか」

「ずいぶんとまえ、閉め切った部屋のなかでスズメバチに刺されて頓死した、という事件があった。わしは、毒を盛られて殺されたと主張したが、検使役は蜂に刺されて死んだ、と断じたのじゃ」

「ほほう……此度の件と同じでございますな。しかし、それがなにか……？」

「あのとき死んだのは大坂船手奉行配下の六角嘉平という古参与力であった」

「ははは……スズメバチに刺されて死ぬものなど毎年大勢おりましょう。ましてや事件とつながりなどありますまい」

「そうとはかぎらぬ。これは洗い直してみる必要があるな」

そう言って江面は立ち上がった。

「お待ちくだされ。まだお茶も出しておりませぬ。手前も、せっかく江面さまとこうして見知りになれましたゆえ、今夜は顔つなぎにご一献差し上げたいと……」

「そのような暇はない。邪魔をしたな。ご免」

江面が部屋を出ていったあと、青島屋伝兵衛はむっつりと腕組みをしていたが、

「船手奉行の話は藪蛇やったな。老いぼれめ、いらぬことに気づきおったわい。金で片が付く男か、それとも……」

伝兵衛は手を叩いた。女子衆が唐紙を開けると、

「番頭どんに、至急、弁吉を呼んでくるよう言うてくれ」

◇

江面がつぎに向かったのは井筒屋だった。来意を告げると、番頭が蔵を案内してくれた。もちろん抜け荷品など見あたらぬ。そのあと番頭は内儀の部屋に江面を連れていき、自分も同席させてくれ、と言った。内儀は消沈し、やつれた顔だった。無理もない。主だった伊賀衛門が急死したため、これまでは商売のことなど気に掛けたこともなかった後家が、表に立って差配しなくては井筒屋は潰れるのである。

「お越しやす。なんだっしゃろ。主が亡くなった件についてはなにもかもお奉行所に申し上げたとおりでおます」

「今日参ったのはそのことではない。抜け荷の一件じゃ。仄聞《そくぶん》した噂などはないか」

「そうおっしゃられても、わても主のあとを継いだばかりでなにも……」

「さようか。じつは井筒屋が抜け荷を行っていた、との噂が同業のあいだに広まってお

るらしい」

江面は思い切ってズバリときいた。内儀は血相を変えて、

「そんなこと、だれが言いましたのや！」

「それは申せぬが、役人に賄賂を贈り、邪魔者は強引に排斥する、といった悪辣なやり方で財を築いた、とも聞いたぞ」

「青島屋さんだっしゃろ。根も葉もないことばかり言い触らして……主人も迷惑がっておりました」

番頭も、

「あの日も寄り合いの席で、とうとう青島屋さんに『あんたが昔から裏でこそこそ後ろ暗いことしてるのはわかっとる。そのうち天の罰が下るさかい覚えとけ』て怒鳴りつけたら、『天罰受けるのはあんたのほうや。首を洗うて覚悟しとけ』て言われたそうでおます。供をした丁稚からあとで聞きました」

「それではまるで話が逆じゃな」

「そんなこと言い触らしてるのは青島屋さんだけだす。ほかの同業さんにきいとくなはれ。うちの主を悪う言うものはおらんはずだすさかい……」

番頭は口惜し気に、

「あんなええ旦さんが蜂に刺されて亡くなるやなんて考えられん。青島屋さんが刺した

のやおまへんやろか」

内儀は、

「これ、めったなことは言うたらあかん。証拠はないのやさかい仕方がない」

聞きようによっては「証拠はないが、青島屋が殺した」と受け取れる言葉である。江面は、

「わしもそう考えぬでもなかったが、道を歩いているときには毒の盛りようがあるまい」

番頭は勢い込んで、

「寄り合いの席で盛られたのとちがいますか。それがだんだん効いてきて、道の途中でバタッと……」

「それこそ証拠があるまい。気持ちはわかるが、あまり波風を立てるとおまえたちを召し捕らねばならぬことになる。この件についてはわしに任せておけ」

井筒屋をあとにした江面は二十四組問屋に属する廻船問屋を十軒ほど訪れたが、井筒屋の内儀の言うとおり、井筒屋伊賀衛門をそしるものはひとりもいなかった。逆に「ここだけの話」と断ってから青島屋のことを、相場でしくじって店をひと手に渡すかどうかの瀬戸際らしい、とか、目的のためには手段を選ばぬ御仁、とか言うものは多かった。しかし、根回しがなされているらしく、井筒屋のあとの肝煎りは青島屋伝兵衛になるこ

とは間違いないという。

江面は、「次の一手」をどうするか考えながら道を取った。井筒屋の死に青島屋が関わっているとすれば、そのあたりを直《じか》に揺さぶることでなにかボロを出すかもしれない。

江面はそう考えた。

◇

「また、仕事を頼みたいのや」

薄暗い部屋のなかで青島屋伝兵衛は言った。弁吉は無言のままうなだれていた。

「今度の『的』は、またお役人やさかい、しくじらんようにな」

「どういう素性のお方だす？」

「それは、いつものとおり聞かんほうがええやろ。ビビッてやりそこなったら困る。おまえは、わしが指図するとおりにやったらええのや」

「へえ……。こないだもあとになって井筒屋の旦さんやと知って驚きました……」

「相手は、生きてても皆が迷惑する、ろくでもないやつや。大勢がそいつのために苦しんどる。お役目を笠に着て賄賂は取り放題、弱い者いじめはする、金のためなら御法も曲げる。逝《い》んでもろてもおまはんの後生にさわるようなことは一切ない。おまはんは世のためひとのためになることをするのやさかい、存分に腕を振るうてや」

「けど、旦さん……仕事をしようにももう薬がおまへんのや。こないだの井筒屋さんのときが最後でおまして……」

「うーむ……おまえも知ってるとおり、高松莫音が死んだあと、あの薬を作れるもんがおらんようになったからな。あとでじわじわ効いてくるような薬では、そのあいだに手当てをすれば助かるかもしれんし、証拠を隠すこともできん。わずかな量でも、途端にコロリとあの世に行ってしまうような猛毒やないといかんのや」

「それが、高松莫音先生のお弟子さんゆうお医者がいてまんのや。それもふたり。『秘急散』の作り方も知ってるそうで……」

「なんやと？　耳寄りな話やないか」

弁吉は、朝倉銀砂と釜西無盡のひととなりを伝兵衛に説明した。

「貧乏医者と欲深医者か。これから行って、頼んでみよ」

「引き受けてくれますやろか」

「金で動かんものはおらん。おまえもそうやないかい。——薬が手に入ったらまた呼び出すさかいな」

「へえ……それで、その……旦さん……」

「なんや、うじうじと……。なにか言いたいことがあるなら言うてみい。金のことなら心配いらんぞ。片付いたらちゃんと渡したる」

「それが……今度は二百両ちょうだいでけまへんか」

「いつもは五十両やぞ。それを四倍とは……欲をかくのもええかげんにせえよ」

弁吉は伝兵衛にコメツキムシのように頭を下げ、

「こんなことはもう終わりにしたいんだす。こないだの五十両と合わせて二百五十両あればなんとかなりますのや。わしも近頃身体の具合が悪いさかい、そろそろトラ公のことを決着つけときたいんだす」

伝兵衛はしばらく考えていたが、

「わかった。ほな、思い切って二百両払うたろ」

「ほんまだっか!」

「そのかわり『これで終わり』にはでけん。おまえには今後もずっと働いてもらう」

「堪忍しとくなはれ。なんぼ相手が悪党でも、このままではどんどん血の池に沈んでいく気分だす」

「ははは……まだ気ぃつかんのか。おまえはとうに血の池に頭のてっぺんまで沈んどるんやで。おまえとわしの腐れ縁は、死んで地獄に落ちても続くのや。これからもよろしゅうな」

弁吉はため息をつき、

「ああ……あのときこんな家に盗みに入るのやなかった……」

弁吉はそうつぶやいた。

三

きーっきき、きっか、ぴきーっ

ひゃらり、きききき、けっけけけ……

江面可児之進は下手くそで耳障りな笛の音に思わず耳を塞いだ。そして、その笛の主の顔を見て、

「弁吉ではないか。久しぶりじゃな」

「これはこれは江面の旦那……！　えらいご無沙汰してしもて、すんまへん」

江面は弁吉が背負っているつづらから伸びている幟の「元祖笛吹飴」という文字に目をとめ、

「なんじゃ、これは」

「なんじゃ、て……わしの商売だすがな」

「笛吹き飴は、月面町のおみくの工夫だ、と聞いたが……」

「ようご存じで。わしはそのおみく先生からとくにお許しをいただいて笛吹き飴をやっ

とりますのや。このトラ公と一緒に……」

弁吉は、かたわらに来た少年の頭を撫《な》でた。

「ほう、利発そうじゃな。おまえの子か？」

「ちがいます。知り合いの子だすけどな、ふた親が亡くなったんでわしが引き取りましたのや。――トラ公、こちらは江面可児之進さまゆうて東町の同心の旦那でな、わしはいろいろ世話になったことがあるのや。挨拶せんかい」

そう言って弁吉は寅之助の背中を押した。寅之助はぺこりと頭を下げ、

「梓寅之助と申します。よろしくお願いいたします」

江面が弁吉に、

「侍の出かのう？」

「そうだんねん。近々、株を買うて侍に戻したろうと思てまんのや」

「ほほう、たいそうな入れ込みようじゃの」

「へえ、わしはこのトラ公が可愛《かわい》いて可愛いて……こいつのために生きてるようなもんだすわ」

「はっはっはっ……トラを猫かわいがりとは面白い。――飴売りをしておるということは、寄席芸人は辞めたのか」

「へえ……酔っぱらった侍に斬られそうになったわしをお助けいただきましたが、相手

の侍はお咎めなしで、わしのほうが騒ぎを起こした罪で入牢《じゅろう》、そのうえ揉めごとを起こす芸人ゆうことでお席亭からはさんざん叱られたうえ、お払い箱。どの席も出られんようになってしまいましたんや」

「そうであったか……。あの侍は大名家の家臣ゆえ、我ら町方にはどうにもならなかったのじゃ。許してもらいたい」

そう言って江面は頭を下げた。

「いやいや、旦那に謝っていただくようなことはなにもおまへん。あのとき旦那が飛び込んできてくれなんだら、わしは死んでたはずだす」

「なにごとも命あってのものだねじゃ。その子のためにもしっかり働いてやれ。ただし、笛はもう少し稽古したほうがよいのう。おみくに教えてもらうがよいぞ」

「そうしますわ」

去っていく江面の背中を見ながら弁吉は寅之助に、

「ええ旦那やろ。あのお方にはほんまに感謝しとるのや」

しみじみした口調でそう言った。

◇

それから数日、みくは自分の縄張りとその周辺で開業している医者を片っ端から訪れ、話を聞いていた。医者といってもえらい先生のもとで長年修業をしたものから、昨日、家のまえに「医者」という看板を置いたばかりというひよっこ医者までさまざまだ。なにしろ鑑札もなにもないのだ。「私は医者です」と名乗ればだれでも医者になれるのだから、その数も半端ではない。

（あー……めんどくさいなあ……）

年端もいかぬ若い娘がひとりで聞き込みに回っていると、あなどられることも多いが、そのたびにカチンときて喧嘩していては御用がはかどらない。へえへえそうですねと頭を下げ、相手を立てるように話を聞いていると、だんだんイライラしてくる。なかには、

「診療させてくれれば答えてやろう。その代わり薬礼を置いていけ」

などと言う不届きものもいて、そういう輩は蹴飛ばすことにしたが、あまりに蹴飛ばす相手ばかりだと疲れてくる。しかも、聞き込みの成果がほとんど上がらない。ほとんどの医者は木で鼻をくくったように、

「失敬な！　抜け荷品など扱うたことは一度もないわ」

と言うばかりであった。みくはへとへとになったが、

（江面の旦那が期待してくれてるんや。がんばらんと……）

おそらく道修町の薬種問屋で同じような目に遭っている喜六と清八のことを思い、みくはもうひと踏ん張りすることにした。

（そや……）

みくは、朝倉銀砂のところに行こうと思いついた。銀砂の診療所は裏長屋の一室であった。みくの家よりもぼろぼろで、看板もなく、板切れに「よろづやまひちれうどころ」という文字が記してあった。「万病治療処」ということだろう。少しでもお金のある患者はここには来ないだろうと思えるほどのおんぼろさで、みくはせめて景気づけにと声を張り上げた。

「こんにちはー！」

薬研で薬剤をすり潰していた銀砂は顔をあげ、

「おみく殿か。母者《ははじゃ》びとの具合が悪うなったのか」

「先生のおかげでいたって良好だす。今日はべつの用件で参じました。御用の筋だす」

「御用？　ははは……目明しみたいなことを言う」

「うちは目明しだす」

銀砂はなかなか納得しなかったが、十手を見せるとようやく得心してくれた。

「近頃、抜け荷品の薬種が横行しとるらしいんですが、先生はそんなもん見はったことはおますか」

「わしはない」

「ああ、やっぱり……」

ここも空振りやったか、とみくが気落ちしたとき、

「ないが、気になることがあった」

「えっ？　それはどういう……」

銀砂はしばらく黙っていたが、

「口止めをされたが、おみく殿にならい言うてしまおう。昨日、商人《あきんど》風の男がやってきてな、『秘急散』を処方してくれ、と申すのだ」

「えっ……」

先日、弁吉が口にした名前だ。

「直弟子のうちわしと無盡のふたりだけが師匠から調合の法を受け継いだ薬だ。強烈な鎮痛効果があるのだが、使い方を誤ると即死するほどの猛毒でもある。悪用されるとたいへんなことになる。先生も一度、何ものかに盗まれた経験があるらしく、それ以来、必要量だけを作り、使用したら残りは処分するようにしておられた。そして、亡くなられるときにわしと無盡に、『秘急散』だけはよほどのことがないかぎり作ってはならぬ、と厳命なされたゆえ、わしは手もとに置いてはおらぬ。材料も高額で貴重なものを使わねばならぬのでおいそれと作れるものではない。先生亡きあと、あの薬はこの世にはないはずだ」

「そんな怖い薬を、そのひと、なにに使うんやろ」

「わしも疑問に思うてたずねたが、その御仁は、痛み止めの妙薬だときいたもので……などと申しておった。いろいろ入手しにくい薬種が必要だ、と言うたのだが、すべてそろえられる、という。附子《ぶし》の根の毒、馬銭《まちん》の実から採れる毒のほか、南蛮のカエルや清国の毒虫、天竺《てんじく》の毒蛇の毒など、抜け荷でもせぬかぎり容易に手に入れることのできぬものばかりだぞ。しかも、薬の代金として一斤で百両払うという」

「百両！　怪しいなあ……」

「高額にもほどがあるが……たしかに金さえあればよい薬が買えるし、医療道具もそろえられ、患者の命を救うことができる。山で雑草を摘んでいる貧乏医者としては喉から手の出るほど欲しい金だ。今、すり潰しているこの薬種も、どこのだれともわからぬ奇特な御仁が先ほど届けてくれたものだ。しかし、いつもいつもそういうお方の善意に甘えておるわけにもいかぬ」

「引き受けましたんか？」

「まさか。断ったわい。莫音先生の遺言を反故《ほご》にするわけにはいかぬゆえな」

「ああ、よかった」

「ひとの命が救えたとしても、その薬がなにに使われるかを考えると、とても恐ろしゅうて処方できぬ。わしが断ると、このことは内密に、と念を押して帰っていった」

「どこのだれかわかりまへんやろなあ」

「わかる」

「ええっ！」

「かつてわしが高松莫音先生のもとで修業しておったとき、あの男は先生の患者だった。一度しか会うたことはないし、わしは先生の後ろに座っていただけだから、向こうは覚えておらぬだろうが、あの猪首《いくび》と大きな目玉は間違いない。あれは廻船問屋青島屋の主伝兵衛だ」

「青島屋……」

「此度の依頼、わしは断ったが、心配なのは無尽のことだ。あの男も『秘急散』の作り方を莫音先生から受け継いでおる。おみく殿も知ってのとおり、今の無尽は金の亡者だ。大金をちらつかされれば、一も二もなく引き受けるだろう」

「あ……」

みくはすぐに江面可児之進に知らせようと決意した。

「ひとつ気になることがある。わしは、自分が莫音先生の弟子であり、『秘急散』の作り方を伝授されている、という話をしたのは、ここしばらくでは弁吉しかおらぬ。わしがあのとき弁吉に、どこで『秘急散』のことをきいたか、と問うたら、どこかの廻船問屋の旦那だと言うておったではないか」

みくは、あの弁吉さんにかぎって、抜け荷なんかと関わりがあるはずない……と思ったが、一度広がりだしたもやもやはなかなか消えなかった。

◇

銀砂の家を出て、つぎにみくが向かったのは無盡のところだった。会うのは嫌だったが御用のためである。好き嫌いを言っている場合ではない。無盡の診療所は、銀砂のところとは比べものにならないぐらい立派な門構えである。まるで武家屋敷のような造りで、門のところには「外科本道眼病その他万病治療処　天上天下唯一医道　釜西無盡孝《たか》則《のり》ただし診療代一日銀十五匁をもって最低とす　約定《やくじょう》なき診療お断り」という看板が麗々しく掲げられていた。

なかに入ると玄関番が胡散臭《うさんくさ》そうにみくを見て、

「うちの先生は飛び込みの患者は診ぬ」

みくは十手を取りだし、

「患者やない。ちょっと先生にききたいことがあるんや」

玄関番が奥に入り、しばらくすると無盡が現れた。

「なんだ、御用の筋だというから役人かと思うたら、おまえか。十手持ちだったとは知らなんだ。なにがききたいのか早う言え。わしは忙しい身だ」

「金儲けに忙しいんやろ」

「また長崎に行かねばならぬゆえ、朝から晩まで診療をしておるのだ」

「またかいな。こないだ帰ってきたところやろ？」

「わしは今、大坂と長崎を行き来する暮らしなのだ」

長崎になんの用事で行ってるの、という質問をみくは飲み込んだ。みくの頭に浮かんでいたのは「抜け荷」の文字だった。

「ほな、ずばっときくけどな、青島屋ゆう廻船問屋が、薬を作ってくれ、て頼みにこんかったか？」

「来た」

無盡は隠すことなく即答した。

「だが、断った」

「え？　なんで？」

「金を積むから『秘急散』を作れ、という話だったが、なんのためにあの薬が欲しいのかというわしの問いに、青島屋は『理由は言えぬ。これだけの金を渡すのだからなにもきかずに作ればよい』と言いよった。『秘急散』は素人《しろうと》の扱えるものではない。わしか銀砂でなければ安全に処方することはむずかしかろう。つまりは『猛毒』ということだ。『秘急散』をある分量以上身体に取り込めば、即死する」

「即死……」

「わしは金が欲しい。しかし、『秘急散』を作って、引き換えに金を受け取ってしまえば、ひと殺しに加担した罪で召し捕られるかもしれぬ。それではなんにもならぬ。一万両出せば作ってやろう、と言うと、怒って帰っていった。他言は無用とのことだったが、わしはそんな約束をした覚えはないゆえ、おまえにこうやって話すのだ」

理屈は通っている、とみくは思った。本当に金が欲しいものは、目先の金に踊らされない、ということか……。

「青島屋がなにを考えておるかは知らぬが、金はほかのやり方で稼ぐつもりだ。——さあ、わしは忙しい。金持ちの患者たちが診療を待っておる。帰ってもらおうか」

無盡の家を出たみくは、歩きながら考えた。無盡が抜け荷に関わっている可能性はなきにしもあらずだが、「秘急散」を作るのを断ったのも本当のような気がする……。

(青島屋が怪しいな。なにを企《たくら》んでるのやろ……)

ひとりで青島屋を探りに行くのは無謀かもしれない、とは思ったが、みくの足は自然と青島屋に向かっていた。たいそうな構えの大店で、みくは圧倒されそうになった。いきなり飛び込んで、

「あんた、毒薬を作れ、て医者に言うたやろ。どういうこっちゃ」

と問いただすのはもっとも悪手である。みくは、裏へ廻ろうと横の路地に入った。勝手口のまえに立ち、こっそり入ろうかどうしようか迷っていたが、戸が突然開いた。あ

わててみくはすぐ近くにあったクヌギの木の陰に隠れた。なかから出てきたのは、なんと弁吉だった。暗い顔をしている。

（なんで弁吉さんが青島屋から……）

十手を見せて問いただそうかとも思ったが、下手をすると貝のように口を閉ざしてしまうかもしれない。みくが逡巡《しゅんじゅん》していると、なにか黄色いものが飛んできて襟に止まった。払いのけようとした手を止めた。それは大きなスズメバチだった。みくはしばらく震えながらじっとしていた。蜂はのそのそと這い、肩のところで止まると、飛んでいった。ホッと胸を撫で下ろしたみくが頭のうえを見ると、クヌギの木の枝から大きなスズメバチの巣がぶら下がっているではないか。そして、数匹の蜂がその周りを飛び回っている。

「どわーっ！」

みくは声を上げてその場に尻もちを突いた。蜂を怒らせたらヤバい。そのままゆっくりと後ずさりする。よく見ると、枝には木札がぶら下がっており、「蜂の巣取るな」と書かれていた。

（怖ーっ）

死骸でびくついていた喜六を笑えない。ひとりでほたえているあいだに弁吉はどこかに行ってしまった。

（まあ、ええわ。家はわかってるんやから……）

もう青島屋に乗り込む気力も失《う》せていた。立ち上がったみくはスズメバチの巣から十分遠ざかってから尻についた砂を払うと、江面に報告するために歩き出した。

◇

東町奉行所の門番に声をかけたあと腰掛け茶屋で待っていると、ほどなく江面がやってきた。みくが、銀砂と無盡に青島屋が「秘急散」を作るよう依頼した、と報告すると、

「ふーむ、おまえのほうも青島屋か……」

「と言いますと？」

「青島屋の蔵を七つとも検めたが、抜け荷の品は見つからなかった。あの自信たっぷりの様子は、探しても見つからぬと高をくくっておるのじゃ。青島屋はしきりに、井筒屋が抜け荷の首謀者だと思わせようとしていたが、井筒屋の内儀は、主が死んだのは青島屋の仕業ではないか、と思うておるようじゃ。なんの証拠もないうえ、検使役はスズメバチに刺されて死んだものと断じたゆえ、あの件はそれで決着がついてしまったが……昔、大坂船手奉行の配下のものが閉め切った室内でスズメバチに刺されて死んだという一件があった。どうも気になる」

「蜂に刺されたぐらいで死にますやろか」

「スズメバチの毒は強いゆえ、刺されると大きく腫れて痛みも生ずるが、一日ぐらいで治まるものだ。しかし、二度目に刺されると、人間の身体が蜂の毒を拒絶するために心の臓が止まり、息ができなくなり、死に至る場合があるそうじゃ。ただし即死するというわけではないらしい」

「そうゆうたら、青島屋さんの店の裏にスズメバチの巣がありました」

「なに……？」

江面は目を光らせた。

「『蜂の巣取るな』ていう札が下がってましたけど、なんでだすやろ」

「スズメバチの巣は昔から厄除《やくよ》けになり、商売繁盛や家内安全につながる縁起ものとされていて、とくに商売人は大事にするのじゃ」

「へー、あんなもんが……」

「スズメバチの仕業と見せかけて青島屋が『秘急散』を盛ったのではなかろうな……」

「けど、銀砂先生の話やと『秘急散』を飲んだらその場で頓死するそうだす。井筒屋さんの周りにはだれもおらんかったとか……」

「スズメバチの針に『秘急散』を塗ったとか……いや、水銀《みずかね》商人でもあるまいし……」

「水銀商人？」

「『今昔物語《こんじやく》』という書物に、京の水銀商人がスズメバチを飼いならし、金品を盗もうとした盗人を襲わせる話が出てくるのじゃ。まあ、そんなことが青島屋にできるとは思えぬが……」

みくが無言でうつむいていると、

「どうした？　なにか言いたいことがあるようじゃな」

「へえ……ちょっと気になることが……でも、まさか……あのひとにかぎって……」

「間違《まちご》うていてもかまわぬ。申してみよ」

「朝倉銀砂先生は、自分が高松莫音の弟子やゆうことを話したのは、近頃では弁吉ゆうひとしかおらん、て言うてました」

「待て。弁吉というのは元芸人で今は飴売りをしておる、あの弁吉ではなかろうな」

「そ、そのひとだす！　飴売りの途中で疝気が出て、たまたま通りがかった銀砂先生に診てもろたんだす。——旦那はなんで弁吉さんのことを……」

「以前、寄席で酔っぱらった侍に斬られかけていたのをわしが救うてやったことがあったのじゃ」

そのときみくは思い出した。

「弁吉さんからもろた飴の紙袋に、スズメバチの死んだやつが入ってました」

「なに……？」

江面は顔をしかめてしばらく考え込んでいたが、

「おみく、おまえは弁吉の身辺を洗え」

「え……？」

「わしも疑いたくはないが、念のためじゃ。調べてなにも出てこなかったらそれはそれでよい」

「喜六と清八はどないしまひょ」

「道修町から引き揚げて、青島屋に張り付けておけ。わしの読みでは抜け荷と井筒屋殺しは同根じゃ。それと、高松莫音の弟子という医者たちのことじゃが……」

江面はみくの耳に口を近づけ、なにごとかをささやいた。みくはこくりとうなずいた。

◇

腰掛け茶屋をあとにしたみくは、弁吉がかつて出演していたという寄席に行ってみることにした。

「ああ、弁吉さんか。覚えてるわ。あれは可哀《かわい》そうやった。なにひとつ悪いことはしとらんのや」

席亭だという老人に弁吉のことをたずねると、

「すごい芸やったけど、侍と揉めてなあ、その侍が仕えてるお大名家からうちにしょっちゅう嫌がらせがあるようになって、仕方なしに辞めてもろたのや。うちも客商売やさかいな……」

「そんなすごい芸人さんやったんですか」

「もともとはなにか違う仕事をしとったんやけど、足を痛めて芸人になった、とか言うとったな。今はなにをしとるんやろ」

「笛吹きの芸を生かして、笛を吹きながら飴を売ってはります」

みくがそう言うと席亭はきょとんとして、

「笛吹きの芸？　弁吉さんがやってたのは笛なんかやないで」

「え……？」

「あのひとの芸は吹き矢や。小さい的を何十個も並べといて、片っ端から当てていったり、女の頭のうえに置いたミカンに遠くから命中させたり、子どもにお手玉させて、そのお手玉を全部射抜いたり、接吻《せっぷん》してる男と女の狭いあいだに矢を通したり……自在やったわ」

席亭はそう言った。

◇

「ようやく手に入ったわい」

青島屋伝兵衛が言った。

「『秘急散』が、だすか？」

弁吉がおどおどと言った。

「そや。今度は百五十両払う、と貧乏医者のほうにもういっぺん声をかけたら、とうとう金に目がくらんで『うん』と言いよった。――これがその薬や」

伝兵衛は小さな壺《つぼ》を弁吉に手渡した。

「ほな、早速今晩やってもらおか」

「こ、今晩だすか……」

「嫌なんか。二百両払ったら『やる』と言うたのはおまえやないか」

「そらそうだすけど……心の支度というもんが……」

「おい、弁吉。わしとおまえは一蓮托生《いちれんたくしょう》や。おまえはもう、わしの頼みをきくしかないのや。それとも、おまえが可愛がっとるあの小せがれ……トラ公がどうなってもええのか」

「な、なんやと？　あんた、トラ公になにをした！」

弁吉は伝兵衛に飛びかかり、胸ぐらをつかんだが、伝兵衛はその手を振り解《ほど》いて、

「あの子どもはわしがある場所に預かっとる。無事でいてほしけりゃ、わしの言うとおりにせえ。わかったな」

「ある場所？　あんたとこの蔵か？」

「はははは……そんなところにはおらん。質草のように大事に預かっとるさかい心配するな」

そう言って伝兵衛は高笑いした。

◇

月が雲に隠れており、あたりは暗かった。弁吉は青島屋伝兵衛とともに植え込みに隠れていた。ここは天満の同心町で、東西両町奉行所の同心たちの屋敷が並んでいるが、すでにひと通りは絶え、周辺は静まり返っていた。

「来たで」

紙袋を持った伝兵衛が言った。こちらに向かって歩いてくるのはふたりだった。ひとりは腰の曲がった老武士で、もうひとりは町人で提灯と挟箱《はさみばこ》を持っていた。その提灯の明かりでかろうじて姿が見える。弁吉たちとの距離は四間《けん》（約七・三メートル）ほどである。

「侍のほうをやってくれ。周りにだれもおらんかった、とあの小者が証言してくれるやろ」

「今は無理だす。月がないさかい……」

「提灯の明かりで見えるやろ」

「これだけ遠いとむずかしい。外したらおじゃんだす。今夜はあきらめ……」

弁吉がそう言いかけたとき、雲が途切れ、月が白い光を投げかけた。老武士の顔が浮かび上がった。

「げっ……」

弁吉は叫んだ。

「あ、あかん……あのひとはあきまへん！」

「なんでや。あいつは町奉行所の同心やけど、とんでもない腹黒の大悪人や」

「嘘や。あのお方、わしはよう知ってますのや。東町の江面可児之進さま。わしにとっては大恩人で、悪いお方やおまへん」

伝兵衛は舌打ちをして、

「そんなことはどうでもええ。あいつは抜け荷を調べるためにうちに来たとき、大坂船手奉行の件とこないだの井筒屋の件がつながってることに気づきよった。そのあとうちの店の近所に、まぬけ面の十手持ちらしいふたり組がうろうろしはじめるようになった。一刻も早うあいつを消してしまわんと枕を高《たこ》うして寝られんのや。——月が出てるあいだに殺《や》ってしまえ」

そう言って、吹き矢の矢に薬を塗り、弁吉に渡そうとしたが弁吉は受け取りを拒んだ。

「できまへん。恩人を殺すやなんて……」

「トラ公が死んでもかまへんのか」

弁吉は震え出した。

「無理でおます、あのお方だけは……」

「やれ、と言うたらやれ」

「ご勘弁願います。相手が江面の旦那やとわかったうえは、とうてい手ぇくだすことなんぞでけません。二百両はいりません。わしはこの件からおろしてもらいますわ」

「なにを寝ぼけたこと言うとんねん。おまえはやるしかないのや。二百両あったら、侍株を買うて、あの子どもを侍に戻すことができるのやで。子どものためやないかいな」

弁吉は長いあいだ下を向いて押し黙っていたが、

「江面の旦那……堪忍しとくなはれ……おっつけわしもあの世へ参りますさかい……」

やがて覚悟を決めた様子でそうつぶやくと、震える手で長い棒のようなものを取り出し、その一端を口に当てた。狙いを定めた瞬間、

「江面の旦那！」

すぐ近くで声がした。一軒の屋敷のまえにみくが立って、手を振っていた。

「おお、おみく坊か。いかがいたしたのじゃ」

「お報《しら》せしたいことがおますのやが、この時間やと行き違いになったらあかんさかい、お屋敷のまえで待ってました」

「ほほう、どんな報せじゃな」

江面はみくに近づいていく。伝兵衛がしきりに「今だ、やれ」という風に弁吉の脇腹を小突くが、弁吉は泣きそうな顔で首を横に振る。みくは江面に、

「じつは弁吉さんのことで……」

それを聞いた弁吉は思わず、

「ええっ……！」

と叫び声を上げた。

「だれや！」

とみくが十手を抜き、植え込みに向かってまっしぐらに駆けてきた。伝兵衛はあわてて逃げたが弁吉は、

「痛たたたたた……！」

脇腹を押さえてうずくまった。疝気が出たのだ。みくは弁吉を取り押さえ、

「あんた……弁吉さんやないか。なんでこんなところに隠れてたんや」

江面もひょこひょことやってきて、

「弁吉、どういうことじゃ」

弁吉は額に脂汗をにじませながら、

「あの……その……それが……えーと……そや、笛の稽古をしてたんだす」

みくは弁吉が持っている篠笛をじっと見て、

「こんなとこで？」

「ここは大川《おおかわ》に近いし、夕方になったらひと通りもなくなるさかい、下手くそな笛でも迷惑にならんと思いまして……」

「………」

「あんた、十手持ちやったんやなあ。ちっとも知らんかった」

弁吉は苦しそうな顔でそう言った。

「目明しと飴売りの二足の草鞋《わらじ》や。——あんた、吹き矢の芸人やったらしいな」

「そうだす」

江面が、

「吹き矢じゃと？　おみく、この男の持ちものを調べてみよ」

みくは弁吉のふところを探ったが、持っていたものは篠笛一本だけだった。

「これでわかっていただけましたか。わしが、大恩ある旦那になにかするはずがおまへんやろ」

それを聞いて江面は肩をすくめた。弁吉は深々と頭を下げ、

「ほな、わしはこれで失礼します」

去っていく弁吉の背中を見据えながらみくが、

「このまま帰らせてもよろしいんか？」

「どうせよというのじゃ。なにもしておらぬものを召し捕るわけにはいくまい」

「けど……」

「とにかく弁吉の身辺から目を離すな。わしが欲しいのは抜け荷の証拠じゃ。わしのことなど案ずるでない。しかし、あの男がわしと知りながら狙うとは、よほどの理由《わけ》がありそうじゃな」

「たとえば……？」

「おみく、寅之助があやつの家にいるかどうか確かめてまいれ」

　みくはハッとしたが、すぐに頭を下げて立ち去った。

◇

　深夜、みくは家の近くにある安居《やすい》天神の社のまえに腰をかけ、目を閉じて十手笛を吹いていた。曲は「妖星《ようせい》」である。次第に曲に没頭し、無心になっていく。やがて、

「酒はないのか」

　そう声がしたので目を開けると、隣に垣内光左衛門《かきうちひかりざえもん》が座っていた。

「あるで。お神酒《みき》の残りや」

　みくがひょうたんを振ると、光左衛門はうれしそうに受け取ったが、

「なんだ、これっぽっちか」

「贅沢《ぜいたく》言わんといて。不服やったら持って帰るで」

「酒というものは、少量だとかえって呼び水となり、余計に欲しくなるものだ。そういう酒飲みの気持ちがわからぬか」

「ぜんぜんわからんわ」

「なにゆえ私を呼び出した。酒を飲ませるためではなかろう」

「うーん……その……あんたにちょっと話し相手になってほしかったんや」

「ほっほっほっほっ……殊勝ではないか。よい心がけだ」

みくは、弁吉のことを話した。

「弁吉さんは吹き矢はおろか匕首《あいくち》とか武器になりそうな危ないものはなにも持ってなかったし、親戚でもなんでもないトラ公を育ててるええひとや……と思う。でも、なんかひっかかるねん。旦那が帰ってくるのを待ち伏せしてたみたいやろ？」

「わかっておるのか？　私はこちらの世界に指折り二百数えるほどしかおれぬのだ。そういうややこしい話を解いてきかせるにはゆとりがなさすぎる」

「そんなん言われても……」

「危ないものは持っていなかったと申したが、どんなものでも使いようによってはひとを傷つける道具になる。たとえばおまえの持っている十手笛だ。笛として吹くこともできるが、十手としても使えるではないか。その弁吉とやらは篠笛を持っていたそうだが、篠笛は吹き矢の筒の代わりになるだろう」

「あ……」

「弁吉とやらのこと、おまえは『ええひと』と思うておるようだが、人間は情愛に引きずられ生きながらにして『鬼』になる。おまえの歳ではわからぬかもしれぬが、な」

光左衛門の姿はすでに輪郭がぼやけていた。

「さらばだ。今日の酒はなかなか美味かったぞ」

「ちょ、ちょ、ちょっと待って。あんたに頼みたいことがあるんや」

「用なら早う申せ」

「あんたにしかできん調べごとや。トラ公ゆう男の子が行き方知れずやねん」

「おまえはその子がどこにいると思う」

「さあ……いちばん見つかりにくいところやとは思うけど……」

「よいことを申したな。いちばん見つかりにくいところというのはな……まえに一度調べた場所だ」

みくはハッとした。光左衛門は、

「その家のまえでもう一度『妖星』を吹いてくれ。酒もいるぞ」

「まだ飲むんかい」

にやりとした笑いとともに光左衛門は消えた。みくは安居天神のまえでそのあとしばらくたたずんでいた。

◇

夜の四つ（午後十時頃）、今橋《いまばし》の表通りにある老舗《しにせ》料理屋「鮒一《ふないち》」の様子をうかがうふたつの影があった。ひとつは弁吉である。その顔は今にも泣き出しそうなほど苦渋に満ちている。彼の後ろに覆面で顔を隠した町人らしき男が紙袋を持って立っている。やがて、暖簾をくぐって五、六人の同心たちが現れた。皆、赤い顔で上機嫌である。天満組の惣年寄《そうとしより》、町年寄、町代たちが、

「今後ともよろしくお願いいたします」

と頭を下げた。いちばん年嵩《としかさ》の江面可児之進が、

「こちらこそ、今宵《こよい》はごちそうになった。散財させてすまなかったのう。では、我らはこれにて失礼いたす」

すたすたと行きかけた江面のまえに斧寺伊右衛門《おのでらいえもん》が馬面をにゅうと突き出し、

「ちょ、ちょっとお待ちあれ。このままお帰りはなりませんぞ。まだ宵の口ではござらぬか。今からキタにでも繰り出すというのはいかがで？」

「ははは……それは若いものだけで行くがよい。わしはここで放免していただこう」

そう言うと、江面はもう一度町役に向かって頭を下げ、家僕の公輔に、

「待たせたな」

「参りまひょか」

公輔は提灯を持って先に立つ。江面は天満の同心町に向かって杖《つえ》を突きながらふらふら歩き出した。弁吉と覆面の男もそっとあとをつけていく。江面と公輔は天神橋《てんじんばし》に差し掛かった。夕涼みの老若男女の姿もすでにない。橋を渡りはじめたとき、江面が欄干に寄りかかり、

「公輔、ひと休みじゃ。歩き詰めで腰が痛《いと》うてならぬ」

「旦那《だあ》さま、情けない。それでよう町廻りが務まりますなあ」

覆面の男は弁吉に、

「ここから狙えるか？　立ち止まってくれとる。またとない機会やないか」

「へ、へえ……」

弁吉は腰に差していた篠笛を抜いた。本来は横にして吹く篠笛を縦に持ち、その一端に口をつける。笛の穴を指ですべてふさぎ、江面の首筋に狙いをつけた。その距離は三十間（約五十四メートル）ほどもある。

「やれ！」

覆面男がそう言った。つぎの瞬間、江面は首筋を押さえて橋のうえに倒れた。

「旦那さま！　旦那さま！」

公輔が江面にとりすがっている。覆面男は「ひひっ、くたばりよった。さすがやな、この距離で命中や」と小声で言うと、持っていた紙袋を江面たちに向かって放った。そのなかから十数匹のスズメバチが飛び出してきた。黄色と黒のまだら模様が月にてらてらと光っている。狭いところに閉じ込められていた蜂たちは怒ってあたりを飛び回った。公輔は、

「旦那さま、蜂に刺されたんやろか……こら、あっち行け！」

その様子をにやにや笑いながら見ていた覆面男は、

「さあ、行くで」

そう言ったが、弁吉は石になったようにうずくまり、ぼろぼろ涙を流して、

「ああああああ……わしはなんちゅうことをしてしもたんや……」

「ぐずぐずしてたら見つかってしまうがな。クソじじいがひとりこの世からおらんようになっただけや。泣くほどのことやあらへん」

「ああ……旦那……わしもトラ公のことをちゃんとしたら、すぐにそっちに行ってお詫《わ》びしますさかい、どうぞお許しを……」

「やかましいなあ。見つかったらどないすんねん。そうやっていつまでも嘆いとれ。わしは先に去ぬで」

言い捨てて立ち去りかけたとき、

「弁吉さん、トラ公は無事やで！」

明るい声がした。驚いた弁吉がそちらを見ると、みくが立っていた。手には十手笛を持っている。その背後には喜六と清八もいた。

「今さっき、青島屋の地下の隠し蔵にいたのを東町の同心衆が見つけてくれたのや。もちろん抜け荷の品も見つかったで！」

本当は、垣内光左衛門が姿を消して蔵に入り込み、見つけてくれたのだ。二百数えるあいだの早業《はやわざ》だった。青島屋は、七つの蔵のそれぞれの地下に抜け荷の品を保管するための隠し蔵を設けていたのだ。光左衛門は寅之助をみくに預けるとふたたび笛のなかに戻った。みくは東町の役人衆に知らせたうえで、ここに駆けつけたのである。

覆面男に向き直ったみくは、

「観念しいや、青島屋伝兵衛」

凛《りん》とした声でそう言うと十手笛を突きつけた。覆面を脱ぎ捨てた伝兵衛はいきなり匕首を抜いて、

「死ねっ」

と叫びながらみくに斬りかかった。みくは十手笛でそれを受け止めた。ガキッ、という音がして火花が散った。衝撃で匕首を取り落とした伝兵衛は力任せにみくを押し倒そ

うとした。みくは必死に押し返そうとしたが体格差はいかんともしがたい。みくの背中が地面についた。伝兵衛はにやりと笑い、

「小娘のくせに十手なんぞ振り回すからや」

そして、みくの首を絞めようとした。みくは顔を左右に振って逃れようとしたが、伝兵衛は力任せにみくの喉をつかみ、搾り上げる。みくは両脚で伝兵衛の胸板を蹴った。

「ぎえっ」

みくはすばやく起き上がると、

「小娘で悪かったな！」

そう言いながら十手笛で相手の肩を打った。おろおろとふたりを見ていた弁吉が篠笛を口に当てた。

「そや、弁吉、このガキ、吹き矢で殺ってしまえ！」

匕首を拾うと伝兵衛はそう叫んだ。つぎの瞬間、

「あ痛《っ》う！」

伝兵衛は首筋を押さえた。そこには黒い針が突き立っていた。

「べ、弁吉、おまえ……」

「トラ公が戻ったんなら、もうあんたの言うことはきかん」

「このガキ……！」

伝兵衛が振るった匕首の切っ先が弁吉の右腕に刺さった。弁吉は悲鳴を上げて篠笛を落とした。腕からは大量の血が滴り落ちた。横で伝兵衛は蒼白《そうはく》になって震えながら、

「わし……なんで生きとるのや。即死するはずやのに……」

「おまえは死なぬ。吟味を受けずに死なれてたまるか」

声の主は、いつのまにかすぐ近くに来ていた江面可児之進であった。伝兵衛は目を剝いて、

「な、なんでや。死んだのとちがうのか……！」

「うははは……幽霊ではないぞ。この通り、足もある」

江面はたちまち伝兵衛の匕首をもぎ取り、みくに縄をかけさせた。弁吉が、

「旦那……無事でおましたか。ああ、よかった……」

江面は伝兵衛に向き直り、

「青島屋、残念であったな。わしがおみくに命じて、もしおまえが『秘急散』を作るよう頼んできたら、引き受けたうえで無毒の薬を処方してくれ、と無尽と銀砂に申しておいたのじゃ」

「くそっ……策略やったか」

みくが、

「弁吉さんの吹き矢の腕に目をつけて、遠いところから黒い矢を吹かせ、それに黒く塗

った長い絹糸をつけといて、刺さったと同時に相手は即死しとるから、糸をたぐりよせて証拠を消す。吹き矢なら、ほんのわずかの隙間があればそこから射かけることができるさかいな。その場におらんのやから疑いはかからん。あとは蜂の仕業と見せかけたらええ。篠笛を吹き矢の筒代わりにしてたら、詮議されたときにバレにくい……というわけやろ」

江面は伝兵衛をにらみつけ、

「子どもを人質にして弁吉に殺人を強いるとは不届き千万。これまでさんざん町奉行所をたばかってくれたが、もう逃れられぬぞ」

伝兵衛は横を向いた。

「おみく、わしはこやつを会所に連れていく。おまえは弁吉を医者に診せよ。早く手当てをせぬと出血で死ぬかもしれぬ」

「はいっ」

みくは天神橋の橋番に頼んでべか車《ぐるま》を貸してもらい、それに弁吉を乗せた。

「喜六、あんたはうちと一緒にこのひとを釜西無盡先生のところに連れていくのや」

喜六が、

「無盡？　あんなごうつく医者、どうせアホみたいに高い薬礼をふっかけてきよりまっせ。銀砂先生のほうがええのとちがいますか」

「ここからやったら無盡先生のほうがずっと近い。とにかく命だけは助けてもらわんと……。清八、あんたは銀砂先生のところへ行って、無盡先生のとこに来るよう頼んでんか。そのあと、会所に回って、トラ公にも知らせてほしい」

「へい、承知！」

清八も興奮した声を出した。

◇

「すんまへん、お金がないさかい、ええお薬は使うてもらえまへん。命だけ助けとくなはれ。あとは貧乏人でも診てくれはる銀砂先生にお願いします」

弁吉を運び込まれた無盡は苦笑いをして、

「わしは金で動く医者だがな、命の危険があるとなれば話はべつだ。もしこの男を救えたら、その礼は一生かけて分割で払うていただこう」

そう言うとあれこれと弁吉の診察をした。まずは止血をし、針と糸で傷口を縫い合わせる。その巧みな技にみくは感心するしかなかった。そのあと、無盡は弁吉の胸や腹、腰などを押したり叩いたりしていたが、

「ふーむ……ときどき腰に激痛があるのは疝気だと言うのだな」

みくは、

「銀砂先生がそう言うてはりました」

「さようか……」

「先生、弁吉さんは助かりますやろか」

「傷はきちんと手当てをした。出血も止まった。それゆえ、それで死ぬことはない。ただ……」

そのとき、戸が開いて、入ってきたのは当の銀砂であった。無盡は笑いながら、

「遅いな。もう手当ては終わったぞ」

「ふん……おまえのことゆえ大金をふっかけるつもりだろうが、そうはいかぬ。あとはわしが引き継ぐ」

銀砂はそう言うと、無盡が縫った弁吉の傷口を検分し、

「これは……おまえが縫ったのか」

「あたりまえだ。ほかにだれがおる」

「むむ……見事な腕だ。わしではこうはいかぬ。それだけの腕がありながら、医者としての道を外れ、金儲けに精を出す……惜しいことだ」

「銀砂、おぬし、なにか勘違いしておらぬか。わしはたしかに金が欲しい。だが、それは長崎出島のオランダ商館においでのペーター・ブッフバルト先生に蘭方医術を習うための資金としてだ。長崎まで往復する旅費、旅籠《はたご》代だけではない。出島に出入りするに

は役人にかなりの金を渡して便宜をはかってもらわねばならぬ。また、オランダ語、ドイツ語の医学書や薬、診療に使う器具などを出島の商人に注文して取り寄せるのだが、これも高くつく。いくら稼いでも追いつかぬほど月々の出費が多いのだ」

みくはそれを聞いて、長崎に頻繁に往来しているのは抜け荷のせいではなかった、と知った。

「蘭方を学ぶのに、なぜ長崎まで行かねばならぬ」

「今、江戸や大坂にいる蘭方医の技術や知識では物足りぬとわかったからだ。西洋の最新医学を学ぶには異国人の医者に習う必要があるが、それには今の日本では出島に行くしかないのだ」

「最新の蘭方を身につけて、金持ち相手に稼ぎまくるつもりか、それとも公方《くぼう》さまの御典医の座でも狙《ねろ》うておるのか」

「たわけたことを……。わしは、高松莫音先生のご病気を治すことができなかった。先生が亡くなられるときに、『この病も西洋にはすでに治療法があるそうだがわが国の医者はだれもそれを知らぬ。残念なことだ』とおっしゃられたが、その言葉が今でも耳に残っておる。わしはもっともっと医術を学んで、治せる病の数を増やしたい。だから、貧乏人の治療はおまえのような医者に任せて、わしは金持ちの患者からふんだくることにした。そのためにごうつくばりだの因業だの金の亡者だのと言われてもかまわぬ。そういう覚悟でやっておるのだ」

「勝手なことを……貧乏人も病を治す権利はある」

「もちろんだ。いずれこの国はそうなるだろう。なってほしい。わしも蘭方を十分習得したら、それを大勢に伝えるつもりだ。——それに、わしも多少は貧しい患者のためになることもしておるのだぞ」

「嘘を言え」

「時折、おまえのところに高価な薬が届くことがあるだろう。あれはわしのおすそ分けだ」

「なに……？」

銀砂は呆然《ぼうぜん》とした。

「ふむ……わしはおまえのことを誤解しておったようだな」

「銀砂、あとひとつ……おまえはこの弁吉の痛みが疝気だと言うたそうだが、それは診立て違いだ」

「それは聞き捨てならぬ！」

「まあ、聞け。わしの診立てでは、疝気もあるがそれだけではなく、胃の腑《ふ》に悪い腫れものができておる」

銀砂は真っ青になり弁吉の腹を何度も触っていたが、やがて顔を上げ、

「たしかにわしの誤診のようだ。だが……これは治療できぬぞ。無盡、おまえならできるか」

無盡はかぶりを振った。

「将来はわからぬが、今はわしの手にも負えぬ。だが、こういうときこそ莫音先生直伝の『秘急散』を使って患者の痛みを軽減すべきであろう」

「わしもそう思う」

銀砂が帰っていったあと、会所から無盡の診療所にやって来た江面は、みくに言った。

「それにしても、青島屋の蔵の下にべつの蔵がある、とはよう気づいたのう。あっぱれな知恵じゃ。さすがはおぬい殿の子じゃのう。なにゆえそんなことを思いついた？」

みくは頭を掻《か》いて、

「へへ……へ……女の勘でおます」

弁吉はみくと江面に言った。

「トラ公はどこにいてます？」

「今は会所で預かってもらっておる。もうじきここに来るはずだ」

江面がそう言うと弁吉は横になったまま、

「わしは、自分がもう長《なご》うないと思とりました。弁吉が帰ってくるまえにおふたりにどうしても聞いてほしい話がおますのや」

　みくと江面がうなずくと、

「わしは……吹き矢の芸人やおまへん。それは表の顔で、本職は……盗人だした。吹き矢にしびれ薬を塗って、番人や店のもの、用心棒なんぞを眠らせて忍び込む手口でな」

　十年まえ、青島屋に盗みに入った弁吉は大しくじりをやらかした。屋根で足を滑らせ、庭に転げ落ち、足の骨を折ったのである。もちろん、すぐに取り押さえられた。十両盗めば首が飛ぶ。そのときまでに弁吉が盗んでいた総額はゆうに十両を超えていた。御用になったら三尺高い木のうえで磔《はりつけ》になることは間違いない。弁吉は震え上がった。伝兵衛は役人に突き出そうとはしなかった。見逃してやる代わりに自分の言うことを聞け、と迫ったのだ。

「おまえの芸を寄席で観《み》たことある。見事なもんやった。あの吹き矢の腕をちょっと借りたいのや。ただし、いつものしびれ薬の代わりにこれをたっぷり塗ってくれ」

「これ……なんだんねん」

「『秘急散』ゆうてな、痛み止めの妙薬や。どんなきつい痛みでもあっという間になくなる」

「ほー」

「けど、量によっては……即死や」

「そんなおとろしいもん、なんで持ってはりますのや」

「わしのかかりつけの医者が高松莫音ゆうてな、なかなかの名医やが、その先生に教えてもろたのや。これは役に立つ……と思て、こっそり先生の部屋に入ってかすめてきた、というわけや」

「あんたのほうが盗人は一枚上手やがな。――あんた、わしにひと殺しをせえ、と言うのか」

「そや。相手はろくでもない極悪人や。この世から消えたら皆が喜ぶ」

「もし、わしが断ったら……」

「町奉行所に突き出す。おまえは磔になる」

弁吉は、相手が極悪人だから殺しても構わない、いや、殺したほうが世のためになる……そう自分に言い聞かすことで罪悪感を失《な》くそうとした。そして、自分が殺した相手が大坂船手奉行の同心だったことをあとで知ったのである。

「お役人やったとは……」

弁吉は震え上がったが伝兵衛はこともなげに、

「あいつは六角嘉平というてな、安治川を上り下りする船から金を巻き上げて、それを高利でひとに貸し付けて、大勢を泣かせてた腐れ役人や。気にせんでええ」

そう言った。しかし、実際は六角に抜け荷のことを知られたため、口封じに殺させたのである。

「あれがすべてのはじまりだした。あのとき引き受けんと磔になってたほうがよかった。こんなに手を汚すことになるとは……」

弁吉は泣きながら江面とみくに言った。

「それともうひとつ……トラ公の父親を殺したのは、わしでおます」

「えっ……！」

これにはみくと江面も驚いた。

「トラ公の父親はあるお大名に仕えとりましたのやが、このお大名が当時、青島屋と結託して抜け荷をやっとったんだす。町奉行所が目ぇつけて調べはじめたさかい、その大名は手を引き、青島屋も一旦はおとなしゅうしてたのやが、トラ公の父親は目付役としてそのことを知ってましたんやな。家名断絶になって大坂に出てきたあと食うや食わずの暮らしになって……とうとう青島屋に、抜け荷のことをバラされたくなかったら口止め料を寄越《よこ》せ、とゆすりよったんです。青島屋はトラ公の父親のことをわしには、無頼の浪人でこれまで何人もの町人を辻斬《つじぎ》りで殺している人間の屑《くず》やと言うとりました。わしはそれを信じて……」

弁吉は、父親の死によってひとり取り残された寅之助が路頭に迷っていることを知り、一緒に住むことにした。

「そんなことではあいつの父親を手に掛けてしもたことへの罪滅ぼしにもなりまへんけどな……」

「そやったんか……」

みくは悄然《しょうぜん》として言った。弁吉は、

「このことはトラ公には内緒に願います。あいつは神さまがわしに授けてくれた宝ものやと思とります。なんとかしてあいつに侍株を買うてやろう、それがわしにできるあいつの父親への供養や、と思たけどうまいことといかなんだ。それはしゃあないけど、わしが死んだあと、あいつがどうなるかが心配だす。あの歳でひとりで飴売りしながら生きていく、いうのがどれだけたいへんか……」

江面が、

「寅之助が、ひと殺しで得たような金で侍に戻れて喜ぶと思うのか、たわけめ！」

「へえ……わしがあさはかでおました」

「心配するな。寅之助のことはわしが責任を持つ」

そう言うと、弁吉の手を握った。弁吉はその手を握り返し、

「おおきに……旦那にそう言うていただいたら安心や。おおきに……おおきに……」

細い声で言った。

吟味方《ぎんみかた》与力の厳しい吟味の結果、青島屋伝兵衛はすべてを白状した。弁吉は短い闘病のすえ、寅之助やみく、江面可児之進らに看取《みと》られてこの世を去った。通夜の席で江面は寅之助に言った。

◇

「わしは、弁吉と約束をした。だが、おまえが嫌ならば無理にとは言わぬ」

「おっちゃんと約束……？」

「うむ。おまえをわしの養子にしたい。どうじゃな」

寅之助の目が真っ赤になった。

「ありがとうございます！」

「もちろんお頭に届け出て、お許しを得てからのことじゃが……おまえは今日から梓寅之助改め江面寅之助となる。ゆくゆくはわしの跡を継いで同心となるのじゃ。よいな」

寅之助はまるで夢を見ているかのような顔つきでぼんやりしていたが、ハッと気づいて、その場に両手を突き、

「よろしくお願いいたします」

「だがな、寅之助……わしの養子になり、侍に戻ったとしても、おまえを育ててくれたのは弁吉じゃ。弁吉の恩、生涯忘れてはならぬぞ」

「はいっ！　おっちゃんは私にとってかけがえのない方でした。こうして養子になれたのも、すべておっちゃん……弁吉さんのおかげです」

「それがわかっておれば、よい」

江面はみくに向き直り、

「いずれは同心見習いとして出仕させることになろうが、寅之助が町方の仕事に慣れるよう、しばらくおまえの手下《てか》として働かせてやってくれぬか」

みくは仰天した。


（つづく）

左記の資料を参考にさせていただきました。著者・編者・出版元に御礼申し上げます。

『大阪の橋』松村博著（松籟社）
『大阪の町名―大阪三郷から東西南北四区へ―』大阪町名研究会編（清文堂出版）
『歴史読本 昭和五十一年七月号　特集　江戸大坂捕り物百科』（新人物往来社）
『近世風俗志（守貞謾稿）（一）』喜田川守貞著　宇佐美英機校訂（岩波書店）
『中公新書2079　武士の町　大坂』藪田貫著（中央公論新社）
『新修大阪市史　史料編　第7巻　近世Ⅱ政治2』大阪市史編纂所・大阪市史料調査会編（大阪市）
『江戸演劇史（下）』渡辺保著（講談社）
『歴史文化ライブラリー　170　歌舞伎と人形浄瑠璃』田口章子著（吉川弘文館）
『江戸時代の歌舞伎役者』田口章子著（中央公論新社）
『曾根崎心中　冥途の飛脚　心中天の網島　現代語訳付き』近松門左衛門　諏訪春雄訳注（KADOKAWA）
『近世大坂薬種の取引構造と社会集団』渡辺祥子著（清文堂出版）
『大阪とくすり』米田該典著（大阪大学出版会）

解　説

杉江松恋

ぴーひゃらと言えば日曜午後六時の某アニメだったが、これからは田中啓文だろう。軽やかな笛の音に乗って繰り広げられる痛快無比な捕物小説であり、愉快な奇想の詰め込まれたミステリーであり、可憐《かれん》な主人公の活躍する青春物語でもある。『医は仁術というものの　十手笛おみく捕物帳　二』は、そういう小説だ。時代小説がそれほどお好きではないという方にもぜひお薦めしたい。この作品を嫌いな人は、あまりいないはずだから。

本書はシリーズの第二巻にあたるが、もちろんここから読み始めてまったく問題はない。ちなみに第一巻は、二〇二三年二月に集英社文庫から刊行された。収録された二話のうち「見越し入道の秘密」は〈ｗｅｂ集英社文庫〉二〇二二年八月〜十二月に配信されたもので、もう一話の「未来から来た娘」は書き下ろしであった。これが驚倒するほどおもしろかったので、間を空けずに第二巻が刊行されたことは実に喜ばしい。

シリーズの主役・おみくは十五歳の少女である。住んでいるところは大坂は月面町《つくもまち》だ。

架空の地名だが、四天王寺《してんのうじ》から西へ向かい一心寺《いっしんじ》を越えたところの小さな町とあるから、現在の天王寺区から浪速区《なにわ》にかかるあたりが想定されているのではないだろうか。多くの神社仏閣が並ぶ地である。おみくはそこで飴売《あめう》りをして、病身の母・おぬいを養っている。おみくの父・宇佐七《うさしち》は月面町の親方と呼ばれる腕利きの目明《めあか》しだったが、奇禍に見舞われて命を落とした。おみくはその跡を継いだのだ。

目明しというのは正規の職業ではなく、奉行所の役人である同心から個人的に雇われた手先だ。そのため他に収入源を持っているのが普通で、一家で初めて目明しとなったおみくの祖父は、篠笛《しのぶえ》作りと飴売りを生業《なりわい》としていた。おみくの商売のやり方も、笛を吹いて人を集め、飴を買ってもらった礼に曲を奏でるというものなのである。

おみくにとって笛は家業そのものと切っても切れない縁のあるものだ。目明しは奉行所から十手を預かるが、おみくはそれとは別にもう一本の十手を持っている。篠笛のように棒身にいくつかの穴があり、柄に当たる部分には歌口《うたぐち》が空いているという代物だ。世にも珍しい十手笛なのである。これには垣内光左衛門《かきうちひかりざえもん》という公家《くげ》の姿をした男が封じられていて、おみくが「妖星《ようせい》」という曲を奏でると二百数える間だけ姿を現す。ほったゆみ原作・小畑健《おばたたけし》作画の『ヒカルの碁』（集英社ジャンプ・コミックス）を思わせる設定だが、この笛の精は大の酒好きというところがあちらの天才棋士とは異なる。

これは余談になるが、私は時代小説の主人公が持つ変わり一手に目がなくて、これまでのベストは柴田錬三郎《しばたれんざぶろう》が『柴錬捕物帖《ちょう》　岡っ引どぶ』（講談社文庫）の主人公に持たせた、中に真剣が入った仕込み十手だった。今回の十手笛はそれに比肩する。東の柴田錬三郎、西の田中啓文、と讃《たた》えられるべきであろう。

　これがシリーズの基礎知識だ。第一巻ではおみくが目明しとしての最初の手柄を立て、父の縄張りを侵そうとする江戸者と張り合って打ち負かす活躍が描かれた。おみく登場篇《へん》なので、設定の新奇さだけで十分に売り物になったと思うのだが、そこはサービス精神溢《あふ》れる作者のこと、てんこ盛りに趣向やアイディアを詰め込んできたのである。第一話では人を死に追いやる見越し入道の恐怖、第二話では今で言うＵＦＯのような、人を乗せた球状の物体が空から降ってくるという謎が呈示され、その不思議がきちんと論理的に解決されるという展開になっていた。いわゆる不可能犯罪趣味も満足させてくれる、充実したミステリーだったのである。さらには、文政《ぶんせい》期の大坂だからこそという歴史考証も背景には織り込まれている。これは期待しないほうが無理というものだ。

　続篇である本書にも、やはり二話が収録されている。第一話の「鬼小町《おにこまち》　誉華十手《ほまれのはなじって》」では、女性の目明しを主人公にした芝居の台本が書かれ、行きがかりからその所作をおみくが指導することになる。題名は、狂言作者の横縦衣織《よこたていおり》がつけた芝居の外題《げだい》である。この台本が元で人形浄瑠璃と歌舞伎の一座の間で諍《いさか》いが起こり、ついには死人が出てしまう。その現場は人の監視下にある密室状態で、死体の首には人形の頭が嚙《か》みついていた。そのさまはまるで、棄損された人形の祟《たた》りが引き起こした惨劇のようだったのである。第二話の「医は仁術というものの」では、スズメバチに刺されたために起きる、アナフィラキシー・ショック死と思われる事件が扱われる。奇怪な殺害方法と犯人像の取り合わせがおもしろく、その意外性ゆえに余韻が残る。

前作が主人公おみくの紹介篇だとすれば、こちらは成長篇ということになるだろうか。封建社会である江戸期は男性中心主義が罷《まか》り通っていて、女性が何かをすれば「女のくせに」「女だてらに」と言われてしまうのが常であった。「鬼小町誉華十手」の物語で描かれる芝居の世界も同様で、舞台に上がれるのは男性のみ、女性が関与できる仕事は限られていた。横縦衣織も「人間の値打ちは男も女もおんなじはず。けど、今の女子《おなご》の地位は低すぎる。それをひっくり返すような話を書きたいのや」と考える女性で、その意気を感じたからこそ、おみくは力を貸す気になるのである。世間の「女だてらに」に勝負を挑む話であるということもできる。

目明しとしては未熟なおみくだが、彼女にいちばん大事なことを気づかせてくれるのが、母・おぬいである点も興味深い。芝居小屋での殺しは本当に人形がやったのか、そうではないのか。どっちだと思う、と娘に問われておぬいは「そうかもしれんし、そやないかもしれん」と答える。今は「どっちかわからん」でいいのだと。

「〔……〕思い込みがいちばんあかん、てお父ちゃんがよう言うてた。この事件はこうやないかな、と思ったら、その思いに引っ張られる、はじめは白紙でおらなあかん、てな」

　十五歳のおみくに最も欠けているものは、社会での経験であり、世間知だ。シリーズ第二作にあたる本書は、彼女がそれに気づき、人間という存在の奥深さ、得体の知れなさを学んでいく物語なのである。母の言葉を胸に留めて聞き込みを続けるおみくは、事件の関係者たちが持っている顔が最初に見せた一つだけではなく、普段は表に出さない思いをそれぞれが抱えていることに気づくのである。これはミステリーの大事な要素で、人間が多面性な存在だからこそ、意外な動機や犯人を描くことができるのだ。

「医は仁術というものの」では、笛から呼び出された光左衛門の一言が、心の裡《うち》に「鬼」を抱えながら生きている人間の存在を、おみくに気づかせることになる。軽妙洒脱《しやだつ》な連作ではあるが、その中に現実の重さも描きこまれている。前著の「未来から来た娘」でもおみくはしんどい事実を突きつけられ、それを乗り越えた。この物語でも、鬼にならねばならなくなった人の辛《つら》さをまざまざと見ることになるのである。そうした経験を積みながら、少女は少しずつ成長していく。

　それにしても楽しいシリーズである。魅力の一因はおみくを始めとする登場人物たちの造形にある。まっすぐな心の持ち主であるがゆえに傷つきやすく、しかし気丈に世間と切り結んでいくおみくは、思わず声援を送りたくなってしまう主人公だ。彼女の周辺に配された脇役たちもいい。酒好きの光左衛門や、頼もしいおぬいについてはすでに触れた。二人と同じ横町に住んでいる隠居の甚兵衛《じんべえ》は謎解きが大好きで、奇怪な事件が持ち上がったと聞くとすぐに首を突っ込んできては推理を披露する。それが正鵠《せいこく》を射ているかどうかは、読んでのお楽しみだ。目明し・月面町の親方としてのおみくには手下《てか》がいる。喜六《きろく》と清八《せいはち》、普段はそれぞれ下駄《げた》屋の職人と大工をしていて、父の代から尽くしてくれている二人である。この名前は、上方《かみがた》落語における定番の登場人物につけられるもので、江戸落語における熊さん、八《は》っつぁんに相当する。つまり、おみくを助けているのは生粋の浪花《なにわ》っ子ですよ、という作者からの目配せである。

参ったのは第一作でおみくの敵役《かたきやく》として配されたのが、江戸を食い詰めて西へ流れてきた岡っ引きの十変舎一九郎《じっぺんしゃいちくろう》親分と手下の弥次郎兵衛《やじろべえ》・喜多八《きたはち》であったことだ。もちろんこれは『東海道中膝栗毛《ひざくりげ》』の作者とその主人公をもじった名前で、東男《あずまおとこ》を痛烈に皮肉っているわけである。関東出身の読者としては、いささか肩身が狭くて困った。続篇の本書でも相変わらずこの三人は性悪に描かれているが、作者が譲歩してくれたのか、少しだけいいところも持たせてくれている。

田中啓文は洒落やもじりの言葉遊びが好きな作者なので、そのことを念頭に置いて読むといろいろと発見がある。宇佐七を可愛《かわい》がってくれていた同心で、今はおみくの後見役でもある江面可児之進《えづらかにのしん》は、すでに隠居していてもおかしくないほどの高齢と紹介され、「医は仁術というものの」で重要な役回りを務める。前作を読んだときは気づかなかったが、この「えづら・かにのしん」という名前はエドモンド・ハミルトンのスペース・オペラ・シリーズ〈キャプテン・フューチャー〉に登場するベテラン捜査官エズラ・ガーニーのもじりではないか。口ひげを蓄えているがゆえに主人公を呼ぶときの発音が、ときおり「キャプ・ン・フューチャー」に聞こえることがある、と説明される名脇役である。それに気づくと可児之進の台詞《せりふ》が、ハミルトン訳者として名を馳《は》せた野田昌宏《のだまさひろ》調で聞こえるようになるから不思議だ。これ以外も「医は仁術というものの」に出てくる釜西無盡《かまにしむじん》は、ジェラルド・カーシュが短篇連作に登場させた犯罪王カームジンだろうとか、遊びがあちこちに見出《みいだ》せる。あとはどうぞ、ご自分で探してみていただきたい。

おっと、楽しいことを書いていたら行数がなくなった。他にも書きたいことはあるのだが、また別の機会に。前作の解説で青木逸美《あおきいづみ》氏が詳しく紹介しているが、田中啓文は時代ミステリーの名手であり、二〇二三年には『誰が千姫《せんひめ》を殺したか　蛇身探偵豊臣秀頼《とよとみひでより》』（講談社文庫）という意欲作もあった。大坂夏の陣で死んだはずの豊臣秀頼は蛇の化け物になって生きながらえており、その妻であり、落城時に救出されたはずの千姫は、実は殺されていたという内容だ。「誰が」「なぜ」「どうやって」という三つの謎を、地下牢《ろう》に幽閉されて安楽椅子探偵状態の秀頼が解くという盛り沢山の趣向で、そういう怪作もあれば、本書のような万人向けの娯楽作も書けるのである。畏るべし、田中啓文。

（すぎえ・まつこい　文芸評論家）

本書は「ｗｅｂ集英社文庫」二〇一三年七月～九月に配信された「鬼小町誉華十手」と、書き下ろしの「医は仁術というものの」で編んだオリジナル文庫です。

田中啓文の本

十手笛おみく捕物帳

みくは十五歳の元気な女の子。大坂の町で飴売りをしながら父の跡を継いで、愛用の十手を手に目明しの修業中。実はこの十手、笛になっていて、吹くとイケメン大酒飲みの精霊が現れて、みくを助けてくれるのだ。さあ、大捕物が始まるよ♪

集英社文庫

集英社文庫

医《い》は仁術《じんじゅつ》というものの　十手笛《じってぶえ》おみく捕物帳《とりものちょう》　二

2023年12月25日　第1刷　　定価はカバーに表示してあります。

著　者　田中啓文《たなかひろふみ》

発行者　樋口尚也

発行所　株式会社　集英社

東京都千代田区一ツ橋2-5-10　〒101-8050

電話　【編集部】03-3230-6095

【読者係】03-3230-6080

【販売部】03-3230-6393（書店専用）

印　刷　株式会社広済堂ネクスト

製　本　株式会社広済堂ネクスト

フォーマットデザイン　アリヤマデザインストア　　マークデザイン　居山浩二

ISBN978-4-08-744603-6 C0193